刑事ダ・ヴィンチ3

加藤実秋

双葉文庫

目　次

主な登場人物

南雲《なぐも》士郎《しろう》（48）……楠町西署の刑事。東京藝術大学美術学部絵画科卒。レオナルド・ダ・ヴィンチを敬愛し、「ダ・ヴィンチ刑事」の異名を持つ。アートの知識を活かし、長らく警視庁刑事部で美術品関係の犯罪捜査を担当してきたが、楠町西署に飛ばされ、十二年ぶりに小暮とバディを組むことに。超マイペースなお喋り好きで食いしん坊。

小暮《こぐれ》時生《ときお》（38）……楠町西署の刑事。三女一男と実姉と賑やかに暮らす。妻はアメリカに語学留学中。十二年前、南雲と共に捜査していた連続猟奇殺人事件「リプロマーダー事件」の容疑者を取り逃がし、捜査第一課から所轄に左遷された。とあるきっかけからリプロマーダーは南雲なのではないかとの疑いを持ち、密かに捜査を続けている。

村崎《むらさき》舞花《まいか》（29）……楠町西署刑事課長。東京大学法学部卒のキャリア組。

井手《いで》義春《よしはる》（52）……楠町西署の刑事。時生の元相棒。噂好き。上司の村崎を目の敵にしている。

剛田《ごうだ》力哉《りきや》（26）……楠町西署の新人刑事。最先端の流行に詳しい。目標は「かわいすぎる刑事《デカ》」。

野中《のなか》琴音《ことね》（38）……元警視庁科学捜査研究所のプロファイラー。自分こそがリプロマーダーであると告白し命を絶つ。時生とは同期入庁で家族ぐるみのつきあいだった。南雲の藝大時代の同級生で人気画家である古閑塁《こがるい》と交際していた。

第一話

汚名 Bad Rap

1

空き地に入るなり、マルは駆けだした。竹田梓《たけだあずさ》が握ったプラスチック製のハンドルから、するするとリードが伸びていく。縮れたグレーの毛に覆われたマルの体は、すぐに草むらの奥に消えた。

こうなると思ったのよ。雑草を掻《か》き分けてマルに続きながら、梓は心の中で呟《つぶや》いた。小学生の娘たちが「犬を飼いたい」と騒ぎだしたのは、半年前。梓は「すぐ飽きるんでしょ」と反対したが、娘たちは「ちゃんと世話をする」と言い張り、夫の泰広《やすひろ》を口説き落としてしまった。そこでトイプードルの子犬を買い、マルと名付けた。娘たちは争うようにマルの世話をしたが、それも三カ月ほど。今ではマルの餌やりやトイレを兼ねた散歩など、すべて梓がやっている。

マルは可愛いからいいけど、娘たちのあの飽きっぽさは誰に似たのかしら。ふとそんな疑問がよぎり、梓は眉をひそめた。しかしそういう自分も小学生の頃、飼っていたカメが予想外に大きくなって持て余し、近所の池に放したのを思い出した。気まずさが胸に広がった矢先、ジャケットのポケットでスマホのアラームが鳴った。もう六時だわ。パパを起こさなきゃ。気まずさを振り切り、梓はアラームを止めた。

「マル、帰るわよ。トイレは済んだ?」

そう呼びかけ、糞《ふん》を処理するための道具が入ったミニトートを手に足を速めた。気づけば、全長三メートルのリードはいっぱいまで伸びている。いつもはこんな奥まで行かないのに。訝《いぶか》しがりつつ、梓はさらに進んだ。と、マルが甲高い声で吠《ほ》え始め、リードが左右に揺れた。

「どうしたの?」

梓は問いかけ、群生したススキの間を抜けた。すると視界が開け、数メートル先にマルの後ろ姿が見えた。うろうろしながら、向かいの何かに吠えている。

「しっ。静かに」

一度後ろを振り向いてから告げ、マルに歩み寄った。この空き地は住宅街にあり、近隣住民からは「犬のトイレに使うな」「鳴き声がうるさい」と苦情があると聞いている。梓は素早くマルを抱き上げ、前方を覗《のぞ》いた。とたんに喉の奥から「ひっ」と声を漏らし、固まった。

なぎ倒された雑草の上に、男がいた。茶色っぽいジャケットとスラックスを身につけ、仰向けで倒れている。その胸には黒い柄《え》の付いたナイフが突き刺さり、大きく見開かれた目は生きた人のものではない。

恐怖に襲われ、梓は身を翻《ひるがえ》した。足をバタつかせながら鳴き続けるマルを抱え、来た道を戻る。と、空き地の前の道を散歩中と思《おぼ》しき年配の男女が通りかかった。

「すみません！」

かろうじて出た声に、マルの鳴き声が重なる。驚いて立ち止まった男女に、梓は転がるように駆け寄った。

2

「――私がプロファイリングした犯罪者たちは常軌を逸していて、同じ人間とは思えないようなやつも多かった。でも、そういうやつに限って、妙に満ち足りてるの。言うことと、やることに矛盾がない。ある意味、赤ちゃんみたいに無垢《むく》で自由なのよ」

そこで言葉を切り、野中琴音《のなかことね》は息をついた。その細い音が、ノートパソコンのスピーカーから流れる。わずかな沈黙の後、野中は話を再開した。

「やつらの無垢さと自由さは、憐情《れんじょう》とか倫理感とかと引き換えに手に入れたものだってわかってた。でも、やつらと向き合ううちに、いつの間にか憧れを抱くようになったの……リプロマーダーとしての最初の犯行は、はずみだった。被害者はホストに入れ込んでいて、ライバル関係にあった別の女性が被害者を『育児放棄してる』って非難するSNSの投稿を、偶然見たの。犯罪者の気持ちを理解するため、被害者も悪人だしって心の中で言い訳もした。でも、二件目からは」

顔を歪《ゆが》め、野中は俯《うつむ》いた。ライトグレーのジャケットに包まれた肩が、小刻みに震えだす。椅子に座り、向かいにセットしたスマホに語りかけている様子だ。場所はどこかの部屋の中で、明かりが点り、後ろには白い壁が見えた。

「少し前、小暮《こぐれ》くんに『野中さんが惚《ほ》れるのは既婚者や彼女のいる男ばっかり』って言われたでしょ？　それには理由があるの。親が不仲だったせいか、私は奥さんや彼女が大好きで、大切にしてる男性に惹《ひ》かれるの。その男性の、奥さんや彼女に向けた眼差しが愛おしくて、自分のものにしたくなる。中でもすごい力で惹かれたのが、小暮くん、あなただった。ずっと前から、好きだったのよ」

途中で顔を上げ、野中は訴えた。その声は震え、ノートパソコンの液晶ディスプレイ越しに、頬を伝う涙が見える。

「あなたへの想いが芽生えて、私は自分を恥じた。だからこの十二年間、必死に自分を抑えてきたの。でも、ダメだった……ごめんね。こんな形でしか、償えない。だけど、この気持ちは本当よ。私はあなたと、あなたの家族が大好きで——」

脇から伸びて来た手がノートパソコンのキーボードを押し、動画を止めた。小暮時生《ときお》が液晶ディスプレイの中の野中から目をそらせずにいると、手の主の村崎舞花《むらさきまいか》は言った。

「ここまでで、気づいたことは？　知っての通り野中琴音は命を絶つ前、リプロマーダー事件特別捜査本部にメールを送信しました。メールには動画が二本添付されており、そのうちの一本がこれで、あなた宛てのものです」

淡々と告げ、村崎は時生の前から自分のノートパソコンを回収し、テーブルの向かいの席に戻った。黒いパンツスーツを着て、小作りの顔に下半分が縁なしのメガネをかけている。二十九歳の村崎は警視で、警視庁 楠 町西署《くすのきちょうにし》刑事課の課長だ。ここは署内の小会議室で、楕円《だえん》形のテーブルには時生と村崎の他、数人の刑事が着いている。時生以外は全員、本庁のリプロマーダー事件特別捜査本部のメンバーだ。村崎を見て、時生は答えた。

「いえ。気づいたことや知っていることは、最初にこの動画を見た時にお話しした通りです」

「最初に動画を見たのは、事件直後です。気が動転していたでしょうし、ひと月経った今なら、新たな発見があるのでは？」

村崎は食い下がったが、時生は「すみません」とだけ返して頭を下げた。と、今度は村崎の隣に座った年配の刑事が問うた。

「もう一本の動画は特別捜査本部宛てで、野中はそこでも自分こそがリプロマーダーで、なぜ犯行に及んだかを語っていた。今の動画との違いは、お前に対する恋愛感情の吐露の有無だ。これまでの聴取で、お前は野中とは友人関係だったと話しているが、本当か？」

「はい」

時生は即答したが、年配の刑事は眼差しと口調を強めてさらに問うた。

「だが、野中の気持ちに気づいてたんじゃないか？　お前は妻と別居中だろう。野中に気移りしたり、それを匂わせるような態度を取ったりしなかったと断言できるか？」

「できます」

そう答え、「それに、妻と別居しているのは彼女が留学中だからです」と続けたかったが、言葉が出て来ない。時生がもどかしさを覚えた矢先、隣でばしん、と音がしてテーブルが小さく揺れた。

「いい加減にして下さい。俺は小暮の元相棒で、野中とも何度も飲んだ。二人が、あなた方が考えてるような仲じゃなかったのは明らかですよ」

手にした書類ファイルを放り出すようにテーブルに置き、そう告げたのは井手義春《いでよしはる》巡査部長。今は特別捜査本部に招集されているが、楠町西署の刑事だ。とっさに黙った村崎と年配の刑事をぎょろりとした目で見据え、井手はさらに言った。

「そもそも、小暮も事件の被害者なんですよ。友人として信頼していた野中に裏切られた上、娘を誘拐されたんだ。キャリアだろうがベテランだろうが、そんなこともわからないようじゃ、デカを名乗る資格はありませんよ」

顔を険しくし、年配の刑事が立ち上がろうとした。すると村崎は顔の脇に手を上げてそれを止め、井手に返した。

「なんだと？」

「わかりました。ここまでにしましょう」

そして立ち上がるとノートパソコンとバッグを抱え、時生に「お疲れ様でした」と会釈してドアに向かった。納得がいかない様子ながら年配の刑事も続き、その背中に井手が「俺はもう少しここにいます」と声をかける。村崎たちが出て行くと、井手は「やれやれ」と息をつき、椅子に背中を預けてテーブルの下の脚を伸ばした。隣を見て、時生は言った。

「すみません」

「謝ることはねえ。むしろ、俺が礼を言いたいぐらいだ……見たか？　デカを名乗る資格はねえと言われた時の、あの女の顔」

「あの女って。その発言を村崎課長に聞かれたら、井手さんの方が刑事を名乗れなくなりますよ」

時生は呆《あき》れたが、井手は肩を揺らし、いかにも楽しげに笑った。叩《たた》き上げのデカを自任する井手は、東大卒の、いわゆるキャリア警察官の村崎を目の敵《かたき》にしている。脚を引っ込めて椅子に座り直し、井手は話を変えた。

「波瑠《はる》ちゃんはどうしてる?」

「お陰様で、元気です。誘拐された直後に薬物を注射されて意識を失ったようで、あの時のことは『何も覚えてない』と話しています」

一カ月前、時生と中学二年生の長女・波瑠はある事件に巻き込まれた。事件は無事に解決したが、その直後、現場から波瑠と、事件の犯人である二人の男が何者かに連れ去られた。数時間後、三人は発見され、波瑠は意識を失っていただけだったが、二人の男のうち一人は死亡しており、昏睡《こんすい》状態だったもう一人の男も搬送された病院で亡くなった。遺体と周辺の状況から、現場はジョン・ウィリアム・ウォーターハウスというイギリスの画家が一八七四年に描いた、「眠りと異母兄弟の死」という絵画を模したものと判明。警察は連続殺人犯、通称・リプロマーダーによる七件目の犯行と断定した。

「なら何よりだ。事件のことは、さっさと忘れた方がいい」

厳しい顔になり、井手が告げる。時生は「ええ」と頷《うなず》き、少し間を置いて訊《たず》ねた。

「特別捜査本部は、リプロマーダーは野中さんだと考えているんですか?」

「ああ。被害者《マルガイ》の男二人はいわゆる悪人だが、事件発生時にそれを知っていたのは捜査関係者だけで、野中もその一人だ。加えて、彼女の自宅マンションからは犯行を匂わせるメモや、過去に起きたリプロマーダー事件の被害者の所持品や毛髪が見つかっている。動画で語っていた犯行動機にも信憑性《しんぴょう》があるし、何より、野中の趣味はアートの鑑賞と収集だ」

「しかし犯行の多くは、女性には体力的に難しいものです。それに野中さんがリプロマーダーだとしたら、資金源は？　どの現場も、絵画の模倣には相当な金がかかっています。加えて、十二年間止めていた犯行をなぜ再開したのかも不明です」

「男だよ。野中には、去年別れた恋人がいた。四十代の会社経営者で、別れた後も野中に未練があり、『何でもする』とつきまとっていたらしい。元恋人を共犯者に引き込んで、犯行を再開したんじゃねえか？　十二年前の四件の犯行も、資金源は男だろう。腕利きプロファイラーの野中なら、お手のものだ。ちなみに、会社経営者の元恋人は、ひと月前の事件直後に行方不明になってる」

井手はそう推測し、時生も確かに野中なら、自分に惚れた男を操るのも可能だろうと思う。同時にひと月前の事件の前、「何でもする」とつきまとった元恋人の話で野中をからかったのを思い出した。たちまち、やや大きめの前歯とえくぼが印象的な野中の笑顔と、動画の「ずっと前から、好きだったのよ」という言葉、さらに事件直後に見せられた、野中の遺体の写真が頭に浮かぶ。胸が締め付けられ、息苦しさを覚えた。

「おい。大丈夫か？」

井手に肩を叩かれ、我に返った。「大丈夫ですよ」と笑う時生を無言で見つめ、井手はまた話を変えた。

「ダ・ヴィンチ殿はどうしてる？」

「さあ。最近、南雲《なぐも》さんとは別行動なんですよ」

南雲士郎《しろう》警部補は、時生の相棒の刑事だ。彼には「ダ・ヴィンチ刑事」というあだ名があるのだが、井手は「ダ・ヴィンチ殿」と呼ぶ。ひと月前の事件の後、南雲と時生はたびたび本庁のリプロマーダー事件特別捜査本部の聴取を受け、また時生は波瑠のフォローのために職務を休むことも多く、南雲と顔を合わせたのはわずかだ。

「そうか。あの人のことだから、涼しい顔でカフェオレでも飲んでいそうだけどな」

そう言って、井手は笑った。時生が「南雲さんがいつも飲んでいるのは、カフェオレじゃなくカフェラテです」と訂正しようかどうか迷っていると、小会議室のドアがノックされた。次にここを使う職員が来たのかと、時生は「はい」と応えて腕時計を覗《のぞ》いた。時刻はちょうど午後一時だ。

ドアが開き、スーツ姿の男たちが部屋に入って来た。みんな楠町西署の刑事だが、なぜか強ばった顔をして、最後尾には刑事係長の藤野尚志《ふじのひさし》警部もいる。

「お疲れ様です」

戸惑いながら挨拶し、時生は立ち上がった。しかし男たちはその後ろを抜け、井手に歩み寄った。振り向き、井手は笑顔で手を上げた。

「よう。みんな、元気か？」

「井手さん。申し訳ありませんが、ご同行願います」

返事の代わりに、一人の刑事が言う。井手は「なんだ。どうした?」と訊《き》き、時生も口を開こうとした。と、別の刑事がこう告げた。

「昨日、管内で男性の刺殺体が発見されました。凶器のナイフには指紋が付着しており、それが井手さんのものと一致しました」

「はい!?」

時生は声を上げ、井手の顔から笑みが消えた。

3

小刀の刃は、できるだけ寝かせて。かんなを掛けるように、軽く浅く削っていく。心の中でそう呟き、南雲士郎は左手に握った小刀を右手に持った鉛筆の先に滑らせた。しゃりっ、と乾いた音がして、小刀に削り取られた木片が落ちていく。

小刀を押す右手だけを動かし、左手は添えるだけ。さらに呟いたところで、南雲は手を止めた。

「チズさん。『左手は添えるだけ』って何だっけ? どこかで聞いた覚えがあるんだけど、海外ドラマ? それとも映画かな」

そう問いかけ、カウンターの向こうの厨房《ちゅうぼう》に立つ永尾《ながお》チズを見る。振り向いたチズは、桔梗《ききょう》柄の江戸小紋《えどこもん》の着物姿。ぶっきら棒に、

「知らないよ。それより、何本削るつもりだい？」

と問い返し、顎でカウンターの上を指す。そこには南雲が削り終えた鉛筆がずらりと、二十本以上並んでいる。どれも持ち手の部分が青く、新品。ドイツ製で、定価は一本税込み百八十七円だ。鉛筆の脇にはティッシュペーパーが広げられ、削り取られた木片が小山をつくっていた。

「こうしてると気持ちが落ち着くんだよ。この鉛筆は僕の愛用品だし、芯を削るのはルーティンであるのと同時に、瞑想《メディテーション》の意味もあるんだ」

並んだ鉛筆を眺めて答え、南雲は小刀と削りかけの鉛筆をカウンターに置いた。南雲は左利きなので、小刀も左利き用だ。カウンターには同じく南雲の愛用品の、表紙が赤いスケッチブックも載っている。

この店は「ぎゃらりー喫茶　ななし洞《どう》」といい、南雲の行き付けだ。楠町西署にほど近い脇道沿いに建つ木造の古い二階屋で、薄暗く天井の低い店内には絵画や陶器、彫像などの美術品が所狭しと並んでいる。永尾チズはここの店主で、金髪のショートボブヘアと着物、片手に持った火の点いていない長い煙管《きせる》がトレードマークだ。中年以上なのは確かだが、年齢不詳。切れ長の目と先の尖《とが》った鼻が印象的で、小暮時生は以前チズのことを、

「魔女っぽい」と評していた。ふん、と鼻を鳴らし、チズは言った。

「そんなに削っても気持ちが落ち着かないんじゃ、意味ないだろ。あんた、デカを辞めて絵描きになった方がいいんじゃないか？　だってそれ、デッサンをする時の削り方だろ」

並んだ鉛筆の先の木肌が露出した部分は、どれもデコボコが少なく、鉛筆削りで削ったようだ。芯の部分も滑らかで真っ直ぐだが、長さは一・五センチほどある。南雲は「さすが。鋭いね」と笑い、鉛筆の一本を取って答えた。

「でも、これはただのクセだよ。前にも話したけど、絵は才能の限界を感じて、大学時代に筆を折ったんだ」

するとチズは背後の、埃《ほこり》をかぶったサイフォンやポットなどが並ぶ調理台に手を伸ばし、何かを取って南雲に突き出した。見れば週刊誌で、開かれたページには「リプロマーダーの正体は、警視庁の女プロファイラーだった！」と派手なタイトルが躍り、野中琴音の写真が添えられている。野中が身につけたロックTシャツが見覚えのあるものだと気づき、南雲の気持ちが動く。週刊誌をカウンターに置き、チズはさらに言った。

「あんたと相棒は、この事件に関わってるのかい？　マスコミが大騒ぎしてる」

「『関わってる』の解釈によるかな」

南雲は微笑み、カウンターに置いた紙コップ入りのカフェラテを口に運んだ。紙コップは、表通りにあるチェーンのコーヒーショップのロゴが入っている。ふん、とまた鼻を鳴らし、チズは身を翻した。厨房の隅に行き、調理台の上のラジオを付ける。店内に流れだしたのは通信販売の番組で、今日の商品は補聴器形の集音器らしい。時刻は午後四時過ぎだ。店内にはしばらく集音器の商品説明をする女の声が流れ、それを聴いたチズは言い放った。

「いま聞こえている音を、最大三十倍まで増幅してくれる集音器……だけどそれ、聞きたい音だけじゃなく、他の音も三十倍になるってことだろ？　うるさくて仕方ないね」

「確かに」

紙コップをカウンターに戻し、南雲は笑った。ラジオで通信販売番組を聴き、突っ込みを入れるのがチズの日課兼趣味だ。

ふと、視界の端にカウンターの上の週刊誌が入った。引き寄せて読もうとした南雲だが思い留まり、週刊誌の表紙を閉じた。その直後、がらりと店の格子戸が開く音がした。振り向いた南雲の目に、美術品が並んだ棚とテーブルの間の通路を進み、カウンターに歩み寄って来る時生の姿が映った。声をかけようとして、時生の後ろにスーツ姿の男が三人いるのに気づく。みんな楠町西署の刑事のようだ。

「やっぱりここにいた。何度も電話したんですよ」

南雲の前で立ち止まり、時生が告げた。他の三人もその後ろで足を止める。南雲が言葉を返すより早く、顔をしかめたチズが問うた。

「あんたらみんな、デカだろ。前にも言ったけど、いつの間にここはデカの溜《た》まり場になったんだい？」

「チズさん、すみません。緊急事態なんです」

そう答えたのは、三人のうちの一人・剛田力哉《ごうだりきや》巡査長だ。南雲と親しくしている流れで、彼もここの常連になった。

「坊やがそう言うんじゃ、仕方がないね。ただし、コーヒーは淹れないよ」

「大丈夫。ちゃんと持って来ました」

即答し、剛田は手に提げたコンビニのレジ袋を持ち上げて見せた。中には、ペットボトルの飲み物が四本入っているようだ。するとチズは納得した様子でラジオを消し、店の奥に消えた。「喫茶」の看板は出しているが、この店は自分の飲むものは持参するのがルールで、何か注文しようものならチズに睨《にら》まれる。

「で、どうしたの？」

改めて自分の前の男たちを見て、南雲は訊ねた。時生が答える。

「今日の午前中、刑事課《うち》の井手義春巡査部長が、殺人事件の重要参考人として連行されました」

「またまた。冗談でしょ？」

「本当です。昨日の午前六時頃、管内の藪蘭《やぶらん》町一丁目の空き地で、飼い犬を散歩させていた近所の主婦が、男性の遺体を発見しました。通報を受けた捜査員が臨場し、所持品から男性は江島克治《えじまかつじ》さん、四十七歳と判明。検死の結果、江島さんの死因は胸を刺されたことによる出血性ショックとわかり、凶器のナイフの柄から指紋が検出されました。その指紋を照合したところ、警視庁のデータベースに登録されていた井手さんの指紋と一致して」

そこで言葉を切り、時生は深刻な顔で目を伏せた。南雲は「なるほど」と頷き、問うた。

「確かに緊急事態だね。で、井根《いね》さんは殺《や》ったの？」

「何てこと訊くんですか！　井根じゃなく、井手さんだし」

時生が騒ぎ、その肩を後ろから男の一人が叩く。歳は五十近くで、メタボ体型。諸富《もろとみ》という巡査部長のはずだ。時生の隣に進み出た諸富が、南雲の問いに答える。

「井手さんは犯行を否認しています。しかし、被害者《マルガイ》の江島さんと井手さんは訳ありの仲で、井手さんには、江島さんの死亡推定時刻のアリバイと記憶がありません」

「そりゃ大変だ」

「大変ですよ。でも、僕らは井手さんの無実を信じています」

残りの一人も口を開いた。四十手前の痩せた男で、名前は確か糸居《いとい》、諸富の相棒だ。その言葉に時生と諸富が頷き、剛田も言う。

「井手さんをかばうつもりはありません。でもあの人、やったなら『やった』って言うと思うんです。その上で、延々自分語りをするタイプっていうか」

井手のことはよく知らないが剛田の見解が面白く、南雲はつい「それ、いいね」と笑ってしまう。剛田は二十六歳の新人刑事で、井手の相棒だ。細身・色白のイケメンで、肌と髪もツヤツヤのサラサラ。常々「趣味は美容。むさくて怖い刑事のイメージを変えたい」「目標は『かわいすぎる刑事《デカ》』」と話している。と、南雲の反応を誤解したのか時生が告げた。

「じゃあ、南雲さんも仲間になってくれますね」

「仲間？　何の？」

「井手さんが連行された後、剛田くんもリプロマーダー事件特別捜査本部から署に戻されました。で、僕と剛田くん、諸富さん、糸居くんで相談して、井手さんの無実を証明しようってことになったんです。南雲さんも、一緒にやりましょう」

「僕が役に立てるとは思えないなあ。他にやることもあるし」

「お願いします。僕ら四人は井手さんと親しいってことで、江島さんの事件の捜査から外されちゃったんです。ダ・ヴィンチ刑事の力を貸して下さい」

剛田に頭を下げられ、南雲は「う〜ん」と首を傾げた。すると諸富が、満を持してという感じで切り出した。

「南雲さん。夏の事件で、あなたは僕に借りがあるはずです」

「そうだっけ？」

と、とぼけようとした南雲だったが、小暮に「忘れたとは言わせませんよ」と迫られて黙る。確かに夏にある事件を解決した際、例によって無理を通した南雲は諸富に、「貸し一ですよ」と言われていた。ため息をつき、南雲は呟いた。

「『充分終わりについて考えよ。最初に終わりのことを思案せよ』。レオナルド・ダ・ヴィンチのこの名言を、自分に授《さず》けたいよ」

そして顔を上げ、「事件のことを詳しく教えて」と促した。

4

翌日の午前九時過ぎ。時生は南雲と楠町西署のセダンに乗っていた。

井手の連行を受け、リプロマーダー事件特別捜査本部に招集されていた刑事課長の村崎舞花が署に戻って来た。村崎の指揮の下、江島の事件の捜査が開始されたが、当然、時生と南雲、剛田や諸富たちはそのメンバーではない。そこで時生は村崎に「パトロールに行きます」と告げ、南雲と署を出た。剛田や諸富たちも、それぞれ別の仕事をするふりをして、江島の事件の捜査に取りかかっているはずだ。

「なるほどねえ」

そう呟いて、南雲は読んでいた書類の束を下ろした。黒い三つ揃《ぞろ》いにノーネクタイの白いワイシャツというつものスタイルで助手席に座り、膝に表紙が赤いスケッチブックを載せている。

「諸富さんは井手さんと江島さんの関係を『訳あり』って言ってましたけど、むしろ『因縁の仲』って感じですよね」

横目で隣を見て、時生は言った。南雲が持った書類は、七年前に起きたある事件と先日の江島の事件に関する資料だ。七年前の事件については、ITに強い剛田が警視庁のデータベースを調べ、江島の事件は、諸富が刑事課の仲間から資料を入手してくれた。「確かに」と頷き、南雲は問うた。

「七年前の事件のこと、小暮くんは知ってたの？」

「ええ。コンビを組んでた頃、たびたび井手さんが話してましたから」

ハンドルを握りながら、時生は答えた。セダンは署の管内の大通りを走っている。

七年前の春。東京都葛飾区にある金町《かなまち》警察署管内の民家で、この家に住む大濱《おおはま》ハツミという八十四歳の女性の遺体が発見された。大濱は結束バンドで両手を縛られた状態で激しい暴行を受けて殺害されており、管内では数週間前に、同じ手口による強盗致傷事件が発生していた。そこで、当時、金町警察署刑事課にいた井手は二つの事件は同一犯の犯行と考え、地道な聞き込みを行った。すると、江島克治が浮上。井手は都内の簡易宿泊所にいた江島を、二つの事件の容疑者として逮捕した。

金町警察署で井手や他の刑事たちの取調べを受けた江島は、強盗致傷事件については犯行を認めたものの、大濱の事件については否認。その主張は江島が起訴され、裁判が始まっても変わらなかった。やがて一年が経過し、東京地裁は江島に強盗致傷罪で八年の実刑を言い渡したが、大濱の事件については証拠不十分で無罪となった。この結果に井手は激しいショックを受けて憤り、江島が服役してからも事件を忘れることはなかった。

そして十日ほど前。江島は刑期満了前に仮釈放となり、刑務所を出た。その情報を事前に得ていた井手は江島の居所を突き止め、会いに行ったらしい。証言によると井手は、「助言と激励をしに行っただけ」だそうだが、数回にわたって江島を訪ね、事件の前日には、二人が口論するのを見たという人がいるという。

「村崎課長たちは、井手さんが七年前の事件を根に持ち、出所した江島さんにつきまとった挙げ句、口論になって刺殺したと考えているようです」

時生がそう続けると、南雲は「だろうね」と応えた。時生もさっき資料に目を通したが、江島は長い顔と細い目が印象的で、七年前の事件以前にも窃盗罪や暴行罪の前科があり、服役経験もあった。

「諸富さんが刑事課の仲間から聞き出した情報では、江島さんの死亡推定時刻は三日前の午後九時から十一時の間。そして井手さんは三日前、午後六時過ぎに本庁のリプロマーダー事件特別捜査本部を出て、午後十一時ごろ帰宅したそうです。今朝、井手さんの家に寄って奥さんに話を聞きましたが、帰宅時、井手さんはひどく酔っ払っていたとか」

そう続けた時生の頭に、今朝の記憶が蘇《よみがえ》る。井手の妻・菜見《なみ》は気丈に振る舞っていたが、青い顔をしていた。さらに高校一年生の長女・柚葉《ゆずは》は井手の事件を知り、「関係ないし」と言ったものの、学校を休んで部屋に閉じこもっているという。と、南雲が問うた。

「てことは、井場《いば》さんに江島さんの死亡推定時刻のアリバイと記憶がないのは、酔ってたから？」

「井場さんじゃなく、井手さんです……ええ。井手さんは、行き付けの居酒屋で飲んだようです。『宝屋《たからや》』という店で、僕も何度か連れて行ってもらったことがあります」

「あっそう。宝屋はどこにあるの？」

「井手さん宅の最寄り駅の近くです……ちなみにそこは、藪蘭町一丁目の遺体発見現場にも近いんですけど」

後半は気まずさを覚えながら伝えると、南雲は「いいね」と笑った。時生は「どこがですか」と突っ込み、こう告げた。

「というわけで、まず現場、そのあと宝屋に行きましょう」

「了解」と頷き、南雲は書類の束を後部座席に置いた。それを確認し、時生は話を変えた。

「こうして話すのは久しぶりですね。僕はずっと、南雲さんにお詫びしなきゃと思っていました。ひと月前の事件の現場では、取り乱してしまって申し訳ありませんでした。南雲さんのお陰で、娘が見つかったのに」

「気にすることないよ……現場を見つけてすぐ、僕はあれがリプロマーダーの仕業で、模倣した絵画は、ジョン・ウィリアム・ウォーターハウスの『眠りと異母兄弟の死』だと気づいたんだ」

「そうですか。僕も事件のあと、『眠りと異母兄弟の死』を見ました。あの絵に描かれているのは、ギリシャ神話に出て来る、なんとかいう兄弟なんですよね。奥に寝かされているのが死の神で、手前は眠りの神だとか」

時生の言葉を受け、南雲は目を輝かせて語りだした。

「なんとかじゃなく、兄が眠りの神のヒュプノス、弟は死の神のタナトスね。絵の中の二人は並んで横たわってるけど、奥のタナトスが暗がりの中にいるのに対し、手前のヒュプノスには光が当たってる。だからタナトスが『死』を、ヒュプノスは『眠り』を表すと解釈されているんだ。さらにヒュプノスは手にオレンジ色の花を二輪、ピンク色の花を一輪持ってるでしょ？　あれは芥子《ケシ》で、昏睡または恍惚《こうこつ》状態のシンボルだと考えられる。だから僕は現場で寝椅子に寝かされた被害者の二人の男を見て、奥の一人は既に死亡し、手前の一人は昏睡状態だろうとも思った。リプロマーダーがあの絵を選んだのは、被害者の二人が違法薬物の売買に手を染めていたからだろうね」

「僕もそう思いました。芥子は、麻薬のアヘンの原料ですもんね」

「うん……だから二人の足元にもう一人の被害者、波瑠ちゃんがいるのに気づいた時は驚いたよ。すぐに気を失ってるだけだってわかったし、リプロマーダーが狙うのは悪人だけだから大丈夫とも思ったけど、気が動転して。僕の方こそ、あの時はごめんね」

そう言って隣に向き直り、南雲は頭を下げた。白々しい言い訳をしやがって。心の中で返し、時生は強い怒りを覚えた。リプロマーダーが犯行を開始した十二年前には、本庁の特別捜査本部で南雲とコンビを組み、ともに事件を追っていた時生だが、ある出来事をきっかけに南雲こそがリプロマーダーなのでは？　と疑うようになった。そして密かに事件と南雲を調べ続けていたのだが、ひと月前の事件で、その疑惑は確信に変わった。

ひと月前の事件が起きた時、被害者の三人と一緒に南雲も行方不明になった。事件後、南雲は三人が拉致されたと思しきビルの前で不審なミニバンを目撃し、追跡したと証言した。そして現場である家具メーカーの倉庫に辿《たど》り着き、三人を発見したという。もちろん時生はこれを信じておらず、ミニバンを運転していたのは南雲だろうと考えている。加えて、昨日井手は野中をリプロマーダーだと疑う理由として、被害者三人のうちの二人が悪人だったのを知っていたのは捜査関係者だけだと話していたが、南雲もその一人に該当する。

まだだ。リプロマーダーの正体は間違いなく南雲さんだが、その証拠を摑《つか》めていない。こみ上げる怒りをぐっと堪《こら》え、時生は首を横に振って「とんでもない」と応えた。

「それはそうと、昨日僕らが力を貸して欲しいと頼んだ時、南雲さんは『他にやることもあるし』と言ったでしょう。やることって、リプロマーダー事件の捜査ですか？　なら南雲さんは、野中さんはリプロマーダーじゃないと思ってるんですね」

用心深く、かつ強気の口調で畳みかける。昨日からずっと考えていたことだ。すると南雲は、あっさりこう答えた。

「そうだよ。琴音ちゃんが遺した動画を見たけど、プロファイリングを担当した犯罪者に感化されたなんて、犯行動機として陳腐だし美しくない。琴音ちゃんは情に厚い人だったけど、職務には確固たる態度で取り組んでいたよ」

「僕もそう思います。自宅から見つかったという物証は、仕込まれたものかもしれないし、共犯者《レッ》だと疑われている元恋人も、行方不明らしいですからね。だけど、野中さんがアート好きで、そっち方面の知識や人脈があったのは事実でしょう？」

「まあね。でも、リプロマーダーが選んだ絵画は琴音ちゃんの好みじゃないよ。僕は彼女とアートの話をしたし、収集した作品を知ってるからね。本庁の特別捜査本部の人にもそう伝えたんだけど、取り合ってもらえなかった」

不本意そうに説明し、南雲は肩をすくめた。じゃあ、誰が野中さんを……まさか、それも南雲さんが。そうよぎったとたん、時生は緊張し、寒気を覚えた。しかしそれをぐっと堪え、ハンドルを握り直して言った。

「とにかく、リプロマーダー事件はまだ終わってないんですね」

「そういうこと」と返し、南雲はスケッチブックを抱えて前を向いた。

5

間もなく藪蘭町一丁目に着いた。しかし事件現場の空き地には署の刑事がおり、付近の民家にも、聞き込みをする刑事たちの姿があった。顔を合わせるとまずいので、時生たちはセダンから降りずにその場を離れた。

五分ほどで、宝屋に到着した。駅前の繁華街の一角で、飲食店やコンビニなどが並んでいる。時生は通りの端にセダンを停め、南雲とともに宝屋に向かった。小さなビルの一階で、暖簾《のれん》は出ていないが木製の格子戸の奥には明かりが点っている。

「こんにちは」

そう声をかけ、時生は格子戸を開けて店に入った。カウンターと、その向かいにテーブルが数台並ぶ小さな店で、掃除は行き届き、白木のカウンターにもシミやくすみはない。カウンターの中の厨房に人気《ひとけ》はないが、ステンレス製の調理台には食材と調理器具が並び、食べ物の匂いが漂っていた。

「この芳《かんば》しい香り。出汁《だし》と醤油《しょうゆ》、砂糖、みりんかな。食材は牛肉にタマネギ、ジャガイモも入ってるね」

目を閉じ、鼻をひくつかせて南雲が呟いた時、厨房の奥から男が顔を出した。

「小暮さん。いらっしゃい」

笑顔で会釈し、男は厨房に進み入った。歳は五十代半ば。髪を五分刈りにして、小柄だががっしりした体に、濃紺の作務衣《さむえ》を着ている。会釈を返し、時生も言う。

「こんにちは。お忙しいところ、すみません……店主の鴨志田《かもしだ》晃《あきら》さんです。こちらは、僕の相棒の南雲刑事」

カウンター越しに二人を紹介する。「どうも」と頭を下げるなり、南雲は訊ねた。

「ひょっとして、ランチ営業をしているんですか？　何時から？」

「十一時だよ。少し早いけど、食べて行くかい？」

「ぜひ！」と即答した南雲を「違うでしょ」と咎《とが》め、時生は鴨志田に告げた。

「さっき電話で伝えたように、井手さんの件で話を伺いたいんです」

「いいけど、昨日も別の刑事さんが来たよ」

白いものが交じった太い眉をひそめ、鴨志田は顎で店の引き戸を指した。仕事中に迷惑というのもあるだろうが、事件の話をしたくないのだろう。以前、井手が鴨志田について
「俺に負けず劣らず偏屈《へんくつ》なんだが、仕事に妥協しないところも一緒だから気が合うんだ」

と話していたのを思い出す。カウンターに歩み寄り、時生はこう続けた。

「井手さんを気遣って下さっているんですね。でも、事件にどう関わっていたにしろ、真相を明らかにするのが井手さんのためだと思います。どうか力を貸して下さい」

一気に告げて、頭を下げる。わずかな沈黙の後、鴨志田は「わかった。とにかく座りな」と応えた。時生は礼を言い、南雲とカウンターにセットされた椅子に座った。

「三日前の夜、井手さんはこちらに来たそうですね。何時頃ですか？　一人で？」

向かいを見て、時生は質問を始めた。ステンレス製のポットから二客の湯飲み茶碗《ぢゃわん》にお茶を注ぎ、鴨志田が答える。

「七時前で、一人だったよ。店は空いてたけど、井手さんはいつも通り、カウンターの端に座ってた」

「どんな様子でしたか？　注文したものは？」

「むっつり黙り込んで、ひたすら飲んでた。まず生ビールで、その後は焼酎のロック。つまみは枝豆と焼き鳥の盛り合わせ、ポテトサラダだったかな。いつになくペースが速くて、来てから二時間もしないで焼酎のボトルを空けてた。かなり酔ってたから、『その辺にしておきな』って水を出したんだけど、新しいボトルを入れるって聞かなくて困ったよ」

眉根を寄せてそう説明し、鴨志田は時生たちの前に薄緑色の湯飲み茶碗を置いた。他の刑事にも同じことを訊かれたらしく、慣れた口調だ。でも、職場ビールのあと焼酎という流れと、つまみのチョイスはいつもの井手さんだ。でも、職場や家庭のグチと文句を言いながらチビチビ、ダラダラ飲み続けるのが井手さんのスタイルで、二時間もしないでボトルを空けたというのは引っかかるな。そう心の中で呟き、時生は質問を続けた。

「飲んでいる間、井手さんは何か話しましたか？　あるいは誰かと電話をしたとか」

「話すっていうより、独り言だな。『あの野郎』とか『ふざけんな』とか。呟き声だったけど、あの顔だから怖がって他の客が帰っちまってさ。でも井手さん、最近はずっとあんな感じだったな。電話はしてなかったと思うよ」

「そうですか。店を出たのは何時頃？」

「十時半頃かな。ますます不機嫌になって騒ぎだしたから、『いい加減にしな』って言って帰らせたんだ。酔ってふらついてはいたけど、ちゃんと歩けてたよ。ただ、出て行く時はえらく興奮した様子で『あの野郎、絶対許さねえ』ってわめいてた」

タイミングからして、「あの野郎」は江島さんのことかもしれないな。十時半頃ここを出たのなら、午後九時から十一時の間という江島さんの死亡推定時刻に間に合うし、井手さんは午後十一時頃に帰宅したっていう菜見さんの証言とも矛盾しない。それに、ふらついていても歩けたのなら、犯行も可能かもしれない。時生はそう考え、さらに鴨志田は今の話を、井手の「絶対許さねえ」という発言を含めて別の刑事にも伝えたんだろうなとも思う。たちまち気が重くなったが、隣の南雲は、おいしそうに湯飲み茶碗のお茶をすすっている。

「事件現場はこの近くなんだろ？　警察は、三日前の晩、井手さんがここを出た後に何かやったと考えてるのかい？　こんなことになるのなら、俺が引き留めるか、家まで送って行きゃよかった」

目を伏せ、自分を責めるように鴨志田が言う。首を横に振り、時生は返した。

「鴨志田さんに責任はありませんし、捜査は始まったばかりですから。またお話を伺うかもしれませんし、何か思い出したら報せて下さい」

「わかった」と鴨志田が頷き、それを待っていたように、南雲が口を開いた。

「話は終わった？　じゃあ、ランチを。メニューは肉じゃがですよね」

「ああ。八百八十円の肉じゃが定食と、千円のビーフシチュー定食があるよ」

「肉じゃが定食をお願いします……小暮くんは、ビーフシチューね。で、一口ちょうだい」

隣の時生を見て、当然のように言い放つ。「ランチに千円!?」と声を上げたくなった時生だが、鴨志田の手前、仕方なく「ビーフシチュー定食を下さい」と告げた。「はいよ」と応え、鴨志田が手を動かしだす。改めて店内を眺め、南雲は言った。

「素敵なお店ですね」

「ありがとう」と鴨志田が笑い、時生も言う。

「でしょう? 居心地が良くて、お酒も肴《さかな》もおいしい。井手さん曰《いわ》く、『サラリーマンのオアシス』だそうです」

「なるほど。井賀《いが》さん、いいこと言うね」

「井賀じゃなく、井手……わざと間違えてません?」

時生が疑いの目を向けると、南雲は「違うよ」と首を横に振った。

「あの人、見た目のインパクトがすごいから、名前まで気が回らなくて……でも覚えたよ。井手さんね。もう間違えない」

「本当かなあ」

二人でやり取りしているうちに、塗り物の盆に載った料理が運ばれて来た。時生の盆には、白い深皿に盛られたビーフシチューに白飯とミニサラダ、冷茶が添えられている。湯気の立つビーフシチューは、大きめに切られたジャガイモやニンジンといい、艶やかでコクもありそうなデミグラスソースといい、とてもおいしそうだ。

「素晴らしい。待っていた甲斐《かい》がありました」

その声に、時生は隣を見た。南雲の前の盆には、中ぶりの鉢に盛られた肉じゃがと白飯、味噌汁、漬物、冷茶が載っている。しっかり煮込まれているのに牛肉は柔らかそうで、野菜の煮崩れは皆無だ。家族の食事を作る身として時生が感心していると、南雲は、

「この器《うつわ》、初期伊万里《いまり》の白磁《はくじ》ですか?」

と訊ね、肉じゃがの鉢を指した。鉢は白く素朴なつくりで、時生のビーフシチューの深皿と似たテイストだ。鴨志田は嬉《うれ》しそうに、「よくわかったね」と頷いた。

「俺は焼き物が好きで、買い集めたものを店で使ってるんだ。店の食材は、漁師をしている俺の実家と、農家をしている女房の実家から仕入れてるよ」

「なるほど。それで、おいしい料理を提供できるんですね。器のチョイスといい、完璧です……小暮くんも、古伊万里は知ってるよね？　江戸時代に肥前《ひぜん》、つまり佐賀県と長崎県で焼かれた磁器のことだよ。中でも一六一〇年から一六四〇年頃につくられたものは初期伊万里と呼ばれていて、素朴で温かみのある風合いが人気なんだ。この白磁もそうで、実に美しいよね」

後半は時生に向かって語り、南雲は肉じゃがの鉢を撫《な》でた。時間ないし、早く食べたいんだけどと心の中でぼやきつつ、時生もビーフシチューの深皿を見下ろす。

「言われてみれば、洒落《しゃれ》たお皿ですね。でもこれ、電子レンジは使えます？」

とたんに南雲は顔をしかめ、ため息をついた。

「初期伊万里を電子レンジに？　とんでもない。美しくないのを通り越して、暴挙だよ」

「いいから、食べましょう。冷めちゃいますよ」

そう返し、時生は盆の上のスプーンを取った。ぶつくさと言いながら南雲も盆の上の割り箸を手に取ったが、急に動きを止めた。

「どうしました？」

時生も手を止め、問うた。南雲は箸袋と、そこから出した割り箸を見ている。箸袋は和紙に金色の文字で「宝屋」と箔押《はくお》しされているが、割り箸は持ち手の四隅を面取りして中央に割れ目の入った、ありふれたものだ。顔を上げ、南雲は答えた。

「箸袋のデザインに感心してたんだ。シンプルながらも、書体のチョイスが秀逸で――」

「いただきます！」

張り上げた声で南雲の蘊蓄《うんちく》を遮り、時生はビーフシチューを食べ始めた。「話の途中なのに」と抗議しつつ南雲が割り箸を割ったその時、鴨志田が「あのさ」と言った。

「井手さんは、俺が六年前にこの店を始めた時からの常連なんだ。お客さんを紹介してくれたり、文句を言いながらも他の常連客の相談に乗ってくれたりしてさ。他じゃどうか知らねえけど、俺にとっちゃ井手さんはいい人だったし、無実を信じてるよ」

力のこもった声で断言し、真っ直ぐに時生を見る。「僕も信じてます」と応えたかった時生だが、「わかりました」とだけ言い、食事を続けた。横目で南雲を窺《うかが》うと、肉じゃがを頬張り、「これ、おいしい！」と騒いでいた。

6

食事を終え、時生たちは鴨志田に礼を言って宝屋を出た。帰りが遅いと村崎に怪しまれるので、正午前に署に戻った。駐車場にセダンを停め、二人で通路を署の玄関に向かう。駐車場の隅に諸富と、その相棒の糸居洸《こう》の姿があった。誰かと話をしているようだ。時生は周囲を確認して南雲を促し、諸富たちに歩み寄った。

「お疲れ様です」

後ろから声をかけると、諸富たちが振り返った。「お疲れ」と応えた諸富は、向かいを示して告げた。

「大濱元行《もとゆき》さんと、葛西美津《かさいみつ》さんだ。元行さんは、七年前の事件の被害者・大濱ハツミさんの息子さんで、葛西さんはそのお知り合いだ。江島さんの件で刑事課《うち》にいらしたので、帰り際にお声がけして話を伺っていたんだ」

時生は背筋を伸ばして、「ご足労ありがとうございます」と頭を下げ、南雲は「どうも」と微笑みかける。それに無言の会釈で応えた元行は、中背で小太り。地味なスーツ姿で、小鼻が広がり気味のところが写真の母親と似ている。歳は六十代半ばか。黒いワンピース姿の葛西は背が高く、メタルフレームのメガネをかけている。歳は三十過ぎだろう。

「元行さんは勤め先を定年退職後、『灯火《ともしび》の会』というNPO法人で犯罪被害者の支援活動をされているそうだ。葛西さんも、灯火の会のメンバーだ」

今度は糸居が説明する。と、元行が硬い顔で補足した。

「ニュースで江島の事件を知った直後、刑事さんから楠町西署に来て欲しいと連絡がありました。私が犯人だと疑ってるんだろうなと思ったから、証人を連れて来たんです」

「疑っている訳ではなく、関係者のみなさんにお話を伺っているんだと思いますよ。証人というと?」

そう問うた時生には、葛西が答えた。

「江島という人は、三日前の夜に亡くなったんですよね? その時、元行さんは灯火の会の講演会で静岡の三島《みしま》にいました。東京に戻ったのは翌朝だし、三島ではずっと私や他の会員が一緒でした」

てきぱきとした口調で、迷いや戸惑いは感じられない。「だそうだ」とでも言うように諸富が目配せをしてきたので、時生も目配せを返した。話を続けようとした矢先、南雲も問うた。

「江島が殺されたと知って、どう思いました? お母さんの敵でしょ?」

時生は慌てて「ちょっと」と南雲の腕を引き、元行に「申し訳ありません」と頭を下げた。が、元行は即答した。

「ざまあみろと思いましたよ。この七年間、ずっと江島を恨み続けていましたから。母をあんな目に遭わせたのは江島で間違いないのに、この件に関しては無罪放免ですよ？　何のための裁判ですか。警察だってそうだ。あの時、母の事件を担当した刑事は、『無念を晴らしましょう』と言っていたのに。口先だけだったってことでしょ」

顔を険しくして捲《まく》し立て、葛西がなだめるようにその背中に手をやる。

警察は裁判の結果に関与していないし、井手さんは口先で何かを言う人じゃない。そう反論したいのを時生が堪えていると、また南雲が訊ねた。

「じゃあ、その刑事が江島を殺したんだとしたら？」

「南雲さん！」

時生は声を上げ、諸富も「やめて下さい」と南雲を咎める。が、元行は南雲を見返し、こう答えた。

「誰だろうと、江島を殺してくれたなら大感謝ですよ。でも、あの刑事は母の事件なんか、とっくに忘れてるでしょうけど」

「それはどうかなあ」

南雲が呟き、時生も、

「そんなことはありません。井手さんは、毎年ハツミさんの命日にはお墓参りに行っていました。元行さんにも連絡を取ろうとしましたが、拒否されたと聞いています」

と返した。ぐっと黙った元行に諸富が取りなすように、「お引き留めして申し訳ありませんでした」と告げる。無言のまま会釈し、元行は署の門の方に歩きだし、葛西も後に続こうとしたが足を止め、時生たちを振り向いた。

「ハツミさんの事件の話は、元行さんから聞いています。口では強気なことを言っても、まだ事件から立ち直れないんです。わかって下さい」

強い眼差しで訴えるように言い、会釈して元行の後を追う。二人が門から出るのを見送り、時生は息をついた。続けて抗議のために隣を見ると、南雲は片手でジャケットの胸ポケットから持ち手の部分が青い鉛筆を抜き取り、もう片方の手で赤いスケッチブックを開いた。時生はまたかと呆れ、糸居は驚いたように、「どうしたんですか？」と問う。すると南雲は「お構いなく」と答えにならない答えを返し、鉛筆をスケッチブックの上で滑らせ始めた。そしてそのまま身を翻し、署の玄関の方に歩きだした。

7

卵、食パン、サラダドレッシング……よし、買い忘れはない。トイレの洗剤も切れかけてるけど、特売日を待とう。心の中で確認し、時生は片手に提げたエコバッグに目をやった。ここは住宅街の中の通りで、時刻は午後六時過ぎだ。

今日はあの後、諸富たちと署の二階にある刑事課に向かった。そして村崎たちの動きを気にしつつ、書類作成などの職務をこなした。一方、南雲は時生の隣の自席には着いていたものの、スケッチブックに何かを描き続けていた。覗いても隠されるのは明らかなので、時生はひたすら職務に励み、定時の五時十五分に署を出て買い物を済ませた。

立ち話中の近所の主婦と挨拶を交わし、通りを進んだ。十月に入り、午後五時過ぎには暗くなるようになった。気温と湿度が低く、過ごしやすい日が続いている。ほどなく小さな二階屋の自宅に着き、門を開けて玄関に進んだ。片手でノブを摑んで廻《まわ》すと、何の抵抗もなくドアは開いた。やっぱりか。脱力しながら「ただいま」と声をかけ、時生は家に入った。狭い三和土《たたき》で黒革靴を脱いでいると奥のドアが開き、次女・三女の絵理奈《えりな》と香里奈《かりな》が廊下を駆け寄って来た。二人は双子で、四歳だ。

「ただいま。お風呂入った？　ご飯は？」

廊下に上がって訊ねると、双子たちは争うように「入った！」「コロッケ食べた！」と答え、時生の脚や腕にまとわりついて来た。三人で廊下を進み、ダイニングキッチンに入った。「ただいま」と再度声をかけ、テーブルにエコバッグを置いて隣のリビングに目を向けた。そこにはソファが二台とローテーブル、テレビが置かれていて、手前のソファには女が二人、こちらに背中を向けて座っている。姉の仁美《ひとみ》と長女の波瑠で、テレビの前では長男の有人《あると》がゲーム中だ。三人が声を揃え、しかし振り向かずに「お帰り」と応え、時生は話を始めた。

「姉ちゃん。頼むから、玄関のドアにカギをかけてよ。家に人がいても侵入する居空《いあ》きって泥棒がいるって、いつも言ってるだろ」

「ああ。そのうちにね」

前を向いたままつっけんどんに、仁美が言う。四十一歳の仁美は、伸びた前髪を頭の上でちょんまげのように結い、色の褪《あ》せたスウェットシャツを着ている。と、その隣の波瑠があはは、と笑った。こちらはピンク色のパーカー姿だ。興味を惹かれ、時生は「なに見てるの？　ユーチューブ？」と問いかけながらソファに向かった。双子たちはダイニングキッチンに残り、エコバッグから中身を取り出している。

「違います。私です」

時生がソファの脇に行くのと同時に、波瑠たちとは別の女の声が答えた。見ると、波瑠が手にしたスマホの画面に、ショートボブヘアの女が映っている。時生の妻・史緒里《しおり》だ。画面越しに目が合うと、史緒里は「お帰り」と笑った。三人でビデオ通話をしているらしい。

「やあ」

照れくささを覚え、時生は片手を上げて応えた。とたんに波瑠が、「キモっ！」と叫び、仁美は「なにスカしてんのよ」と笑った。同時にゲームのコントローラーを摑んだ有人が

「よし！」と歓声を上げ、ダイニングキッチンの双子たちは何か揉《も》めて騒ぎだす。落ち着かないことこの上ないが、これが時生の日常だ。

十二年前。時生はリプロマーダーと思しき男を追跡したが反撃され、殺されかけた。しかしなぜか男は立ち去り、時生はそのとき覚えたある感覚をきっかけに、相棒である南雲こそがリプロマーダーなのではと疑いだした。しかしそのことは時生の身体、さらに家族にも影響を及ぼし、史緒里は二年前にアメリカに留学。その後、夫と離婚した仁美が、家事をするという条件で小暮家で暮らし始めた。

しかしひと月前、波瑠がある事件に巻き込まれた。その捜査の過程で、時生は音信不通だと思っていた史緒里が波瑠とは連絡を取り合っていたと知り、さらに史緒里と波瑠、仁美、それぞれの想いを知った。リプロマーダーの正体という最大の謎は解けていないが、時生と波瑠たちの関係は少し変わり、たとえば史緒里は波瑠以外の家族とも連絡を取り合い、時生とも時々話すようになった。

まずダイニングキッチンに行って双子たちをなだめ、時生はソファの脇に戻った。改めて波瑠のスマホを覗き、史緒里に語りかける。

「どうしたの？　そっちは夜中でしょ」

「うん。波瑠とお義姉《ねえ》さんの相談に乗ってたの。南雲さんに、ひと月前の事件のお礼をしたいんだって」

厚手のシャツを着た史緒里が言い、時生は「お礼？」と驚く。頷き、波瑠も言う。

「助けてもらった時、私は気絶してたでしょ。あとは南雲さんって面白いし、パパみたいに寒いこと言わないから、また会いたい」

「お礼ならパパが言ったし、南雲さんも十分寒いから」

ムキになって言い返した時生だが、自分を見る史緒里の眼差しに気づき、はっとする。

ひと月前の事件がきっかけで、波瑠は男二人とリプロマーダーに誘拐された。野中琴音が命を絶ったのは、その直後だ。野中と親しかった仁美は激しく動揺し、波瑠もショックを受けていた。その二人が何かしたいと言いだしたのだから、協力すべきだと史緒里は訴えているのだろう。それはその通りだけど、と時生が戸惑っていると、仁美も話しだした。

「史緒里ちゃんに聞いたんだけど、南雲さんって藝大出で美意識がすごく高いんだって？　だったら、ものを贈るのはリスキーかも。うちに呼んで、食事をごちそうしたら？　高級フレンチとかばっかり食べてるなら、普通の家庭料理は新鮮なはずよ。時生のつくるご飯はおいしいし、きっと喜んでくれる」

「仁美おばちゃん、ナイス。それいい。そうしよう」

テンポよく告げ、波瑠は「ママも賛成でしょ？」とスマホを覗いた。史緒里が答える。

「うん。でも確か、南雲さんは職場の人とプライベートな付き合いはしないはずよ。飲み会とかサークル活動とかはもちろん、結婚式やお葬式も不参加なんでしょ？　むかし本庁の偉い人が亡くなった時もお葬式には来なくて、代わりにすごく大きくて前衛的な供花《きょうか》が会場に届いた、ってパパが言ってた」

「そうなの？」

波瑠と仁美が振り向き、声を揃えて問う。「うん」と頷いた時生だったが、ある記憶が蘇り、訂正した。

「でも、うちには来てくれるかも」

「えっ。本当⁉」

史緒里が丸い目を見開き、時生はまた「うん」と頷いた。

今年の夏に、ある結婚詐欺事件を捜査した際、時生は南雲を自宅での食事に誘った。当然断られると思っていたところ、南雲は「考えておくよ」と答えた。驚きつつも「よろしくお願いします」と返した時生だが、南雲の意図が読めず、その後、話は進んでいない。時生は史緒里が驚く中、波瑠と仁美は大喜びで南雲を食事に招く計画を立て始めた。

「やることがあるんだ。夕飯は後で食べるから」と告げ、有人と双子にも声をかけて部屋を出た。廊下を戻り、途中の階段で二階に上がった。短い廊下を進み、手前の自分の部屋に入る。

明かりを点け、スーツのジャケットを脱いで壁際のベッドに載せた。奥の窓の前には机と椅子が置かれ、机上にはノートパソコンと警部補の昇任試験の問題集が載っている。しかしこれらは、試験勉強を口実に部屋に籠もるための道具だ。

時生は傍らの壁に立てかけられた細い金属棒を取り、部屋の中央に移動した。頭上の天井には長方形の扉が埋め込まれていて、そこに丸い穴の開いた金具が取り付けられている。小屋裏収納の出入口だ。

扉の金具にL字型に曲がった金属棒の先を引っかけ、手前に引いた。開いた扉の裏には折りたたまれた梯子《はしご》が取り付けられている。時生は両手で梯子を摑んで床に下ろし、金属棒を壁に戻して梯子を昇った。

天井高が一メートル弱しかないスペースを這《は》うように進み、奥の小窓を開けた。小屋裏収納の中には段ボール箱や古い家具、おもちゃなどが積まれている。小窓の前まで行き、時生はあぐらを搔いて座った。小窓の周りの板壁には、書類と地図、写真などが重なり合うように貼り付けられている。すべてリプロマーダー事件に関するもので、ここは時生の秘密基地だ。

今朝の村崎たちの聴取と井手から聞いた話を思い出しながら、壁に貼られたものを眺めた。そこには野中琴音についての資料と、彼女の遺体の写真もあった。飛び降りたビルの下のアスファルトにうつ伏せで横たわるその姿は、何度見ても胸が張り裂けそうになる。

野中さんの僕に対する想いは、言われてみれば心当たりがある。飲むとこの家に来たがったり、僕の身体や家族の問題を心配してくれたり。想いに気づいてあげられなかったのは悪かったけど、気づいたとしても応えられなかった。それに、野中さんは恋人と付き合い始めたばかりだった。ずっと憧れていた相手で、彼の話を僕とした時、照れたり誇らしげにしたりしてたのに。そう考えると切なさと悲しさ、さらにどうして？　という疑問が胸に押し寄せ、時生は俯いた。涙も出そうになったが堪え、顔を上げた。

「泣くのは、事件を解決してからだ」

自分で自分に言い聞かせ、深く息をして頭を切り替えた。

ひと月前の事件の夜。僕と野中さんは、リプロマーダー事件について話した。あのとき彼女は僕に、「リプロマーダーの正体に気づいてるでしょ？」と訊いた。僕は「野中さんも、リプロマーダーが誰か、気づいてるよね？」と訊き返し、その名前を言おうとしたけど、波瑠が巻き込まれた事件に動きがあって話はそこで終わった。

野中さんは自分のことを「リプロマーダーの正体」と言い、それを僕に気づかれたと思ったから命を絶ったという可能性はある。でもあの時、彼女は怯《おび》えていた。それは僕じゃなく、別の誰かに対してだ。別の誰かがしていることをやめさせ、その人物と自分を救って欲しい。彼女は僕に、そう言いたかったんじゃないだろうか。

「だから野中さんは、リプロマーダーじゃない」

口に出して言うと、確信が増した。アートの知識がある野中は、何かのきっかけでリプロマーダーは南雲だと気づいたのではないだろうか。そしてそれを南雲に気づかれ、死に追いやられたのだ。そう推測すると強い怒りが湧き、南雲を追い詰める方法を考え始めた。と、頭に一人の男の顔が浮かんだ。さらにその男と出会ったきっかけ、交わした言葉を思い出し、ある閃《ひらめ》きを得た。はやる気持ちを抑え、時生はスラックスのポケットからスマホを出し、その男の連絡先を探した。

8

同じ頃、南雲は渋谷区の高級住宅街にいた。その一角に建つモダンな邸宅の階段を下りて、玄関に向かう。大理石張りの三和土に下り、解錠して白く大きなドアを開けた。

「いらっしゃい」

南雲が声をかけると、一人の男が玄関に入って来た。背が高く、洗いざらしのシャツとジーンズ、着古したマウンテンパーカーという格好だ。男は「よう」と返した後、「お邪魔します」と律儀に会釈して三和土でスニーカーを脱ぎ、玄関に上がった。南雲は男を誘《いざな》い、手すりと踏み板が黒い鉄製の階段を上がった。二階のリビングルームに入るなり、男は言った。

「なんだ、この家」

リビングルームは広々として、三十畳近くある。高い天井と床、壁は真っ白で、作り付けの棚と大きな窓の枠は真っ黒だ。室内に置かれたテーブルと椅子、ソファ、照明なども色は白か黒で、一目で高級品とわかる。しかし、棚は空でソファにも人が座った形跡はなく、床のあちこちに未開封の段ボール箱と紐《ひも》で縛ったままの本が積まれている。

「いいでしょ？」

笑顔で訊ね、南雲は部屋の中央のテーブルに歩み寄った。男もテーブルに向かったが、怪訝《けげん》そうに室内を見ている。

「お前らしいといえばらしいけど。でも、楠町西署には遠すぎないか？　警察官は所属してる署の管内に住むのがルールって、何かで読んだぞ」

「うん。だから、表向きは署の近くのマンションに住んでることになってる。ここは内緒の自宅ってわけ」

「内緒？　じゃあ、小暮くんも知らないのか？」

「もちろん。人を招いたのも、古閑《こが》くんが初めてだよ」

そう答えると、男は呆れたように南雲を見返した。この男は古閑塁《るい》といい、売れっ子の画家だ。南雲の藝大時代の同級生だが、四浪しているので歳は四つ上の五十二。海外生活を経て今年の春に帰国し、ある事件の捜査を通じて南雲と再会して、時生とも知り合いになった。

「そりゃ光栄だけど、何でまた」

マウンテンパーカーを脱いで椅子の背に掛けながら、古閑が疑問を呈す。答えの代わりに、南雲はリビングルームの奥のドアに向かった。ドアを開けて中の部屋の明かりを点し、振り向いて手招きする。「なんだ？」と、古閑も近づいて来たので、南雲は手のひらで室内を指した。つられて、古閑が視線を動かす。

そこはこの家に三つある寝室の一つで、白い壁の前に黒い鉄製フレームのベッドが置かれている。室内にあるのはそれだけで、ベッドの上にマットや寝具は載っていない。そしてベッドの手前の床には、複数の赤茶色のシミが付着している。シミの周りには、黄色いビニールテープが左右に一カ所ずつ、歪んだ楕円を描いて貼られていた。「おっ」と呟き、古閑は言った。

「あの黄色いテープ、警察の鑑識係のだろ？　で、シミは血痕だ。てことは、ここは何かの事件現場か……おい、まさか」

「正解。リプロマーダー事件の現場だよ。ここは四件目で、再現された絵画はエドゥアール・マネの『自殺』。リプロマーダーは薬物で被害者の意識を朦朧《もうろう》とさせ、手に拳銃を握らせて自分の胸を撃たせたらしいよ」

そう語りつつ南雲の頭には、男が右手に拳銃を持ち、白いシャツの右胸を血で赤く染めてベッドに仰向けで横たわる姿を描いた「自殺」と、それを模倣した犯行現場が浮かぶ。ついでに十二年前にいち早くここに駆け付け、遺体を発見したのが自分と時生だという記憶も蘇り、テンションが上がった。「そうだったな」と頷き、古閑も言う。

「確か被害者の男性は資産家で、女性を乱暴しては金で黙らせてたんじゃなかったか？　マスコミが派手に報道してたから覚えてるよ」

「うん。ここを管理してる人が売りに出すっていうから、買い手がつくまでの条件で借りたんだ。事故物件につき、家賃は格安。ラッキー」

「どこがだよ……でも、お陰で貴重なものが見られたな。ベッドのつくりとか血痕の付き方とか、確かに『自殺』そっくりだ」

「やっぱり？　古閑くんは喜んでくれると思ったんだ」

満足し、南雲は興味深げに現場を眺めている古閑の横顔を見た。と、古閑は思い出したようにジーンズのポケットを探り、折りたたんだ書類を出した。

「頼まれたものを持って来た。前に、つくって渡すと言ったリストだ」

「ありがとう」

南雲は書類を受け取り、二人でテーブルに戻った。古閑が問う。

「しかし、まだそのリストが必要なのか？　リプロマーダー事件は解決したんだろ」

「まあ、座って。わざわざ届けに来てくれたんだし、とっておきのワインを開けるよ」

そうはぐらかし、南雲は古閑に椅子を勧めて書類をスラックスのポケットに入れた。スラックスは黒で、トップスのワイシャツは白。どちらも部屋着だが、シワひとつなくプレスされている。

テーブルを離れて部屋の奥に行き、事件現場の部屋の向かい側にある引き戸を開けた。中はキッチンで、ここも床や壁、システムキッチン、家電などは白と黒で統一されている。南雲はその一角に置かれたワインセラーを開け、ボトルを二本取り出した。開け放した引き戸の隙間から顔を出し、ボトルを見せて問う。

「シャトー・ジスクールの赤と、キスラーの白。どっちがいい？」

すると、テーブルに着いた古閑は即答した。

「黒ビール」

思わず呆れた南雲だが、顔色と目の充血具合から、古閑が既に飲酒していると気づく。さらにその髪がいつも以上にボサボサで、無精ヒゲも伸びているのがわかった。複雑な思いにかられながらも、

「漆黒《しっこく》のコーヒーを淹《い》れるよ。手伝《つだ》って」

と微笑み、キッチンの奥に進んだ。古閑がやって来たので、ワインを渡してセラーに戻してもらう。システムキッチンの吊り戸棚を開け、コーヒーの粉が入った缶を取り出しながら言った。

「野中琴音ちゃんの件で、本庁の捜査員にあれこれ聞かれてるみたいだね。マスコミにも騒がれてるっぽいし」

「ああ。警察は、琴音ちゃんと付き合ってた俺が彼女に操られ、行方不明になってる元カレをどうにかしたと疑ってるらしい……それより、週刊誌やネットニュースに載ってる俺の写真だよ。ひどい写りでさ、これに変えてくれって別のを送ろうとしたんだけど、マネージメント契約してるギャラリーに止められた」

子どもっぽく口を尖《とが》らせ、古閑はぼやいた。その様子がおかしく、小さく笑ってから南雲は答えた。

「確かにあの写真はひどい……で、元カレをどうにかしたの?」

すると古閑は「してない」と返し、こう続けた。

「面識がないどころか、存在すら知らなかったよ。もちろん、事件のことも知らなかった。でも、付き合い始めてすぐに、琴音ちゃんの小暮くんへの想いには気づいた。小暮くんの話だけじゃなく、彼から聞いたっていう奥さんや子どもたちのエピソードを、自分のことみたいに嬉々《きき》として語ってた。あれは恋情というより思慕、憧憬という名の執着だな。自分の中に空いた穴を必死に埋めようとしてる感じがいじらしくて、放っておけなかった。一緒に穴を埋めようっていうんじゃなく、穴が空いてる状態こそが完璧で、きみは一枚のタブローなんだって伝えたかったんだ」

タブローとは、フランス語で壁画以外の絵画という意味で、アートの世界では、画家の意図が描写に反映された、完成した作品を指す。古閑くんらしい表現だなと南雲は思い、

同時に彼が本気で野中を想い、向き合おうとしていたのがわかった。しかし、

「そう」

とだけ答え、システムキッチンのカウンターからコーヒーサーバーとドリッパー、ペーパーフィルターの箱を取って自分の前に置いた。「うん」と頷き、古閑はさらに語った。

「でも、手遅れだった。琴音ちゃんの穴はどんどん広がり、彼女を呑《の》み込んでいたんだ。悪人を殺し、死を描いた絵画を再現するのが心理学的に何を意味するのかはわからないが、ああするしかなかったんだろう……南雲。俺、またやっちまったよ。すぐそばにいながら、大事な女を救えなかった」

後半は呟き声になり、言う。南雲は箱からペーパーフィルターを取り出す手を止め、古閑を見た。その切れ長の目は、悲しみと後悔、そして自分に対する怒りの色で満ちている。

とっさに南雲が口を開こうとした矢先、古閑は笑った。

「あいつも、自分の中に穴を抱えてたよな。しかも、それが自分の武器だってことを自覚してた。俺もお前も、あいつのそういうところに振り回されながら、惹かれてた」

「いや」

そう言った南雲を、古閑が見る。と、胸の奥深くから一つの記憶と面影が蘇りそうになった。それを押しとどめ、南雲は少し早口になってこう告げた。

「今回の件なら、古閑くんはまだ手遅れじゃないよ。もちろん、僕もね」

「どういう意味だ？」

「ないしょ……そのケトルで、お湯を沸かして。ちゃんと手を洗ってからね」

微笑んで指示し、システムキッチンの端のコンロを指す。コンロの五徳《ごとく》の上には、持ち手の部分がニワトリの鶏冠《とさか》を思わせるデザインの、イタリア製のヤカンが載っている。

「おふくろかよ」とぼやきつつ、古閑はコンロとは逆の端にあるシンクの前に移動した。シャツの袖をめくり、シンクの奥に手を伸ばす。

シンクの奥には鶴首型のタッチレス混合水栓があり、その右隣に、上部に細く短い棒が付いた、高さ十センチほどのステンレス製の円柱がある。南雲が見守る中、古閑は迷わず右手で円柱の頭を押し、左の手のひらを棒の先に近づけた。と、棒の先から乳白色のハンドソープが噴射され、古閑の左の手のひらに落ちる。

「すごい。古閑くん、よくそれがソープディスペンサーだってわかったね」

円柱を指して南雲が言うと、古閑は泡立てたハンドソープを蛇口から出した水で洗い流しながら笑った。

「海外じゃ、ビルトイン・ソープディスペンサー付きのシンクは珍しくないからな。俺がアメリカで住んでた家にも付いてたよ」

「そうなの？　驚くだろうなって、楽しみにしてたのに。僕は最初にそれを使った時、水とお湯の切り替えレバーだと思っちゃったよ」

「水を出したり止めたりはタッチレスなのに、温度の切り替えは手動ってことか？　あり得ないだろ。お前、そういうところは全然変わらないな」

「ありがとう」

南雲が返すと、古閑は「褒めてないから」と突っ込み、また笑った。


数時間後。南雲は古閑が去ったリビングルームにいた。毎晩そうしているように、スマホで音楽を流し、テーブルに置く。曲はリュートのソナタ。リュートはレオナルド・ダ・ヴィンチの絵画のモチーフとなり、自身も演奏したとも言われる古い弦楽器だ。その音色は柔らかく繊細でありながらどこかミステリアスで、目を閉じて聴いている南雲は、安らぎと興奮を同時に感じた。

やがて目を開けて席を立ち、南雲は壁際に歩み寄った。積まれた段ボール箱と束ねた本の間に、緩衝材で包まれた縦横七十センチ、厚さ五センチほどの段ボール箱がある。南雲はその段ボール箱を取り上げ、緩衝材を剝がして開封した。中身は茶色い包装紙に包まれており、南雲はそれを取り出して眺めた。

「二十八年ぶりか」

そう呟くと、胸が騒いだ。ためらいも覚え、それを断ち切るために片手で包装紙を剝がした。バリバリという乾いた音とともに露わになったのは、一枚のキャンバス。そこには油絵が描かれている。

懐かしさを覚えたのは一瞬だった。さっきは押しとどめた一つの記憶と面影が、今度ははっきりと、痛みと後悔、そして罪悪感を伴って蘇った。その反面、思考はクリアで、南雲は油絵に見入った。

いつの間にかリュートのソナタは終わり、リビングルームは静寂に包まれていた。しかし南雲は壁の前から動かず、油絵を見つめ続けた。

9

遠くで着信音が鳴り、時生はノートパソコンのキーボードを叩く手を止めた。並んだ机の列の奥を見ると、諸富がいた。自席でジャケットのポケットからスマホを出し、眺めている。と、諸富も時生を見て目配せし、顎で部屋の出入口を指した。頷き返し、時生は視線を隣席に移した。そこでは南雲が、左手に握った鉛筆をスケッチブックの上で動かしている。ここは楠町西署の刑事課で、時刻は午前九時前だ。

スケッチブックに何か描くのはいつものことだけど、このところやけに熱心だな。ふと思い、時生は脇から覗いた。白いページに鉛筆で描かれた大小の円が目に入った直後、

「覗き見禁止」

と南雲が言い、スケッチブックを閉じた。席を立ち、時生は告げた。

「落書きしてる場合じゃないでしょう。行きますよ」

「落書きって、ひどいな」

そう抗議した南雲だが、スケッチブックを手に立ち上がる。

まず諸富が部屋を出て、間を空けて時生と南雲も続いた。部屋には向かい合って並んだ机の列がいくつかあるが、閑散としている。奥にある刑事課長の村崎舞花と、係長の藤野尚志の席も空いていた。

部屋を出た時生たちは諸富と合流し、廊下を進んだ。奥のエレベーターホールまで行くと、脇にある階段室から剛田と糸居が顔を出した。周囲を確認し、諸富と時生たちも階段室に入る。

「江島克治さん殺害事件の捜査会議が始まりました。課長たちは、当分会議室から出て来ないはずです」

剛田が小声で報告し、諸富は「よし」と返して階段を上り始めた。剛田と糸居が後に続き、時生も「え～っ。エレベーターを使おうよ」とぼやく南雲をなだめて階段を上った。

五人で六階建ての署の五階まで上がった。諸富、糸居、時生の順に廊下を進み、後から「ちょっと休ませて」と訴える南雲と、それを励ます剛田が続いた。

ほどなく、目的地であるフロアの奥のドアに着いた。傍らの壁には、「留置管理課」と書かれたプレートが取り付けられている。諸富がドアを開け、みんなで部屋に入った。

部屋の中は広く、手前に受付カウンター、その脇にはまたドアがある。諸富がカウンターに歩み寄ると、奥に並んだ机の一つから制服姿の男が立ち上がった。諸富と同年代だが、痩せて黒縁のメガネをかけている。時生たちのもとに来た男は諸富に目配せし、二人はドアの前に移動して小声で話し始めた。と、剛田が南雲に囁《ささや》く。

「あの人は留置管理課の石井《いしい》係長。諸富さんの警察学校の同期だそうです」

「あっそう。で、どうするの？」

あっけらかんと南雲が訊き、時生も囁いた。

「しっかりして下さい。さっき説明したでしょう」

一夜明け、出勤して来た時生たちは村崎たちの目を盗み、作戦会議をした。そして、昨日それぞれが調べたことを元に今日の動きを決め、ここに来たのだ。

「あれ。そうだっけ？」とボケる南雲に三人で呆れていると、諸富が戻って来た。一方、石井はカウンターの中に戻り、奥のパーティションの裏に隠れる。すぐにブザーの音がして、壁のドアの電子錠が開けられた。諸富はドアの中に入り、時生たちは机に着いた他の職員たちに目礼して後に続いた。

ドアの奥には、廊下が真っ直ぐに伸びていた。片側に並ぶドアは被留置者が弁護士等と接見するための面会室と、身体検査室。その隣のロッカーは、被留置者の私物を保管するためのものだ。たまに職務で来るので、ここの配置は時生の頭に入っている。そして、廊下の反対側に並ぶのは、白い鉄格子が取り付けられた被留置者の居室。ここは成人男性用の居室で、フロアの反対側には少年と女性用の居室もある。廊下の手前が雑居と呼ばれる定員六名ほどの共同室で、奥が個室だ。

雑居房には数人の被留置者がいたが、諸富はその前を素通りして個室に向かった。そしてその一つの前で立ち止まり、鉄格子の向こうに会釈した。

「おはようございます」

「諸富か。どうした?」

そう応えたのは聞き慣れた、ややハスキーで鼻にかかった声。個室の前に着いた時生たちの目に、井手義春の姿が映る。すると南雲は、「なるほど」と納得したように頷き、時生は「井手さん」と呼びかけて鉄格子の前に進み出た。剛田と糸居も倣う。

「お前らもか……ダ・ヴィンチ殿まで?」

驚いたように言い、井手はぎょろりとした目をさらに大きくした。ライトグレーのスウェットの上下を着て、浅黒い顔にはうっすらヒゲが生えている。南雲は朗らかに手を振ったが、時生はかつての相棒で、尊敬する先輩でもある井手の姿に胸が痛んだ。

「井手さん。あまり時間がないので、本題に入ります」

深刻な顔で声を潜ませ、諸富が話しだした。「ああ」と、戸惑ったように井手が頷く。

「ご存じかと思いますが、状況はよくないです。江島さんを殺害したナイフの柄から井手さんの指紋が検出された上、井手さんには彼の死亡推定時刻である、四日前の午後九時から十一時までの記憶とアリバイがない。加えて、井手さんと江島さんは七年前の大濱ハツミさんの事件を巡る因果関係があり、四日前の夜、井手さんは居酒屋・宝屋で『あの野郎、絶対許さねえ』などと漏らしながら深酒し、午後十時半過ぎに退店したことが明らかになっています。よって、井手さんは本件の重要参考人です。村崎課長以下の捜査員は、井手さんの容疑を固め、逮捕する方向で動いています」

後半は捜査会議で報告しているような口調になり、語る。井手が厳しい表情で、「だろうな」と返すと、諸富はこう続けた。

「しかし、僕らは違う。井手さんの無実を信じています。五人とも捜査を外されましたが、それを逆手に取って密かに動き、真相を究明するつもりです」

「バカ言うな。そんなことをしたら、お前らが――」

「でも、このままじゃ犯人にされちゃいますよ。井手さん、やってないんでしょう?」

鉄格子を摑み、単刀直入に問うたのは剛田だ。その顔を見返し、井手は頷いた。

「ああ。俺はあいつに、今からでも罪を認めさせて、大濱さんとご家族に謝罪させたかったんだ。江島は取り合わず、食い下がる俺とたびたび言い合いになってたけどな。事件の前日に誰かが目撃したってのも、それだろう。だが、俺はやってねえ。どんなに許せねえ相手でも、手に掛けちまったら一生そいつに縛られることになるってのを、この目で見てきたからな」

力強く断言し、時生たちの顔を見回す。大きく頷き、時生も言った。

「僕もそう思います。でも、それを証明するには状況を変えないと。僕らにやらせて下さい。井手さんにはまだまだ教わりたいことがあるし、現場に戻ってくれないと困るんです」

「そうですよ。俺らのためだと思って、やらせて下さい」

糸居も訴える。すると井手は感極まったように黙り、気を遣うように南雲を見た。

「ご心配なく。レオナルド・ダ・ヴィンチも『自分に無害な悪は、自分に有益な善と同じことだ』と言ってるし」

にっこりと南雲に返され、井手はきょとんとする。時生も意味がわからなかったが、井手は顔を引き締め、「で、俺は何をすればいい？」と訊いた。時生が答える。

「事件の夜のことを教えて下さい。宝屋の鴨志田晃さんは、井手さんは午後七時前に一人で来店し、二時間足らずで焼酎のボトルを空けたと話していました。間違いないですか？」

「店に行った時間と、一人でってのは間違いねえ。だが、その後は……。ビールから焼酎ってのが俺のパターンだし、カモちゃんがそう言ったのならそうなんだろうな」

「わかりました」と返した時生だが、事態の深刻さを感じる。と、南雲が反応した。

「カモちゃん？　あだ名からしておいしそう、じゃなくて、おいしいものをつくりそう。僕も宝屋に行きましけど、名店ですね。ランチであのクオリティーなら、夜はさぞかし――ちなみに、宝屋のワインの品揃えは？」

「どうかな。俺、ワインは苦手なんですよ。柄じゃねえし、体に合わねえのか、飲むとすぐに眠くなっちまうから。でも、焼酎や日本酒はいいのを揃えてるし、肴も旨いですよ」

立場を忘れたように嬉々として、井手は語った。南雲は「ふうん」と呟き、続けて「ありがとう」と微笑んだ。と、剛田が話を事件に戻した。

「井手さんは、宝屋か別の場所で薬物を飲まされたって可能性はないですか？　事件発生時の記憶がないのは、そのせいとか」

「いや、それはない。身柄を拘束された直後、井手さんは尿検査を受けているが、薬物の反応は出なかった」

そう答えたのは、諸富だ。みんなが考え込み、糸居が言った。

「僕は被害者《マルガイ》を洗いました。江島さんは懲役八年の罪で服役し、過去に数回仮釈放を申請していますが、すべて却下されています。それが、なぜ急に許可されたのでしょうか。しかも、仮釈放後に身を寄せていたのは千代田区内の高級マンションです」

「そうなんだよ。俺も妙だと思ってた」

井手が身を乗り出し、やっぱりそうかと時生たちは頷く。糸居はさらに言った。

「マンションの管理人に話を聞いたところ、江島さんが暮らし始めた頃から、不審な男がたびたびマンションを訪ねて来るようになったそうです」

「それ、井手さんのことじゃないの？」

笑いながら、南雲が突っ込む。初めて間違わずに名前を呼んだなと、時生は振り返った。いつの間にか、南雲は時生たちの後ろに移動し、また鉛筆でスケッチブックに何か描いている。すると、糸居は大真面目に答えた。

「違います。管理人に井手さんの写真を見せて確認しましたが、『もっと若くて、高そうなスーツを着てた』と言っていました」

「悪かったな。どうせ俺はおっさんだし、スーツは安物だよ」

すかさず井手がぼやき、時生たちは笑ってしまう。井手は「笑うなよ」とさらにぼやき、時生は「すみません。ちなみにその男は」と話しだそうとした。その矢先、

「何をしているんですか？」

と声がした。はっとして振り向くと、廊下の手前に村崎が立っていた。強ばった顔で時生たちを見ている。とっさに、時生は返事をしようとした。が、それより先に村崎の後ろから、「おい。どういうつもりだ！」と尖った声を上げ、藤野が駆け寄って来た。時生は言葉に詰まり、代わりに南雲が、

「どうも。清々しい朝ですね」

と返し、村崎と藤野に笑いかけた。

10

村崎が「ここを出ましょう」と告げ、時生たちと藤野は留置場から二階の刑事課に戻った。七人で、二日前に時生が村崎たちの聴取を受けたのと同じ小会議室に入った。楕円形のテーブルの奥に藤野と並んで着くと、村崎は話しだした。

「まず確認です。昨日《さくじつ》、江島さんの事件の関係者に聞き込みをしましたね？」

「はい」

テーブルの、村崎たちの向かいの席で諸富が答える。すぐにバレるだろうなと思ったけど、やっぱりか。諸富の隣に座った時生は心の中でそう呟き、「すみません」と頭を下げた。その隣の糸居と剛田も頭を下げ、端の席の南雲は、鉛筆でスケッチブックに何か描き続けている。

「こういう事態を恐れて、みなさんを捜査から外したのです。被疑者への偏向的な思い入れが現場をどれだけ混乱させ、事件解決に支障を来《きた》すか、ご存じでしょう」

表情を動かさずに淡々と、村崎は語りかけた。井手さんは、重要参考人から被疑者になったのか。時生がショックを受けていると、諸富は返した。

「もちろんです。しかし被疑者への偏向的な思い入れをお持ちなのは、課長も同じなのではないでしょうか」

「口を慎《つつし》め。自分の規律違反を棚に上げて、課長を侮辱するつもりか」

たちまち顔を険しくし、藤野がわめく。時生と糸居、剛田は驚いて諸富を見た。井手同様、諸富もかねてから村崎に反感を抱いており、今回の秘密の捜査は覚悟の上だったということか。

無言で村崎を見ている諸富に腹を立てたのか、藤野はさらに顔を険しくして口を開こうとした。すると村崎は、前を向いたまま片手を顔の横に上げた。これは彼女のお馴染《なじ》みのポーズで、「ストップ」または「注目」の意思表示らしい。横柄に感じられ、このあたりが井手や諸富、その他の古参刑事が村崎を疎《うと》む理由の一つなのだろう。が、藤野ははっとして黙った。それを確認し、村崎は片手を下ろして会話を続けた。

「それはどういう意味ですか?」

「日ごろの態度を考えれば当然ですが、課長は井手さんを快く思われてないのでは? その張本人が殺人の被疑者となれば、いかに高潔な課長でも行動や判断にフィルターがかかるでしょう。その結果、一つの結末を想定して捜査を進めてしまうのではありませんか?」

そう問い返し、諸富はテーブルの上で両手を組んだ。口調を淡々としたものに変え、言葉使いは理屈っぽくなる。これは相手の態度に自分を合わせるという、彼が取調べをする時のテクニックなのだが、それだけ真剣ということだろう。

「それはあり得ません。なぜなら、私は井手さんを不快に思っていないからです。むしろ部下として信頼し、その人柄とキャリアに敬意を抱いています。信じられないかもしれませんが、事実です」

村崎が答える。真っ直ぐ諸富を見ているが、無表情の棒読みなので言葉にリアリティは感じられない。諸富や糸居たちも同じように感じたらしく、場に白けた空気が漂った。

「井手さんを江島さんの事件の被疑者としたのは、物証と動機があるからです。加えて、最近の井手さんの行動には不審点がありました……井手さんから、リプロマーダー事件特別捜査本部の情報を得ていましたね？」

後半は時生、そして持ち手の部分が青い鉛筆を握った手を動かし続けている南雲を見て村崎は訊ねた。それもバレてたのか。焦りを覚え、時生は返す言葉を探した。と、我慢の限界というように藤野が会話に加わった。

「わかったな？　課長はすべてお見通しなんだ。その上で、冷静かつ公平に対処されているというのに、お前らは――相応の処分は覚悟しておけよ。無論、留置管理課の石井もだ。署長に報告の上、全員、本庁の人事第一《ヒトイチ》課の監察を受けさせる」

「待って下さい。石井は無関係です。井手さんとの面会は、僕が無理に頼んだことで」

焦りを滲《にじ》ませ、諸富は訴えた。警視庁警務部人事第一課は、職員の違法行為やコンプライアンス違反を取り締まる部署だ。いわば警察の中の警察で、監察の対象になっただけで、その職員に出世の目はないと恐れられている。不快そうに顔をしかめ、藤野は返した。

「だから何だ。規則は絶対で、例外はない」

「でしたら、僕が石井のぶんの処分も受けます。彼らの処分も、僕が」

時生たちを指して言い、諸富は立ち上がった。驚き、時生も立ち上がる。

「ダメです。なに言ってるんですか」

と、糸居と剛田も立ち上がり、「そうですよ」「みんなでしたことです」と訴える。時生たちを見た諸富は「言いだしたのは俺だ」と返し、やり取りに苛立ったのか、藤野が「黙れ。俺が話しているんだ」と主張する。場が騒然とし、それを収めようと村崎が片手を上げたが、みんな見向きもしない。すると突然、

「自宅待機でいいんじゃない？」

と南雲が言った。みんなが一斉に視線を動かすと、南雲はいつの間にかスケッチブックを閉じてテーブルに置き、鉛筆もジャケットの胸ポケットに戻していた。藤野が問う。

「いきなりなんだ？」

「誰がどう処分されるにしろ、まずは自宅待機でしょ？　じゃあ、そうしましょうよ。僕らには頭を冷やす時間が必要だし、お二人は捜査に集中できる」

藤野ではなく村崎に向かってそう答え、南雲は「ね？」と微笑んだ。「ふざけるな！」

と藤野は激昂し、その眼前に村崎が立てた手のひらを突き出す。続けて「ストップ」と声に出して命じ、南雲を見て言った。

「いいでしょう。みなさん五人には、直ちに帰宅し、指示があるまで待機することを命じます。ただし南雲さんに言われたからではなく、はじめからそうするつもりでした」

相変わらずの無表情だが、最後のワンフレーズには村崎のプライドが感じられた。

「了解。じゃ、帰ろうっと」

そう返すが早いか、南雲は立ち上がった。そして時生たちが啞然《あぜん》とする中、スケッチブックを抱えていそいそとドアに向かった。

11

「——てな訳で、江島さんが身を寄せていたのは、そのマンションの二〇二号室です」

スピーカー機能をオンにしたスマホから、剛田の声が車内に流れた。後部座席でスマホを手にした時生は、「わかった」と返す。運転席には糸居、助手席には南雲が座っている。

「二〇二号室のオーナーは、ひむかい不動産っていう会社です。本社は宮崎県東臼杵郡《ひがしうすきぐん》にあって、社長は仲林千代治《なかばやしちよじ》という男性。でもこの会社、ほとんど活動していないんですよ。そのくせ、そのマンション以外にも都内に複数の不動産を所有してて、しかも千代田区、中央区、港区と一等地ばっかり。仲林さんについても調べてみましたけど、前科《まえ》を含めてヒットせず。名前からして、お年寄りかもしれませんね」

剛田はさらに語り、その声にパソコンのマウスをクリックしたり、ホイールを回転させたりする音が重なった。話し方がいつも以上にフランクなのは、彼が今、楠町西署の近くにある警視庁の独身寮の自室にいるからだろう。

「そうか。ありがとう、助かったよ。三時間足らずでそこまで調べるなんて、さすがだね」

「いえいえ。そっちに行けないんですから、当然ですよ。この後、さらに調べます」

「心強いけど、くれぐれも気をつけて。自宅待機になったことで、独身寮の寮監《りょうかん》や寮長の目が厳しくなるはずだから」

時生はそう忠告し、剛田は「わかりました」と応える。通話を終え、時生はスマホをジャケットのポケットに戻して前を向いた。

「謎の経緯で仮釈放をして身を寄せた先は、一等地の高級マンションの一室。その部屋のオーナーである会社は、他にも高級物件を所有しながら、社長含め正体不明。井手さんが言ってた通り、妙だな」

「妙どころか、怪しすぎるだろ。この事件《ヤマ》、裏があるな」

振り向いてそう応えたのは、糸居。「ああ」と頷き、時生はこう続けた。

「僕らにはいい兆候だよ。井手さんは、東臼杵郡にも高級物件にも縁はなさそうだから」

「だな」と、糸居が笑う。

今朝あの後、時生たちは署を出てそれぞれの家に帰った。が、すぐに時生のもとをマイカーに乗った糸居が訪ねて来て、「南雲さんから連絡があって、小暮を拾って江島さんがいたマンションに行くように言われた」と告げた。訳がわからないまま、時生は一旦脱いだスーツをまた着て糸居の車に乗り、ここ、千代田区麴町《こうじまち》に来た。すると物陰から南雲が現れ、彼も乗車して目的地のマンション近くの路上に移動したのだ。

時生が意図を訊くと南雲は、「マンションを調べよう。でも、いろいろ切羽詰まってそうな諸富さんと、独身寮住まいで監視付きの剛田くんは抜きね」と説明したが、目当てのマンション付近には署の捜査員の姿があり、ここで足止めを食らっているという訳だ。

「にしても、いいのかなあ。自宅待機中に外出なんて、バレたら大騒ぎだよ」

急に不安になり、時生は話を変えた。眉根を寄せ、糸居も同意する。

「ああ。下手すりゃ、懲戒免職《ちょうかいめんしょく》だな。俺、三十年ローンで家を買ったばかりで――南雲さん、大丈夫なんですか?」

「もちろん。僕はストレス性の頭痛に悩んでて、この近くの病院に診察を受けに来たってことにするから。受診には同じ職場で働くきみたちの証言も必要なんだけど、肝心の病院は大混雑で、ここで予約のキャンセル待ちをしてるってシナリオ。どう? 完璧でしょ」

前を向いて何かを読みながら、南雲が答える。たちまち糸居が、

「どこが完璧なんですか。無理がありすぎですよ」

と声を上げ、時生も言う。

「やりたい放題やってるくせに、ストレス性の頭痛？　信憑性ゼロですね」

「うるさいなあ。自宅待機中だって、通院までダメとは言わないでしょ……ところで糸居くん。宝塚《たからづか》ファンなの？　意外」

そう問いかけるなり、南雲は顔を上げて読んでいたものを掲げて見せた。時生がそれを覗くと、雑誌だ。表紙には「歌劇」とタイトルがあり、その下にショートカットの女性の写真が載っている。華やかさと目力の強さからして、宝塚歌劇団の男役の俳優か。

「返して下さい！　いつの間に引っ張り出したんですか」

わかりやすくうろたえ、糸居は南雲の手から雑誌を引ったくった。

「さっき、きみたちがマンションの様子を見に行った時。小暮くんちの車は面白かったけど、糸居くんちのもなかなかだねえ……なにこれ。かわいい」

楽しげに語り、南雲は腕を伸ばした。運転席の前のダッシュボードに取り付けられたカゴから、何か摑み上げる。上部にパンダの顔が付いた、スティック型のツボ押しのようだ。

糸居はまた、「返して下さい！　その辺のものをいじらないで」と騒ぎ、南雲の手からツボ押しを奪還した。

糸居の愛車は、外見はありふれた小型のハイブリッドカーだ。しかしその中は、運転席の脇に、ハンドルの下に取り付けて使う折りたたみテーブルが置かれていたり、ダッシュボードのカゴには、マッサージ器やアイピローなどの癒やしグッズが詰め込まれていたりする。さらにルーフに渡されたロープには、衣類を掛けたハンガーやタオルがぶら下げられ、後部座席にはノートパソコンとスリッパ、文庫本やスナック菓子などが入った箱が置かれていた。南雲はその一つ一つに反応して騒ぎ、糸居は時生に「家は狭くて子どもや妻のものでいっぱいだから、車の中が俺の唯一のパーソナルスペースなんだよ」と説明した。ツボ押しを奪われた南雲だが、懲りずに「ここはまだ見てない」とグローブボックスを開けようとした。糸居はそれを阻止しようと騒ぎ、時生はうんざりして視線を前に向けた。ハイブリッドカーは脇道に停車していて、前方にはマンションが建つ通りが見える。と、その通りを、見覚えのある白いセダンが走り抜けていった。身を乗り出し、時生は告げた。

「署のみんなが引き上げたみたいですよ。マンションを調べるなら、今がチャンスです」

はっとして糸居と南雲は黙り、三人でハイブリッドカーを降りた。脇道を出て通りを進み、マンションに向かう。このあたりは都内でも有数の高級住宅街で、高い塀に囲まれた豪邸や、戸数は少ないのに敷地が広い低層マンションが並んでいる。目当てのマンションも低層だが、通りに面したベランダは広々として窓も大きく、各戸百平米以上あるだろう。石造りの門からマンションの敷地に入り、エントランスに向かった。と、木製の自動ドアが開き、エントランスの中から男が出て来た。歳は三十ぐらいで、髪を整えて高そうな茶色のスーツを着ている。もしかして、と時生が閃いた矢先、南雲が動いた。

「江島さんの知り合い？　ここで何してたの？」

男の脇で足を止め、問いかける。反射的に立ち止まった男だが、訝しげに「はい？」と訊き返す。時生は慌てて南雲の横に行き、言った。

「警察の者です。二〇二号室にいらしていたんですか？」

「そうですけど……本当に警察の方ですか？　警察手帳を見せて下さい」

警戒心溢《あふ》れる顔になり、男は返した。もっともな要求だが、時生たちは署を出る前、警察手帳を専用のロッカーにしまって来た。

「事情があって持っていませんが、楠町西署の者です」

時生は説明したものの、男は「信じられません」と突き放すように言い、歩きだした。

「待って下さい」と時生、さらに糸居が後を追い、やり取りに気づいたのか、エントランスの中から管理人らしき、ベージュの作業服を着た年配の男が出て来た。

「どうしたんですか？」

「待ってました……管理人さん。この人は誰？」

そう問いかけたのは、南雲。片手で、マンションの門の手前に立つ糸居を指している。怪訝そうに眉をひそめた管理人の男だが、糸居を見て答えた。

「誰って……刑事さんでしょ。昨日もここに来ましたよね」

するとと南雲は満足げに頷き、茶色いスーツの男に、「ね？」と微笑みかけた。男はなおも「本当ですか？　警察手帳は見ましたか？」と疑ったが、管理人の男に「ええ。ちゃんと見せてもらいましたよ」と返され、渋々ながらも自動ドアの前に戻って来た。管理人の男がエントランスの中に戻り、時生たちはその場で話を聞いた。

男は山室孝実《やまむろたかみ》といい、歳は三十。職業は参議院議員の安沢求《やすざわもとむ》の私設秘書で、身分証も持っていた。政治家絡みかと緊張しつつ、時生は質問を始めた。

「山室さんはこちらで何を？　二〇二号室には、四日前に亡くなった江島克治さんがお住まいでしたよね」

「ええ。仮釈放後、江島さんはうちの事務所でお世話させていただいておりました。こちらの部屋も、我々が用意したんです」

「亡くなる前の江島さんの様子は？　どこに行くとか、誰に会うとか言っていませんでしたか？」

時生は畳みかけたが、山室は「さあ」と肩をすくめた。

「私は必要なものを届けていただけですから。江島さんは飲み歩いたり、パチンコをしたりと、塀の外の暮らしを楽しまれていたようですよ。ただ、亡くなった日は、私はこちらに来ておりません」

「そうですか。しかし、なぜ江島さんの世話を?」

「それについては、別の刑事さんにご説明しましたが」

警戒を強める山室に、糸居が「念のためです。お願いします」と頭を下げる。ため息をついてから周囲を確認し、山室はこう答えた。

「江島さんに、ある事件の裁判で証言をしていただくためです」

「裁判!?」

時生と糸居が同時に反応し、山室は「それ以上はご勘弁下さい」と伏し目がちに告げ、歩きだした。そして引き留める間もなく、マンションの門から通りに出て行った。

「ふうん……面白くなってきたね」

意味深な呟きが耳に届き、時生と糸居は傍らを見た。そこには南雲がいて、鉛筆を握った左手を、ページを開いたスケッチブックの上で動かしていた。

12

約四時間半後の午後三時過ぎ。時生は新宿中央公園にいた。ビルに囲まれた広い園内のベンチに座り、スマホを片手にペットボトルの緑茶を飲んでいる。

山室孝実から話を聞いた後、時生たちはマンションの管理人に頼んで二〇二号室に入った。しかし既に片付けられており、江島の生活の痕跡はなかった。そこで山室の話を剛田と諸富に伝え、剛田にリサーチしてもらい、夜にでも連絡を取り合おうと決めて解散した。

顔を上げ、時生は周囲を見た。手入れされた芝生が広がり、その所々に葉を茂らせた立木がある。晴天だが既に陽は傾きだし、子連れの女性のグループが公園の出入口に向かって歩いて行く。もともと予定が入っていたのでここに来たが、自宅待機の身となってしまい、落ち着かない。

ペットボトルを口に運びながら、時生はスマホの画面に見入った。そこには「取りあえずの調査報告です」と剛田が送って来たメッセージが表示されている。

安沢求は七十六歳。代々政治家という名家の出身で、大臣経験もある大物議員だ。安沢には二人の息子がいて、長男は父親の公設秘書をしている。しかし次男の陽太郎《ようたろう》、四十四歳は定職に就かず、親の金で遊び歩いては方々でトラブルを起こしているそうだ。トラブルには犯罪も含まれ、過去には強制わいせつ罪で服役したこともある。そして過去に起こした複数の女性への性的暴行事件によって今年の三月に逮捕・起訴され、裁判中らしい。江島はこのうちの一件の証人で、犯行があったとされる八年前の冬の夜、安沢陽太郎と会っていたと話したという。

「で、裁判の証人になる予定だったんだな。これが江島さんの事件の裏か」

そう呟き、時生は手応えと疑惑を感じた。剛田のメッセージは諸富と糸居、南雲も読んでいて、同じように感じているはずだ。

予定の時間が近づき、時生は立ち上がった。公園を出て通りを渡り、外資系の高級ホテルに入る。外国人観光客で賑《にぎ》わうロビーを抜け、奥のラウンジに向かった。レジカウンターの中の店員の男に待ち合わせだと告げ、店内を進もうとした矢先、

「小暮さん」

と声をかけられた。見ると、奥のテーブルに白石均《しらいしひとし》がいた。シャツにジャケット姿で片手を上げ、白い歯を見せて笑っている。会釈して、時生はテーブルに歩み寄った。

「すみません。お待たせしました」

「いや、僕が早く来たんです。小暮さんも、何か取って来て下さい」

目を輝かせて促し、白石はテーブルの自分の前を指した。そこには複数の皿が並び、ケーキやシュークリーム、パイやタルトなどが載っている。食べかけのものもあり、白石はフォークを手にしていた。「はい」と返しながら、時生は白石の後ろに目を向けた。

壁際にカウンターが設えられ、ケーキやパイ、プリン、ドーナツなどが盛り付けられた大皿が並んでいる。その前には取り皿やトングを手にした女性たちがいて、気づけば周りのテーブルも女性客ばかりだ。ラウンジの一角が、デザートビュッフェの会場になっているらしい。時生が唖然としているのに気づいたのか、白石が言った。

「付き合わせてすみません。仕事の早番や夜勤明けにここに来るのが、たまの楽しみなん

です。僕は下戸《げこ》の甘党なもので。だから出世できなかったのかな。警察って、何かというと飲み会でしょう」

フォークを置いてコーヒーを飲み、照れ臭そうに笑う。白石は元警視庁の刑事で、今はこの近くの大学病院でガードマンをしている。南雲とその友人の古閑塁の知人で、時生とは、ある結婚詐欺事件の捜査を通じて知り合った。時生も笑い、返した。

「ええ。でも、そういうところも白石さんが部下たちに慕われた理由の一つだと思いますよ。南雲さんから聞きましたが、現役時代には後進の指導に尽力されたそうですね。いま一線で活躍してる刑事の中にも、白石さんに育てられた人が大勢いるとか」

南雲に聞いたというのはウソだが、他は事実だ。知り合った後、白石について調べてみたが、粘り強い捜査と面倒見のいい人柄で職場の信頼は厚かったようだ。だが定年まで十年を残して妻の看病を理由に退職しており、その妻は既に亡くなっているらしい。

白石はコーヒーカップをソーサーに戻し、「いやいや」と謙遜して話を変えた。

「連絡をいただいて、嬉しかったですよ。僕にご用とか？」

「はい……白石さん。夏に結婚詐欺事件を解決した時、あなたが僕に『近いうちに必ず、お礼をしますので』とおっしゃったのを覚えていますか？　まだお気持ちに変わりがなければ、そのお礼ということで、僕の頼みを聞いていただきたいんです」

背筋を伸ばして告げ、時生は一礼した。白石はきょとんとした後、笑ってこう応えた。

「もちろん覚えています。でも、お礼ならもうしましたよ」

「えっ？」

時生は驚いたが白石は、「とにかく何か取って来て、座って下さい」と促し、壁際のカウンターを指した。

時生はデザートをいくつか取り皿に盛り、カップに注いだコーヒーと一緒にテーブルに運んだ。着席すると白石に「頼みというのは？」と問われたので、話を始めた。

「南雲さんは、首席で藝大に入学しながら在学中に筆を折っていますね。本人は『才能に見切りを付けて』と言っていましたが、僕は別の理由があるなと感じました。白石さんが南雲さん、古閑塁さんと知り合ったのは、二人が藝大の学生だった頃ですよね。そのきっかけは、何らかの事件なんじゃないですか？　でしたら、詳しく聞かせて下さい」

「それなら、僕じゃなく南雲くんに頼むべきでは？」

笑顔で問い返しつつ、白石は囓《かじ》りかけのシュークリームを皿に戻した。予想通りの反応だったので、時生は次の話を始めた。

「僕と南雲さんはコンビを組んでいますが、実はこれが初めてではなく二度目です。一度目は十二年前、リプロマーダー事件の特別捜査本部に招集された時です。そして、ある出来事をきっかけに、僕は南雲さんこそがリプロマーダーなのではと疑うようになりました」

「南雲くんが？　そんなバカな。リプロマーダーは、野中という科捜研の女性職員だったんでしょう？」

「裏は取れていませんが、根拠もあります。野中琴音の犯行の自供とその死にも、南雲さんが関わっている疑いがあります」

昨夜、自宅の小屋裏収納で白石の存在を思い出した時、覚悟を決めた。しかし不安と緊張を覚え、心の中で「このままでは野中がリプロマーダーとされ、事件は終わってしまう。勝負に出るしかないんだ」と自分に言い聞かせた。力と闘志が湧き、時生は戸惑ったように自分を見返している白石に、さらに訴えた。

「十二年前、僕はリプロマーダーと思しき人物を追跡しました。結局、取り逃がしましたがその際、こいつは南雲さんだというある確信を得たんです。加えてひと月前、リプロマーダーが七件目の犯行に及び、野中が死亡した際、南雲さんは姿を消していて、アリバイはありません。そして生前、野中はリプロマーダーの正体に気づいていた様子でした」

信じられないという顔で聞いていた白石だったが、眼差しは鋭くなり、強い光が宿る。デカの顔だ。時生がそう感じた時、白石は言った。

「なるほど。しかし、『ある確信』が何かは話していただけないんですね？」

「はい。裏が取れていない以上、お話しすると白石さんにご迷惑をかけてしまいます。僕は身内、しかも相棒を告発するという、警察官として犯してはならないタブーを犯そうとしているんです」

「確かにそうだ」と独り言のように呟き、白石は目を伏せた。その顔を時生が祈るような想いで見つめていると、白石も時生を見た。

「夏に結婚詐欺事件を捜査していただいた時、僕はあなたが南雲くんを信頼して下さっていると感じ、喜んだし安心もしました。そして、あなたの本心を伺った今も、あの時感じたことが間違いだったとは思えない……小暮さん。苦しかったでしょう？」

ふいに問われ、時生は言葉を失う。白石は続けた。

「あなたはこの十二年間、南雲くんを疑いながら、どこかで信じたいと願っていたんじゃないですか？　その葛藤を抱えて、十二年間もリプロマーダー事件と向き合ってきたんですね。真偽はともかく、南雲くんは命を預け合う相棒に疑いの念を抱かせるようなことをした。彼を警察官にした人間として、申し訳なく思います」

後半は時生を真っ直ぐに見て語りかけ、テーブルに両手をついて深く頭《こうべ》を垂れた。その言動に驚く一方、時生は胸を強く衝かれた。確かに苦しかった。でもこんな形で、それを理解してくれる人に出会えるとは。たちまち胸は熱くなり、涙も滲みそうになったが何とか堪え、時生は返した。

「頭を上げて下さい。僕が言いたいのは、そういうことじゃないんです。それに、『彼を警察官にした人間』って」

すると白石は、「わかりました。お話ししましょう」と頷き、語りだした。

「小暮さんのおっしゃるとおり、僕はある事件を通じて南雲くんたちと知り合いました。あれは二十八年前の春です。当時、僕は上野《うえの》桜木《さくらぎ》署にいましたが、ある夜、所轄内にある東京藝術大学の女子学生が亡くなる事件が発生しました。南雲くんと古閑くんはその女子学生の同級生だったんです」

「女子学生の死因は？」

「事故、あるいは自殺。はっきりしませんが、その原因をつくったのは南雲くんです」

「えっ？」

すると白石は「いや」と首を横に振り、訂正した。

「南雲くん本人はそう考えているということで、これもはっきりしませんでした。しかし女子学生と親しい友人だったそうで、事件後、南雲くんたちは大きなショックを受けていました。その結果、南雲くんは絵を描くのをやめてしまい、古閑くんは自分を責めるような絵ばかりを描くようになった。心配で、僕はたびたび二人を訪ねました。するとしばらくして、古閑くんは自分を取り戻しましたが、南雲くんは絵筆を取ろうとはしなかった」

「そんなことがあったんですか」

「ええ。彼は深く傷つき、生きる目的を見失っていました。だから僕は、彼に警察官への道を勧めたんです。『絵を描けなくなっても、きみの美術の知識と、物事の本質を見抜く力は本物だ。それを犯罪捜査に活かせば、たくさんの人の命を救える』と繰り返し訴えました。その後、南雲くんは僕の誘いを受け入れ、大学を卒業するためと割り切って絵を描き、警視庁に入庁したんです……まあ、本人は『根負けした』と言ってましたけどね」

最後のワンフレーズは苦笑し、白石は話を締めくくった。時生はまず礼を言い、疑問点を訊ねようとした。が、頭がまったく働かない。一方で胸は激しく揺れ、動悸《どうき》もした。

「大丈夫ですか？」

白石が心配そうに訊ねた。我に返り、時生は「大丈夫です」と答えて立ち上がった。早く一人になりたいという衝動に駆られる。

「ありがとうございました。勝手ですが、今の話は南雲さんだけではなく、古閑さんにも言わないで下さい。もう行かないと。また連絡します」

かろうじてそう告げて会釈し、時生はテーブルを離れた。後ろで白石が何か言うのが聞こえたが、構わずレジカウンターに歩く。ジャケットのポケットから財布を取り出そうとすると、店員の男に、

「デザートビュッフェの代金は前払いです。お客様のぶんも、お連れ様にお支払いいただいております」

と微笑まれた。「お礼ならもうしましたよ」って、このことか。そう閃き、納得もした時生だが白石を振り向く余裕はない。そのままラウンジを出て、ホテルの玄関に向かった。

13

自宅に戻った時生は仁美に自宅待機になったいきさつを説明し、絵理奈と香里奈、有人、波瑠の順で帰宅した子どもたちには「休暇を取った」と伝えた。その後、家事をしているうちに夜になり、家族に「勉強するから」と告げて二階の自室に向かった。

奥の机に着きノートパソコンを立ち上げて間もなく、リモートでの作戦会議が始まった。

「まず、追加のリサーチ結果の報告です。安沢求には、伊都子《いつこ》という妻がいます。妻も名家の出身なんですが、その本宅の所在地は宮崎県東臼杵郡。ひむかい不動産の本社と同じです」

挨拶を終えると、剛田が言った。時生のノートパソコンの液晶ディスプレイは四分割され、剛田の白い顔はその左上の枠内に表示されている。隣の枠には、入浴後なのか、前髪を額に下ろした諸富の顔があり、その下の糸居はTシャツ姿、左下の南雲はいつもの黒い三つ揃いにノーネクタイの白いワイシャツという格好だ。時生は液晶ディスプレイの端に自分の顔が小さく表示されているのを確認してから、上部にあるＷｅｂカメラのレンズに向かって返した。

「恐らく、ひむかい不動産は安沢家所有の不動産の管理会社だね。社長の仲林千代治も、妻の親族だと思うよ」

「俺もそう思う」

と諸富が言い、糸居も頷く。一方、南雲は目を伏せたまま無言。左の肩と腕が動いているので、スケッチブックに何か描いているのだろう。またかよと苛立った時生だが、昼間、白石から聞いた話を思い出し、複雑な気持ちになる。

「俺は安沢陽太郎について調べた。前科三犯で、そのすべてが性犯罪。求が揉み消したものを含めば、もっとやらかしているだろう。バカ息子を通り越して、とんでもない男だ」

また諸富が言い、手にした書類を掲げた。陽太郎の悪事を報じるゴシップサイトの記事を印刷したもののようだ。そこには陽太郎の写真も掲載されており、目にはモザイクがかかっているが、日焼けして贅肉《ぜいにく》のついた顔だとわかる。糸居も言う。

「今度の裁判では、二十年以上の懲役を食らう可能性もある。自分の政治家生命もかかってるし、求は必死だろう。無罪にできそうな犯行があるなら、それを証明してくれる人の面倒を見るなんて、朝飯前。裁判での証言を条件に、仮釈放のゴリ押しだってするはずだ」

「陽太郎の裁判が、江島さんの事件に関係している可能性が出て来たな……剛田くん。江島さんが証言する予定だった事件の詳細はわかる？」

時生が問うと、剛田は「もちろんです」と頷き、こう答えた。

「事件が起きたのは、八年前の二月。当時、陽太郎は新宿区内に行き付けの居酒屋があって、そこでアルバイトをしていたのが被害者の女性、小山内《おさない》詩乃《しの》さん、当時十九歳です。陽太郎はたびたび詩乃さんを、『遊びに行こう』『連絡先を教えて』と口説いていましたが、詩乃さんは受け流していたそうです。でも事件当日の午後十一時、陽太郎はバイトを終えて帰宅する小山内さんを尾行し、刃物で脅した上、人気のない公園に連れ込んで乱暴した疑いがかけられています。陽太郎は容疑を否認し、『その晩は、前に服役した時に知り合った男の部屋で酒を飲み、泊まった』と証言。当時、江島さんは新宿区内の別の場所にあるアパートで暮らしていて、陽太郎の証言は事実だと認めました」

「証言の裏は？」

「アパートの隣人が、事件当日の午後六時頃、陽太郎が江島さんの部屋に入るのを見ています。その後、江島さんの部屋では酒盛りをするような気配があり、隣人は『朝方まで続いて、うるさかった』とも話していたとか。でもアパートに防犯カメラは設置されておらず、近隣のものを解析しても陽太郎の姿は確認できなかったそうです」

「怪しいな。江島さんの部屋には、他にも人がいたんじゃねえか？　陽太郎は途中でアパートを出て、犯行に及んだんだ」

眼差しを鋭くし、枠の中の諸富が言った。「ですね」「同感です」と糸居と時生が頷き、剛田は問うた。

「南雲さんの意見は？　黙ってないで何か言って下さいよ」

するとと南雲は顔を上げ、「ごめんごめん。僕もみんなに賛成」と笑った。

「さっきから気になってたんですけど、どこにいるんですか？　そこは南雲さんの家？」

続けて問い、剛田は首を突き出した。つられて、時生たちも液晶ディスプレイの中の南雲に注目する。南雲もどこかの部屋にいるらしいが、背後に見える壁は真紅で、そのあちこちに絵画が収められた金色の額縁が飾られている。

「いや、バーチャル背景だよ。これはフィレンツェのウフィツィ美術館にある八角形の部屋、『トリブーナ』」

「なんだ。南雲さんならそういう部屋に住んでそうだし、むしろ住んでて欲しかったなあ」

いかにも残念そうに、剛田が返す。そう言う彼の背景もバーチャルで、青い海の中にたくさんのクラゲが漂っている。

「期待に添えなくてごめんね。ちなみにウフィツィ美術館には、レオナルド・ダ・ヴィンチの『受胎《じゅたい》告知』、ボッティチェリの『ヴィーナスの誕生』『プリマヴェーラ』など、数々の名画が——」

「話のついでに訊きますけど、何を描いてるんですか？　最近しょっちゅう、鉛筆でスケッチしてるでしょ」

南雲の話を遮るようにして訊ねたのは、糸居。「なあ、小暮」と話を振られ、時生は「うん」とだけ応えた。

「よくぞ聞いてくれました……でもこれ、スケッチじゃないよ」

そう答え、南雲は手を伸ばしてスケッチブックを取り、開かれたページを時生たちの方に向けた。横向きにされたページには、中央上に大きな円、その右斜め下と左斜め下に、やや小さめの円が鉛筆で描かれていた。フリーハンドで描いたらしいが、どの円も歪みがなく、時生は心の中で「さすが藝大卒」と感心してしまう。と、南雲は語りだした。

「僕は今回の事件は、ビジュアルリテラシーを使えば真犯人に辿り着けると思うんだ。ビジュアルリテラシーっていうのは、画像や映像を使って考えを伝えたり受け取ったりする技術のことで、平たく言えば絵画の見方——あ、いま『絵画の見方なんてあるの？』と思ったでしょ？」

顔を上げて目を輝かせ、南雲は訊ねた。時生は「思ってないけど」と心の中で返し、表情からして他の三人も同感のようだ。が、南雲は構わず語り続けた。

「もちろん、絵画は自由に見て構わない。でも、描かれているものの関係性や裏にある構造を知れば、その絵画をなぜ美しい、すごいと感じるのかを言葉として把握、つまり解釈ができるんだ。絵画の見方には複数のアプローチがあって、その一つが『フォーカルポイント』を見つけること。フォーカルポイントとは絵画の顔、画家が一番注目して欲しい箇所になるのかな。で、この図は、江島さんの事件を調べ始めた二日前に描いたもの」

そこで言葉を切り、南雲はページに描かれた大きな円を指した。

「これは江島さん。今回の事件の主役、つまりフォーカルポイントだね。こっちの小さい円は、井手さんと灯火の会の大濱さん。二人とも犯行動機があるから、円の大きさと、フォーカルポイントとの距離は同じ」

「なるほど。井手さんと大濱さんの疑わしさは、同じぐらいってことですね」

剛田が言い、「はい」と糸居が挙手した。

「大濱元行には、動機と同時にアリバイもありますよ。江島さんの事件当夜は、講演会で三島にいたと、同じ会の葛西美津さんが話していたでしょう」

「でも、身内の証言だよ。大濱は何らかの方法で江島さんの仮釈放を知り、母親の復讐のために殺害し、井手さんに罪を着せようとしたのかも。大濱は井手さんを逆恨みしていたから、動機もある。で、彼に同情した葛西さんや灯火の会の仲間が、アリバイ工作に手を貸したとか」

反射的に時生も口を開く。すると南雲は「賛成。さすが小暮くん」と返し、カメラ目線で微笑んだ。どう返そうか時生が戸惑っていると、南雲は視線を図に戻した。

「てな訳で、井手さんと大濱さんの疑わしさは同じぐらい。だから図としてもシンメトリー、つまり左右対称になってる。この構図は美術用語ではフォーマル・バランスと言って、風格と安定感があるから、宗教画に多く見られるね。でも、その安定感がマイナスに働く場合もあって。たとえば……ちょっと待って」

そう断るなり、南雲は席を立って枠の中から消えた。ほどなくして戻り席に着くと、両手で画集らしき本のページを開いて見せた。そこには面長で、ウェーブのかかった長い髪を肩に垂らした外国人の男の姿を描いた絵があった。

「ルネサンス期のドイツの画家であり版画家であり、数学者でもあった、アルブレヒト・デューラーの自画像だよ。正面を向いた顔が真ん中に描かれた見事なフォーマル・バランスだけど、なんか格式張った印象じゃない？」

「確かに。収まりが良すぎるのかな。いかにも偉い人って感じで、面白みがないですね」

剛田が答え、言われてみれば、という感じで諸富と糸居、時生も頷く。「でしょ？」と南雲も満足げに頷いた。

「そうなると、この図も同じだよね。井手さんか大濱さんが犯人だという読みは、安定路線でいかにも。つまり、美しくない……ついでに見て欲しいんだけど、これもアルブレヒト・デューラーによる自画像。配置が変わると、印象も変わらない？」

また問いかけ、南雲は画集のページを捲った。そこにも絵があり、描かれているのは一枚目と同じ男。しかし顔と体の向きは正面ではなく、右斜めだ。一枚目より色使いが明るく、身につけているものが違うということを差し引いても、開放感があって活き活きとした印象だ。時生は絵に見入り、剛田も「本当だ。すごいな」と呟いた。しかし糸居は南雲の蘊蓄に飽きたのか、ため息交じりに訊ねた。

「で、真犯人には辿り着けたんですか？」

「いや、まだだよ。でも、新しい図はできた。見たい？」

「いえ、全然」

糸居は即答したが、南雲はすごい速さで画集を閉じ、スケッチブックを取ってページを捲った。勝手に目が動き、時生は南雲が開いたページを見た。そこには鉛筆で図が描かれていたが、さっきのものより大きく、複雑だ。

ページの上にアルファベットの「V」を逆さまにしたような長い斜線が引かれ、その下に、同じく逆V字型の短い斜線が上下に複数引かれている。会議などでよく見るフローチャートのようだが、一番上の逆V字の頂部に縦線が引かれ、それがページの上端まで伸びているので、ぶら下げられたモビールのようにも見える。

一番上の逆V字の、向かって左側の斜線の先には大きめの円が描かれ、中に「江島」と記されている。一方、向かって右側に並ぶ逆V字は左右二つのグループに分かれ、左側にあるグループの斜線の下には小さな円が描かれ、それぞれ中に「井手」「大濱」「小山内」と記されていた。そして向かって右側のグループにある斜線の先にも小さな円があり、「安沢（陽太郎）」「山室」「葛西」「鴨志田」と書かれていた。

「関係者が増えたから、グループ分けしたんだ。被害者の江島さんがフォーカルポイントなのは変わらず。それと対になるグループにいるのが井手さん、大濱さん、小山内詩乃さん」

図に描かれた円を一つずつ指し、南雲は解説を始めた。と、「はい」と挙手して諸富が訊ねた。

「井手さんと大濱さんが同じグループというのは、どちらも江島さんを殺害する動機があるからというのはわかるんですが、小山内さんは？」

すると南雲は「なんとなく？」と半疑問形で答え、こう続けた。

「安沢陽太郎さんが起こした事件を通じてだけど、江島さんとも関係してるから」

「なるほど」

諸富は返し、考え込むような顔をした。南雲が説明を続ける。

「で、小山内さんたちの隣のグループは、それ以外の関係者。でも、安沢求の秘書の山室さんや、灯火の会の葛西さん、宝屋の鴨志田さんは江島さんと繋がりがないか、あっても殺す動機はなさそうだよね。陽太郎さんをこっちに入れたのは、江島さんが死ぬと一番困るのは彼だし、事件が起きた時は警察の拘置所にいたはずだから」

剛田と時生は説明をふんふんと聞き、諸富はまだ考え込むような顔をしている。「いいですか？」と今度は糸居が挙手し、眉をひそめて問うた。

「わかりやすい図で状況は整理できましたけど、絵の見方と関係あるんですか?」

「と、思うでしょ?」

嬉しそうに問い返し、南雲はスケッチブックを持ち上げてページを捲った。そして一枚の紙を取り出し、「ど~ん!」と言って時生たちに見せた。

こちらは絵のコピーで、手前に緩やかなカーブを描く、低い木の柵で囲まれたステージのようなものがあり、その奥に階段状に並んだ観覧席が描かれている。ステージの向かって左側には、手術着のようなものを着た外国人の男が、柵に寄りかかるようにして立っている。一方、ステージの右側にはベッドらしきものが置かれ、上半身裸の女が横たわっている。そしてその女を取り囲むように、手術着らしきものを着た外国人の男が三人と、頭にナースキャップをかぶった女が一人立っている。さらに階段状の観覧席には、身なりのいい男たちがぎっしりと座り、ベッドの上の女と、それを囲む四人を凝視している。

時生が絵に見入っていると、南雲が言った。

「アメリカ近代美術の父、トマス・エイキンズの『アグニュー・クリニック』。外科学の博士が、円形劇場で乳がんの手術をしているところを描いた絵だよ。左側の男性は外科学の博士で、右側はたぶん医師や看護師だろうね。この絵のフォーカルポイントは博士で、右側の四人は背の高さや立ち位置を変えて、博士とバランスを取っているのがわかる……この構図、何かに似てない?」

「左にフォーカルポイント、右に複数の人……南雲さんの新しい図かな」

呟くように剛田が言い、時生は頷いた。人数は違うが、この絵も人物を円に変え、それぞれを逆V字の斜線で結ぶと、モビールのような形になりそうだ。「剛田くん、ナイス！」と絵のコピーを置いて拍手し、南雲はまた語った。

「今日までの捜査で、この絵画が浮かんだんだ。明日以降も、同じように状況を絵画になぞらえ、描かれたものの配置と造形をヒントに推測すれば、そのうち画面のどこかに隠れた真相と真犯人が」

「そのうちじゃダメなんですよ。明日にでも真相を突き止めないと、井手さんが犯人にされてしまいます」

苛立ちも露わに、糸居が訴える。南雲はきょとんとし、しばらく黙っていた諸富が口を開いた。

「落ち着け。これが南雲さんのやり方なんだ。だが、時間がないのは確かだな……南雲さん。さっきの図を見ていて気づきましたが、井手さんと大濱さん同様、小山内詩乃さんにも犯行動機がありますよ。彼女にとって江島さんは、自分を乱暴した男の証人で、その証言次第では、自分への犯行に関して陽太郎が無罪になる可能性が高い」

「あっそう。よくわからないけど、僕の『なんとなく』はすごいって話？」

目を輝かせ、南雲は問うたが、それを無視して時生は言った。

「確かに諸富さんの言う通りですね。小山内さんからも、話を聞く必要がある。明日、僕らが行きますよ……南雲さん、いいですね？」

同じような問いかけは何度もしてきたのに、緊張を覚えた。すると南雲は朗らかに「了解」と返し、時生はそっと息をついた。

14

翌朝、午前九時前。時生はスーツではなく、シャツにチノパン姿で自宅を出た。「急に発熱して医者に行く」という体《てい》でマスクをし、咳《せ》き込むふりなどもしながら通りを進み、かかりつけの医院の前まで行った。周囲を確認すると尾行は付いていないようなので、そのまま医院を通り過ぎ、駅に向かった。

目指す家は、新宿区の矢来《やらい》町にあった。待ち合わせ場所である大通り沿いのコンビニに行くと、南雲は既に来ていた。いつもの黒い三つ揃い姿で、出入口の脇にあるイートインスペースの椅子に座って何か食べている。時生は「おはようございます」と挨拶し、歩み寄った。

「おはよう。小暮くんも何か食べたら？　いまコンビニは秋のスイーツの新発売ラッシュで、追いかけるのが大変なんだよ」

ハイテンションで告げ、南雲は手にしたものを掲げて見せた。たい焼きで、イートインスペースのカウンターに置かれた包装紙には、「濃厚ねっちり焼き芋あん入り」と書かれている。外は秋晴れで、ここに来る途中に通りかかった家の庭ではコスモスが満開だった。「何を呑気《のんき》に。お互い、自宅待機中の身なんですよ……行きましょう。口の端に焼き芋あんが付いてるので、拭いて下さい」

小声で告げ、時生は出入口に向かった。後ろで「えっ。ウソ」と騒ぎつつ、南雲が立ち上がる気配があった。よし、普通に話せた。安堵《あんど》しながら、時生は南雲とコンビニを出た。

昨夜、作戦会議が終わってから、そして今朝もここに来るまで、時生は白石から聞いた話について考えた。南雲が過去に何らかの事件に関わったという予想は付いていたが、女性絡みだとは思わなかった。「亡くなった女子学生は、南雲さんの恋人だったのか?」「なら、その死の原因をつくったというのは?」等々の疑問が湧き、しかし自分が知っている南雲と結びつかず、混乱しただけだった。もちろん、その南雲が絵筆を取らなくなったというショックがどんなものかは、想像も付かない。

南雲が歩きながらたい焼きを食べ終えて間もなく、目的地である小山内家に着いた。門の向こうは駐車場で、その脇に小さな庭がある。時生が門柱のインターフォンのボタンを押そうとした矢先、二階屋の庭に面した掃き出し窓が開いた。出て来たのは小柄な年配の女性で、庭に下りてサンダルを履いた。女性は外壁に立てかけてあったデッキブラシを取り、駐車場に来た。駐車場は二台分のスペースがあり、奥には白いコンパクトカーが停まっているが、手前は空いていた。女性はその空いているスペースに立ち、デッキブラシでコンクリートの地面をこすりだした。見れば地面には、最近付いたものと思しき黒いタイヤ痕がある。首を突き出し、時生は声をかけた。

「おはようございます。警察の者ですが、小山内詩乃さんのお母様ですか?」

昨夜、会議のあと、剛田が小山内詩乃の資料をメールしてくれた。それには詩乃の写真も添付されており、地味だが品のいい顔立ちが女性と似ている。女性は驚いた様子で「はい」と答え、時生はさらに訊ねた。

「突然申し訳ありません。詩乃さんにお話を伺いたいのですが、今どちらに?」

しかし返事はなく、女性は視線をさまよわせた。時生が怪訝に思っていると、掃き出し窓の奥から、

「お母さん。どうかした?」

と声がして、足音が近づいて来た。続けて掃き出し窓から顔を覗かせたのは、メタルフレームのメガネをかけた女性。

「葛西さん?」

時生は驚き、南雲は「どうも」と手を振る。葛西美津はメガネの奥の目を見開き、問い返した。

「えっ、刑事さん？　どうして？」

「捜査でちょっと。葛西さんこそ、どうしてこちらに？」

「ここは私の実家です。詩乃の件でいらしたんですか？　なら、私の妹です」

早口で答え、葛西も庭に下りて時生たちに歩み寄って来た。だから灯火の会でボランティアをしているのかと納得し、時生も答える。

「それは失礼しました。妹さんにお話を伺いたいことがあって、参りました」

「でも、さっきも楠町西署の刑事さんが……立ち話もなんなので、どうぞ」

後半は近隣の家を気にするように告げ、葛西は二階屋の脇にある玄関を指した。すると詩乃の母親も「どうぞ。いまドアを開けます」と言い、葛西と一緒に掃き出し窓から室内に戻った。時生と南雲は門を開けて駐車場を抜け、玄関に向かった。

葛西の案内で玄関から廊下を進み、奥のリビングに入った。掃き出し窓の前に置かれたソファセットに時生と南雲が並んで座り、ローテーブルを挟んだ向かいの床の上に、葛西が座布団を敷いて座った。母親がリビングの手前のキッチンでお茶を淹れている間に、時生は葛西がここにいる訳を聞いた。それによると結婚しているので苗字は違うが、葛西は詩乃の五つ上の姉で、車で二十分ほどの場所にあるマンションに住んでいるという。職業はフリーのデザイナーで、実家の自分の部屋を仕事場にしているそうだ。間もなく、母親がキッチンから出て来て時生たちに湯飲み茶碗に入った緑茶を出し、葛西の隣に座った。

時生が質問を始めようとした時、葛西が言った。

「さっき来た刑事さんにも言いましたけど、妹はこの家にはいません。どこにいるかは……私たちが知りたいぐらいです」

「と言うと？」

「行方不明なんです。八年前の事件の後、妹は心のバランスを崩して入退院を繰り返していました。でも二年かけて何とか落ち着いて、沖縄の親戚の家で暮らしながら先のことを考えよう、という話になったんです。でも沖縄に発つ前日、妹は『ごめんなさい』というメモを残していなくなりました。すぐに警察に報せて私たちも必死に捜したけど、見つからなくて。もちろん、今も捜していますし、無事を信じています……でも、警察の人には『自分で行方をくらましたのなら、見つけるのは難しい』『失踪の原因が暴行事件とは限らない』と言われました」

最後のワンフレーズは暗い顔になって言い、葛西は俯いた。母親も涙ぐんでいる。気を遣ったのか、南雲は緑茶を一口飲んで言った。

「おいしい。苦みと旨みのバランスがベストです」

すると母親は指先で涙を拭い、「よかった」と微笑んだ。時生は話を続けた。

「そうでしたか。八年前の事件当時、安沢陽太郎は主張が認められて容疑者から外されたと聞いています。しかし昨年の三月に別件で逮捕され、詩乃さんへの犯行も含めた複数の罪で起訴されました。まだ裁判中ですが、陽太郎が有罪になる可能性は高いです」

「幸か不幸か、妹さんの事件のアリバイを証言する人もいなくなっちゃったしね」

湯飲み茶碗をローテーブルの茶托《ちゃたく》に戻しながら、南雲がしれっと付け足した。葛西が顔を上げ、時生は慌てて「何を言ってるんですか」と囁いて南雲の腕を突いた。「そうですね」と細い声で返し、葛西はこう続けた。

「警察は、私を疑っているんでしょう？ 確かに安沢は許せないし、有罪どころか地獄に落ちて欲しいぐらいだけど……でも、私はやっていません。二日前に楠町西署でお目にかかった時、江島という人が亡くなった晩、私は大濱さんや灯火の会のメンバーたちと、講演会で三島にいたと言いましたよね？」

そして「これを見て下さい」と告げ、身につけたスカートのポケットからスマホを出して操作し、差し出した。時生がスマホを受け取り、南雲も脇から覗く。

スマホの画面には、写真と文字が表示されている。静岡県の地方紙のデジタル版らしく、写真には十人ほどの男女が並んで写っていて、葛西と大濱の姿もあった。地方紙の編集部が講演会の会場を訪れ、灯火の会の活動を取材したようで、記事の日付は江島の事件の翌日だ。裏を取る必要はあるが、アリバイは完璧だな。心の中でそう呟き、時生は礼を言ってスマホを葛西に返した。

その後しばらくして、時生たちは腰を上げた。詩乃の部屋を見たいと乞うたが、葛西に

「先に来た刑事さんたちに見せたし、これ以上部屋を荒らされたくない」と断られた。

時生たちが玄関を出ると、母親が見送りに付いて来た。

「失礼なことを言って、申し訳ありません。美津は詩乃をすごく可愛がっていたから」

駐車場の途中で足を止め、母親は言った。前を歩いていた時生も立ち止まり、返す。

「気になさらないで下さい。お気持ちはごもっともです」

「おいしいお茶が飲めただけで十分。甘い物を食べた後だから、なおさらです」

門の前に立って振り向き、南雲が微笑みかける。

「そうですか……亡くなった主人は、『詩乃はもう生きていないだろう』と言っていました。でも、私は諦めきれなくて。あの子は知り合いがいない場所で、やり直したかったんじゃないでしょうか。家族の近くだと、どうしても事件を思い出しちゃうでしょ？」

そう語り、母親は俯いた。サンダルを履いた足は、地面のタイヤ痕をこすっている。娘を持つ身として痛いほど気持ちがわかり、時生は返す言葉が見つからなかった。それでもせめて、「タイヤの痕は重曹を溶かした水をスプレーしてこすると、落ちますよ」と伝えようとして、あることに気づいた。

タイヤ痕は長さ四十センチ、幅二十五センチほどの帯状のもので、黒い地の上にタイヤに刻まれた模様、通称・トレッドパターンが見て取れる。トレッドパターンは縦四列に分かれており、端から、縦横の直線を組み合わせた切れ込み、太いくさび状の切れ込み、細いくさび状の切れ込み、丸い穴という順に並んでいた。それを指し、時生は言った。

「これはミニバン用のタイヤの痕ですね。ご家族の愛車ですか？」

「ええ、娘のです。買ったばかりだったのに、先月売っちゃいました。大きすぎて車庫入れにも手間取っていたから、安心しましたけど」

「そうですか」と返しながら時生が引っかかるものを覚えた矢先、

「何をしているんですか？」

と問いかけられた。ぎょっとして、時生は後ろを振り向いた。小山内家の門の向こうに、ライトグレーのスーツを着た村崎舞花が立っていた。

15

楠町西署に着くまで、南雲士郎は口を利かなかった。セダンを運転する村崎とは、後部座席の隣に座った時生が話していたのと、スケッチブックに新たな図を描くのに忙しかったからだ。

村崎は署の駐車場にセダンを停め、時生と一緒に降りた。南雲も従い、図を描き続けながら二人の後に付いて行った。署の建物に入って階段を上がり、気がつくと二階の刑事課の小会議室にいた。

「車の中では聞いていなかったと思うので、もう一度言います。私も他の捜査員と朝一番で小山内家を訪ねて聴取しました。江島さんは、安沢陽太郎が過去に犯したとされる、暴行事件の証人だったと判明したからです。聴取のあと一人で小山内家の近くに残ったのは、あなた方が性懲りもなく捜査を続けているのではと思ったから。『そんなことはない』『きっと誰も現れない』という祈りも虚しく、このような結果となりました」

小会議室のドアの前に立ち、村崎は言った。態度は冷静だが、「性懲りもなく」「祈りも虚しく」といった言葉に内心の怒りが滲んでいる。村崎の向かいに立ってスケッチブックを閉じ、南雲は返した。

「聞き分けの悪い部下を持つと、苦労しますね。かのレオナルド・ダ・ヴィンチも、十歳で弟子になったジャコモという少年には手を焼いたようです。何しろ、ジャコモについて『泥棒、ウソつき、強情、大食らい』と書き残しているほどだから」

心からの慰めのつもりだったが村崎は絶句し、隣に立つ時生には「状況をわかってます?」と囁かれた。と、胸の前で腕を組み、村崎が応えた。

「そのジャコモという弟子、泥棒という要素を除けば南雲さんにそっくりですね。ダ・ヴィンチの心中を察して余りあります……指示があるまでここにいて下さい。これから署長も出席の上で、今回の事態について話し合います。ドアは施錠しませんが、見張りを付けますので。もう騙《だま》されませんよ」

最後のワンフレーズはきっぱりと言い渡し、村崎はドアに向かった。その背中を時生は、「申し訳ありませんでした」と頭を下げて見送り、南雲は「お疲れ様」と手を振った。

「どうしよう。下手すれば懲戒免職だ。波瑠は来年中三だし、他の子どもたちもこれからお金が——いや。まずは諸富さんたちに連絡だ」

村崎が出て行くなり騒ぎだし、時生はスマホを取った。手近な椅子に歩み寄り、南雲は言った。

「やめといた方がいいんじゃない？　小山内家に行ったのは僕ら二人の独断ってことにすれば、その分、みんなの罪は軽くなる……まあ、先のことを考えても仕方ないし、やるべきことをやろうよ」

そう続けて椅子に座り、机上にスケッチブックを広げて図の作成を再開した。時生も隣の席に着いたが、切羽詰まった顔でまた何か言おうとする。面倒臭くなり、南雲は手を動かしながら訊ねた。

「小暮くん。さっき小山内さんの家で、何かに気づいたでしょ？　帰り際、詩乃さんのお母さんと、タイヤの痕がどうのって話してたよね」

すると時生はいつもの様子に戻り、「そうなんですよ」と話しだした。

「僕は交通課にいたことがあるので、タイヤには詳しいんです。小山内家の駐車場のタイヤ痕はミニバン用ってだけじゃなく、大手メーカーの一本三万円近くする高級品です。それなら車も高級だろうし、身なりや部屋の様子からして、美津と母親がお金に困っている様子はなかった。ではなぜ、美津は愛車を売ったのか？　母親が言うように大きすぎたのかもしれないけど、車を売ったのが先月というのも気になります」

「あっそう」

素っ気なく返した南雲だが、話はちゃんと聞いている。ジャケットのポケットを探り、いつも持ち手の部分が青い鉛筆と一緒に入れている消しゴムを出した。消しゴムで図の一部を消し、いま聞いた情報を反映させて描き直す。その後も南雲は図の作成に集中し、時生は時生で何か考え込んでいる様子だった。

そして一時間後、南雲は机に鉛筆を置いた。顔を上げて息をつくと、時生が問うた。

「完成ですか？」

「うん。でもダメだね」

南雲がそう返すと、時生は机上のスケッチブックを覗いた。開かれたページには、昨日とは配置が違うが逆V字型の線と円、事件関係者の名前を組み合わせた図が描かれている。

「よくできてると思いますけどねえ。事件関係者に漏れはないし、グループ分けには捜査状況を反映させたんでしょう？　これと一致する構図の絵がないとか？」

「情報に漏れはないし、同じ構図の絵画はあるよ。でも、どれもしっくりこないというか、インスピレーションが湧かないというか。つまり、美しくない」

「行き詰まったってことですか。波瑠の事件を捜査した時、僕も似たような状態で悩みました。そうしたら南雲さんが、『発想の転換が必要だね』『視点や位置づけを変えるとか』と言ってくれたんですよ」

「そうだっけ？　まあ、その通りではあるんだけど」

南雲は言い、改めて図を眺めた。しかし視点や事件関係者の並び順を変えてみても、美しいとは思えなかった。気配を察知したのか、また時生が言う。

「南雲さんの図を見るのはこれで三枚目ですけど、どれも一番目立つ円、フォーカルポイントでしたっけ？　それは江島さんなんですね」

「そりゃそうだよ。江島さんが殺されたところから、事件が始まったんだから。この図の主役は、江島さんに決まってる」

断言はしたものの、違和感を覚えた。なんでだろう。この図の顔で事件の主役は、江島克治で間違いないのに。そう考えた直後、南雲の頭に一枚の絵が浮かんだ。

そこは天井が高く、両脇に大きな石柱が並んだ部屋だ。その手前に内側に緩やかなカーブを描く上下三段の白い石の観覧席があり、三十人ほどの外国人の男が座っている。全員素肌に赤いマントのようなものをまとい、胸や肩を露わにしている者もいた。

そして男たちの視線の先には、一人の女。観覧席の手前の床には、左側から白い石の台が花道状にせり出していて、女はその手前に立っている。足にサンダルのようなものを履き、首にネックレス、左手首にブレスレットを付けているが服は着ていない。女は男たちの視線を避けるように横を向き、顔の前に右腕を上げ、その手の先を左手で握っている。

さらに、女の左側には青いマント姿の屈強な男が立ち、水色の布のようなものを両手で右側に引いている。加えて、花道の先端には台のようなものが置かれ、その上に金色の人物像が載っていた。人物像もマントを着て古代ヨーロッパ風の鶏冠のついた兜《かぶと》をかぶり、右手で槍《やり》を持ち、左手は肘を曲げて顔の脇に上げている。

「そうか。フリュネか」

思わずそう呟くと、時生が「はい?」と訊ねた。南雲はジャケットのポケットを探り、スマホを出して頭に浮かんだ絵を検索し、画面に表示させた。

「十九世紀のフランスの画家、ジャン=レオン・ジェロームによる『アレオパゴス会議のフリュネ』。古代ギリシャのヘタイラ、今で言う娼婦《しょうふ》のフリュネが、神を冒瀆《ぼうとく》したと裁判にかけられた様子を描いたものだよ。青いマントの男は、フリュネの弁護人のヒュペレイデス。フリュネの服を剝ぎ取って、『この美しさを罪に問えるのか』と訴えたんだ。効果はてきめんで、赤いマントの裁判官たちは無罪判決を――解説は省くとして、この絵画のフォーカルポイントは何だと思う?」

南雲は問いかけ、スマホを隣に差し出した。受け取った時生は絵を眺め、答えた。

「そりゃ、フリュネでしょう。唯一の女性で裸だからっていうのもあるけど、体が真っ白で発光してるみたいだし、他の登場人物も全員彼女を見てるから」

予想した答えだったので、南雲は「正解」と頷き、こう続けた。

「でも、フリュネはこの絵の準主役だよ」

「準？　じゃあ、本当の主役は別ってことですか？」

「うん。一見するとフリュネに目が行くように描かれているけど、画家が本当に注目して欲しいものは別だよ。つまり、この絵画にはフォーカルポイントが二つあるんだ」

「じゃあ、もう一つのフォーカルポイントって？　ペレなんとかいう弁護人？」

「ヒュペレイデスね……残念。もう一つのフォーカルポイントで、この絵画の主役は台の上の人物像だよ」

南雲は告げ、人物像を指した。時生は「え～っ!?」と、驚きとも抗議ともつかない声を上げ、人物像に見入った。これまた予想通りだったので笑い、南雲は解説した。

「絵画には、一点透視図法といって、描かれた要素のすべてが消失点というポイントに集約するように描く手法があるんだ。この絵でもそれが用いられていて、消失点は人物像だよ。それに、フリュネと人物像は、左腕を肘を曲げて上げるというポーズが同じ。加えて、フリュネの左肘の先は人物像を指してるよね」

「言われてみればですけど、そんな気がします。南雲さんは、今回の事件をこの絵になぞらえたんですか？　なら江島さんは準主役で、他に主役がいるってことですよね？」

スマホを机に置き、時生が身を乗り出した。頷き、南雲は笑った。

「さすがは小暮くん。懲戒処分確定でも、頭は冴《さ》えてるね」

「懲戒処分確定は、南雲さんも同じですよ……ひょっとして、その主役が犯人？　なら事件は解決で、僕らの今後にも望みが」

「そこなんだよねえ」と返し、南雲は時生からスマホを受け取って画面を見た。

今回の事件をこの絵画になぞらえるなら、フリュネは江島さん。そして人物像は……頭を巡らせ、南雲は絵の中の人物像を凝視した。と、引っかかるものを覚え、指先で人物像をクローズアップした。

周りに描かれているものから察するに、高さ四十センチほど。配置やポーズの妙はもちろん、金の色使いの鮮やかさと神々しさは別格。でも、何がこんなに引っかかるんだろう。そう言えば、最近、これに似た金色をどこかで——。

次の瞬間、南雲の頭の中に江島の事件の捜査で会った人たちと得た情報が、フラッシュバックされた。続けてある閃きがあって衝撃が走り、頭の中が真っ白になる。やがてそこに偉大なる芸術家、レオナルド・ダ・ヴィンチのスケッチにある空飛ぶ機械、通称「空気スクリュー」がCGイラスト化されたものが現れた。空気スクリューは南雲の頭の中を悠然と横切り、どこかに飛び去った。

「美しい。絵画も僕の推理も、見事としか言いようがない」

そう呟き、南雲は目を開けた。「自慢?」という時生の突っ込みを聞きつつ、スケッチブックと鉛筆を摑んで立ち上がる。「どこに行くんですか?」と問う時生には答えず、ドアに向かった。

ドアを開けて廊下を覗くと、案の定、ドアの脇に制服姿の若い警察官が立っていた。

「悪いんだけど、村崎課長を呼んでもらえる?」

そう問いかけると、警察官は「できません」と即答した。南雲は、

「じゃ、自分で行くよ」

と返し、廊下を歩きだした。「待って下さい」と警察官が続き、時生も付いて来る気配がある。南雲はテンションが上がり、背筋がぞくぞくするのを感じた。

16

この状況は、ピンチなのかチャンスなのか。戸惑いながら、時生は南雲の後を追った。南雲を引き留めようとする警察官は時生がなだめ、三人で廊下を進んで角を曲がった。と、長い廊下の奥から、こちらに向かって歩いて来る一団がいた。先頭は、村崎と刑事係長の藤野尚志。そしてその後ろに、同僚である刑事に両脇を挟まれた井手義春の顔が見えた。

「ラッキー。みなさん、お揃いで」

明るく手を振り、南雲は一団に駆け寄った。警察官と時生も続くと、一団は止まった。真っ先に、眉を吊り上げた藤野が何か言おうとした。それを顔の脇に片手を上げるというポーズで制し、村崎が言った。

「指示があるまで会議室にいるようにと言ったはずですが……話し合いの結果、井手巡査部長からもいきさつを聞くことになりました」

そうだったのか。時生は納得し、井手を見た。この廊下には、刑事課の取調室がある。すると、井手も時生を見た。無精ヒゲは剃《そ》り、身につけた濃紺のスウェットスーツも新品だが、頬はこけ、ぎょろりとした目も充血している。胸が痛んで今の状況に申し訳なさも覚え、時生は頭を下げた。井手は時生を見たまま、「違う。悪いのは俺だ」と言うように眉根を寄せて首を横に振る。

「あっそう。実は、今回の事件の真犯人がわかっちゃったんですよ」

あっけらかんと、南雲は返した。時生と藤野、他の刑事たち、さらに井手も驚き、その顔を見る。一人表情を変えず、村崎は訊ねた。

「そうですか。真犯人とは?」

「今は言えません。僕は事件の捜査や推理はすごくクリエイティブで、創作活動に近いと考えているんですよ。だとすると、僕は創作の過程を公にしない主義で」

お約束の屁理屈《へりくつ》が始まったので、時生は口を開いた。

「村崎課長に用があって来たんでしょう？」

「真犯人はわかったんだけど、証拠がない。手を貸してくれませんか？　そうすれば、事件は解決です」

時生ではなく村崎に向かい、南雲は答えた。村崎は即、「手を貸すとは？」と問い返し、南雲も即答した。

「井手さんを釈放して下さい」

「バカを言うな！」

藤野が怒鳴る。その声に驚き、廊下を通りかかった署員がこちらを振り向いた。素早く頭を巡らせ、時生は訴えた。

「言うこともやることも無茶苦茶ですが、南雲さんは結果を出しています。責任は僕らが取るので、もう一度だけチャンスをいただけませんか？」

「小暮さん、そして南雲さん。力に抗《あらが》うことが正義だと思っていませんか？　正義とは、ルールに定められたものです。そのルールを守ることは、警察官の職務です」

時生と南雲を交互に見て、村崎は告げた。しかし、その冷静かつ高圧的な口調が、時生の対抗心を煽《あお》った。村崎の目を見返し、言う。

「おっしゃる通りです。でも間違ってはいても、僕らは正義に命をかけています。それが現場のデカで、そのことを僕と諸富さん、糸居くん、剛田くん、たぶん南雲さんにも、教えてくれたのは井手さんです。お願いします。僕らにチャンスを下さい」

そして、最後に深く頭を下げた。半分ヤケクソだったが胸が高揚し、熱くなった。その直後、前方で、

「お願いします！　小暮たちと僕を信じて下さい」

と、井手も言い、頭を下げる気配があった。時生の胸はさらに熱くなる。

「ふざけるな！　課長を愚弄するようなことをしておいて、今さら何の真似だ」

興奮し、藤野がまた怒鳴った。正論中の正論で、時生は応えられない。焦りが湧き、とっさに頭を上げると村崎は言った。

「わかりました。ただし、釈放ではなく捜査の一環。何をするにせよ、私も同行します」

「課長」

藤野が目を剝き、南雲は「やった」と手を叩く。安堵しながらも驚き、時生は井手と顔を見合わせた。村崎は藤野に「署長は私が説得します」と告げ、井手に向き直った。

「私の父は、みなさんと同じ現場の刑事でした。『警察官がいいのは、正義をまっとうできるところ』が口グセで、ルールに囚われず、市民のために働き続けました。結果、人質を取って立てこもった犯人を丸腰で説得しようとし銃撃され、亡くなりました。その時、私は父とは違うやり方で正義をまっとうしようと決め、国家公務員試験を受けて警察庁に入庁しました」

突然の、そして思いも寄らない告白に時生は戸惑い、井手も唖然と村崎を見返した。すると村崎は、

「……そんな父に、井手さんは少し似ています」

と、細く頼りない、初めて聞く声で続け、目を伏せた。井手は何か言いかけたが、村崎はいつもの冷静さを取り戻し、南雲に問うた。

「で、何をする気ですか？」

17

ゆっくり減速し、セダンは停まった。首を突き出し、助手席の時生はフロントガラス越しに周囲を見た。江島の遺体の発見現場に近い繁華街で、飲食店が立ち並んでいる。

「えっ。なんでここに」

時生は訊ねようとしたが、運転席の南雲は後部座席を振り向いて微笑んだ。

「到着。井手さん、よろしくね」

「はい」

とスーツに着替えた井手が頷き、隣の村崎はジャケットのポケットから無線機を出し、マイクに向かって話しだす。

署の廊下でのやり取りの後、村崎は署長と話すために藤野と他の刑事たち、時生たちを見張っていた警察官も連れて立ち去った。南雲も「作戦会議」と言って井手をどこかに連れて行き、時生も付いて行こうとしたが「小暮くんはダメ」と拒まれた。仕方なく小会議室に戻り、スマホで諸富たちに状況を報告した。そして午後六時前、戻って来た南雲に「行くよ」と告げられ、井手と村崎、さらに別のセダンに乗った他の刑事たちとここに来た。

無線機をポケットにしまい、村崎は隣に告げた。

「では、後続車に。無線機とマイクを装着します」

「はい」と頷き、井手はセダンのドアに手を伸ばす。振り向いて、時生も言った。

「気をつけて下さい。何かあれば、すぐに対応しますから」

南雲の作戦がどんなものかはわからないが、時生たちも無線機を持ち、耳にはイヤフォンを挿している。

「おう」

そう返した井手は、いつもの叩き上げデカの顔に戻っている。時生がほっとした矢先、

「ちょっと待って。大事なものを忘れるところだった」と南雲が言い、黒い三つ揃いのジャケットのポケットを探った。そこから取り出したのは、折りたたんだ半透明のゴミ袋。

井手はゴミ袋を受け取ってポケットに入れ、セダンを降りた。村崎も続き、二人は後ろの

セダンに向かう。と、時生のジャケットのポケットでスマホが振動した。

「諸富さんたちも作戦を見守っていますよ。糸居くんは、『懲戒免職だけは勘弁』だそうです……大丈夫ですよね?」

スマホの画面に並ぶメッセージを見ていたら不安になり、時生は訊ねた。南雲が返す。

「大丈夫。作戦はちゃんと井手さんに伝えたし、段取りも確認したから」

「どうせ教えてもらえないから詳しくは訊きませんけど、今回は僕らだけじゃなく、諸富さんたちや井手さん、村崎課長の将来もかかってるんですよ」

すると南雲は、「しつこい。美しくないよ」と顔をしかめた。時生が「だって」と返しかけると南雲は息をつき、こう続けた。

「これ以上面倒なことを言わないって約束するなら、ご褒美をあげる。すごくいいもの……リプロマーダー事件の情報だよ」

はっとして、時生は隣を見た。南雲の整った横顔を、車内に差し込む明かりが照らしている。立ち並ぶ飲食店は看板に明かりを点し、その前をサラリーマンや学生が行き交っていた。時生は野中琴音の顔を思い出し、白石均から聞いた話も頭をよぎった。騒ぎかけた胸を鎮め、頷いて応える。

「わかりました。でも、約束は二つでお願いします。この作戦が終わったら、僕の質問に答えて欲しいんです。南雲さんに訊きたいことがあります」

「いいよ」

南雲は即答し、時生を見て笑った。と、時生たちのセダンの脇を井手が通り過ぎた。「作戦開始」と南雲が呟き、時生は頭を切り替え、濃い茶色のジャケットに包まれた井手の背中を見つめた。通りを二十メートルほど進み、井手は一軒の店に入った。居酒屋で、引き戸の前に垂らされた白い暖簾には、黒い墨文字で「宝屋」と記されている。

作戦の舞台は宝屋か。でも、どうして。疑問は湧いたが、時生は片手で耳のイヤフォンを押さえ、そこから聞こえる音声に集中する。間もなく、村崎が時生たちのセダンに戻って来た。

「よう」

井手の声が聞こえ、引き戸を閉めるガラガラという音が続いた。それにやや遠く、恐らくカウンターの中から、宝屋の店主・鴨志田晃が応える。

「いらっしゃい——あれ、井手さん。大丈夫なのかい？　何日か前に、小暮さんと南雲さんっていう人が来たよ」

「迷惑かけたな。お陰様で、さっき外《シャバ》に出られた。取りあえず一杯飲みたくて、留置場《ブタバコ》からここに直行したよ」

「大変だったな。とにかく座りなよ。ビールでいいかい？　メシもろくなものを食ってないんだろ？」

同情するように鴨志田が問いかけ、井手は「ああ。積もる話が山ほどある」と返した。カウンターの椅子を引き、腰かけた様子だ。

「何でも聞くよ……よし、今夜はあんたの貸し切りだ。いま店を開けたところだけど、暖簾をしまうよ。ちょっと待っててくれ」

鴨志田は「そりゃ悪いよ」と遠慮する井手に「いいから」と返し、カウンターを出る気配があった。続いて引き戸の開く音がして、鴨志田が店の外に顔を出す。時生は頭を低くしながら目をこらし、濃紺の作務衣姿の鴨志田が暖簾を外して店に戻るのを確認した。

その後、井手は酒を飲み、肴を食べながら、留置場での生活へのグチと、濡《ぬ》れ衣を着せた署の上司への文句を延々と語った。鴨志田はそれをうんうんと聞き、時生は後部座席を気遣ったが、そこに座る村崎は眉一つ動かさず、イヤフォンから流れる音声を聞いている。一方、南雲は井手が飲み食いする度に、「いい飲みっぷりだなあ」「この時期の刺身なら、戻りガツオ？　いや、サンマとイワシも……ああ、お腹が減ってきた」等々、呟いていた。

そして一時間後。井手はテンションは高いが呂律《ろれつ》の怪しい、いわゆる「出来上がった」状態になっていた。ビール、焼酎のロックとハイペースで飲んだ結果で、江島の事件が起きた五日前の夜も、こんな流れだったのだろう。

「疑いが晴れて何よりだよ。でも、真犯人は捕まってないんだろ？　心配だな」

鴨志田が問うた。グラスの焼酎を干す気配があり、井手は答えた。

「大丈夫だ。目星は付いてる」

「えっ。本当かい？」

「ああ。小暮たちに情報《ネタ》をもらって、ブタバコの中で考えたらピンと来た……だが、犯人《ホシ》の事情もわかるから辛くてな。まだ誰にも話せずにいる」

最後は声を低くして告げ、井手は盛大なげっぷをした。その発言に時生は緊張し、村崎も体をぴくりと動かした。が、南雲は顔をしかめて「げっぷはやめてよ」とぼやいただけ。井手も耳の中に超小型のワイヤレスイヤフォンを装着しているので、こちらの指示を聞くことができる。

「因果な商売だな」と息をついた鴨志田だったが、すぐに声を明るくして言った。

「とにかく飲んでくれ。とっておきの酒を出してやるよ。焼酎とか、いろいろあるんだ」

「嬉しいねえ。今夜はとことん飲むぞ」

井手は声を張り上げ、鴨志田も威勢よく「待ってな。取って来る」と返す。

それからも井手は飲み続け、さらに酔って何を話しているのかを聞き取るのも難しくなった。そして、宝屋に入って約二時間後の午後八時過ぎ。時生たちのイヤフォンから、井手のいびきが流れだした。焦りと苛立ちを覚えた時生だが、さっき約束したので、南雲に何も言えない。と、村崎が口を開いた。

「私が署長に頭を下げて井手さんを連れ出したのは、泥酔させるためではなく、事件を解決するためです。状況から察するに、真犯人は鴨志田晃ですか？」

「ないしょ」

短く、そしていかにも楽しげに南雲は返した。ルームミラーに映った村崎は無表情のままだが、眼差しでイラッとしたのがわかる。慌てて、時生は言った。

「僕もそう思いました。でも課長、鴨志田さんは江島との繋《つな》がりがなく、殺人の動機もないはずです」

すると南雲は、「それはどうかなあ」と笑った。思わず時生が横目で睨むと、南雲は「怖いなあ、もう」と身を引き、こう訊ねた。

「小暮くんは、井手さんとよく飲みに行くんでしょ？　深酒すると、いつもこんな風？」

「ええまあ。飲めば飲むほどハイテンションになるけど、口から出るのはグチと噂話ばっかりで――でも、寝込むのは珍しいな。どんなに酔っても、意識ははっきりしてるのに」

時生の胸に疑問が湧き、そしてすぐに、少し前に江島の事件が起きた夜もこんな流れだったのだろうと考えたのを思い出した。

はっとして南雲に向き直ろうとした矢先、イヤフォンから物音が聞こえた。くぐもっていて遠いが、ノックの音。恐らく、誰かが店の裏口のドアをノックしたのだろう。そして数十秒後、鴨志田のサンダルに加え、別の靴音が宝屋の店内に響いた。時生は引き戸を見つめながら耳をそばだて、南雲と村崎も集中したのがわかった。と、鴨志田が言った。

「遅かったじゃねえか。電話したのは、一時間近く前だぞ」

「実家で母の車を借りて来たので」

そう返したのは、別の靴音の主と思しき人物。

「えっ⁉」

思わず声を上げ、時生は目を見開いた。声の主が誰か気づくのと同時に、なぜという疑問が浮かび、混乱する。南雲はじっと前を見て、イヤフォンの音声に聞き入っている。わずかな間があり、また足音がして声の主が言った。

「それより、大丈夫なんですか？　この人、本当に寝てます？」

その声はより大きく明瞭になったので、井手の近くに移動したのか。ぶっきら棒に、鴨志田が答える。

「大丈夫だよ。ぐっすり寝てるから、当分は起きねえ。で、どうする気だ？　事件の前、井手さんは俺や他の客が仕事のことを聞き出そうとしても、一切話さなかった。それが釈放されると真っ直ぐここに来て、真犯人の目星は付いてると言ったんだ。あれは多分、『お前がしたことは知ってる』って意味だぞ」

「わかってます……店の裏に車を停めたので、この人を乗せましょう。適当な場所に運び、轢《ひ》けばいい。道路に寝込んだ酔っ払いが車に轢かれて亡くなるのは、珍しくありません」

声の主は冷ややかに答えた。すると鴨志田は、「冗談じゃねえ！」と声を荒らげた。

「話が違うぞ。俺が請け負ったのは江島の件だけで、あんたが『絶対うまくいく』って言うから」

「事情が変わったんです。お金が欲しくないんですか？　残りの半分は、この人が江島殺しの犯人として逮捕されたら支払うって約束ですよ」

「わかってる。だが、車で轢くなんて無茶だ。証拠が残るし、人に見られたら」

急に弱気になった鴨志田に苛立ったのか、声の主はこう言い放った。

「なら、ここで始末しましょう。幸い刃物も流し場もあるし、バラバラにして生ゴミに」

「おい！」

とっさに前方の引き戸に向かい、時生は言った。我慢の限界を超え、隣を見る。と、南雲も時生を見て告げた。

「そろそろ出番かな」

そしてにっこりと笑い、耳のイヤフォンを外した。

18

セダンを降り、小走りの時生と村崎、スケッチブックを小脇に悠然と歩く南雲の順に通りを進んだ。無線で村崎の指示を受け、後ろのセダンからも刑事たちが降りる。

最初に時生が宝屋の前に着き、引き戸を開けた。井手を警戒させないためか、カギはかけられていなかった。時生は店に入った。

まず視界に入ったのは、引き戸の内側に垂らされた暖簾を跳ね上げ、時生は店に入った。イヤフォンで聞いていた声の主・葛西美津だ。こちらを向き、メガネの奥の目を見開いている。その隣の椅子には井手が座り、カウンターに突っ伏していびきをかいている。向かいの厨房には、こちらも目を見開いた鴨志田が立っていた。時生に続いて村崎も入店し、南雲も暖簾をくぐる。

「話は聞かせてもらった！　……このフレーズ、一度言ってみたかったんだよね」

そう告げて呑気に笑い、南雲は時生の隣に立った。うろたえつつ、鴨志田が返した。

「何なんだよ、あんたら。店はもう閉めたぞ」

「動くな。逃げてもムダだぞ。裏口にも、他の刑事がいる」

時生がそう言い渡すと、鴨志田は後ずさりしかけていた足を止めた。バタバタと足音がして、後ろのセダンに乗っていた刑事が二人、店に飛び込んで来た。一人は刑事係長の藤野で、村崎の後ろに立つ。もう一人の刑事はカウンターの端の扉を開けて厨房に入り、鴨志田の脇に行った。葛西に向かい、南雲が言った。

「今朝はどうも。あのあと確認したけど、あなたは灯火の会の活動に熱心に取り組んでいるそうですね。とくに大濱元行さんと親しくなって、話を聞いて励ましているとか」

始まったなと時生は思い、村崎と藤野たち、そして鴨志田もこちらに注目する。落ち着きを取り戻し、葛西は「ええ」と応えた。

「一方で、あなたは妹さんを捜し続け、同時に事件の犯人は安沢陽太郎と信じて、その動向を追っていた。そして安沢が逮捕され、妹さんの事件でも起訴されたと知ったけど、安沢は江島克治という証人を楯《たて》に、無罪を勝ち取ろうと考えているとも知ったんです。あなたは江島さんについて調べ、大濱さんの母・ハツミさんが殺害された事件と結びつくことも知った。大濱さんは常々あなたに、母親の事件を担当した井手義春という刑事への恨み辛みを語っていたんでしょう？ ところが調べてみると、井手はいまだにハツミさんの事件を諦めておらず、最近仮釈放になるとすぐに江島さんにも接触しているとわかった。で、あなたは思った、『江島を殺し、井手の仕業にしてしまおう』と」

南雲はそう続け、葛西は「待って下さい」と反応した。

「江島という人の事件があった晩、私は三島にいたんです。今朝そうお話しして、証拠も見せましたよね？」

「ええ。忘れっぽい僕でも、さすがにそれは覚えているし、裏も取れました。確かにあなたはウソはついてないし、江島さんを直接殺してはいない……はい、お待たせしました。ここで鴨志田さん、あなたの出番です」

急に話を振られ、鴨志田はびくりとする。それを見て、南雲はさらに言った。

「先日はごちそうさまでした。あの肉じゃがは絶品で、一口食べたビーフシチューもおいしかった。でも、よく考えたらその二つのメニュー、材料はほぼ同じなんですよね。ジャガイモにタマネギ、ニンジン、牛肉……ね？」

「あの時は、材料を仕入れすぎたんだよ。他の店もやってることだ」

「確かに。じゃあ、割り箸は？」

「割り箸？」と鴨志田が訊き返し、南雲は進み出て、葛西とは反対側の井手の脇に立った。そしてスケッチブックをカウンターに置き、井手の頭の脇に並んだ割り箸と箸袋、小皿を取った。黒い小皿には、井手の食べかけと思しきポテトサラダが載っている。南雲は小皿を一瞥《いちべつ》し、「黒薩摩《くろさつま》か。美しい」と呟いた後、手にしたものを掲げた。

「器は値打ちもので、箸袋も上質の和紙に、料金の高い金文字の箔《はく》押し。なのに割り箸は、百膳で三百円もしない元禄《げんろく》箸。肉じゃがとビーフシチューの件もあわせて、目利きでこだわりも強そうな鴨志田さんらしくない」

二日前ここに来た時は気づかなかったけど、確かに割り箸はチェーンのラーメン店や牛丼店で使われているものと同じだ。そうよぎり、時生は話に集中した。鴨志田に向かい、南雲はさらに語った。

「理由はお金？　この店の経営が行き詰まってるとか？　で、それを井手さんとその関係先を調べた葛西さんに嗅ぎつけられ、『江島という男を殺し、井手の仕業に見せかけたらお金を支払う』と持ちかけられたんだ。葛西さんがそのお金をどう工面したかは――小暮くん、答えて」

「えっ⁉」

突然指名され、焦った時生だが、みんなに注目され、必死に頭を働かせた。と、今朝小山内家を訪ねた時に覚えた違和感が蘇った。同時に駐車場に付着した黒々としたタイヤ痕と、葛西の母親の話も思い出す。眼差しを葛西に向け、時生は言った。

「愛車を売ったんですね。お母さんは買ったばかりと言っていたし、いいタイヤを履いた高級ミニバンなら、中古車業者に五百万円以上で売れるはずだ」

「やるね」と南雲は感心したが、葛西は無言。と、村崎が言った。

「今の話が事実なら、さっきこの二人が交わしていた会話の意味もわかります。しかし、具体的にはどうやって？」

時生の胸にも同じ疑問が湧いていたので、南雲を見つめる。「いま話そうと思ってた」と笑い、南雲はまた語りだした。

「話はまとまり、葛西さんは鴨志田さんから井手さんのお酒の飲み方や、最近は毎晩のように来て江島さんの件で荒れている件などを聞いたんでしょう。それをもとに葛西さんは計画を練り、鴨志田さんに指示した。そして五日前。鴨志田さんは来店した井手さんが酔って寝込むのを待ち、あらかじめ用意してあったナイフを握らせて指紋を付けた。それからここを出て裏道を使って空き地に行き、『お前の秘密を知ってる』とか何とか言って呼び出しておいた江島さんをナイフで刺殺。素早くここに戻り、井手さんを起こして帰らせたんです……以上。質問、異論反論、その他ご意見があればどうぞ」

お約束の台詞《せりふ》で話をまとめ、南雲は手にしたものをカウンターに戻してスケッチブックを抱えた。「はい！」と時生が挙手し、それに「おい、待てよ」という怒りを含んだ鴨志田の声が続く。南雲は「タッチの差で小暮くん」と指名し、時生は質問を投げかけた。

「井手さんを犯人に仕立てたいきさつと、ナイフの指紋の絡繰《からく》りはわかりました。でも、どうやって井手さんを寝込ませたんですか？　さっきも言ったように、井手さんはどんなに酔っても意識は明瞭だし、身柄を勾留された時に受けた検査で、薬物などを飲まされていないのはわかっています」

すると南雲は、「ああ、それね」と頷き、厨房の鴨志田の脇に立つ刑事に告げた。

「悪いけど、その辺を調べてくれる？　ワインのボトルがあるはずだよ」

「はい」と応え、刑事は厨房の調理台の下に身をかがめた。ごそごそがちゃがちゃという音がした後、刑事は「ありました」と告げて体を起こし、片腕を上げた。その手には、空になったワインボトルが握られている。

「オー・ボン・クリマの椿《つばき》ラベル⁉　僕のお気に入りを、こんな愚行に？」

信じられないといった様子で南雲は騒ぎ、時生は「なんでワイン？」と呟く。その直後、頭に一つの記憶が蘇った。五日前、留置場に井手を訪ねた時のやり取りだ。鼓動が速まるのを感じながら、時生は言った。

「思い出した！　井手さんはワインが苦手で、飲むとすぐに眠くなると話していました。鴨志田さんはそれを知っていて、五日前も今夜も、井手さんにワインを飲ませたんだ」

「惜しい！　ちょっと違う」

いかにも残念そうに眉根を寄せて返し、南雲は傍らに語りかけた。

「井手さん、お疲れ様。もういいですよ」

それを受け、時生と村崎、鴨志田と葛西、その他二人の視線が動く。気づけば、店に響いていたいびきがやんでいる。と、井手がむくりと体を起こし、言った。

「ダ・ヴィンチ殿、遅いですよ。ニセいびきのかきすぎで、喉がガラガラだ」

「えっ⁉」

時生と鴨志田が同時に声を上げ、井手は時生に片手を上げて見せた。そして厨房に向かい、こう続けた。

「カモちゃん、悪いな。一度目は酔っ払っていたこともあって、訳がわからねえまま、あんたに出されたワインを飲んじまったんだろう。だが、俺にもデカの面子《メンツ》ってもんがある。ビールやら焼酎やらは全部飲んだが、ワインは飲むふりでここに捨てさせてもらった」

そして片手をカウンターの下に伸ばし、脚の間から何かを取り出して持ち上げた。さっき南雲に手渡された、半透明のゴミ袋。その中には、液体らしきものが入っている。

そうだったのか。時生は心の中で膝を打ち、村崎も「なるほど」と呟く。ゴミ袋を受け取り、「もらっていい？　後で飲みたい」と乞う南雲を無視し、井手はさらに言った。

「カモちゃん、あんまりじゃねえか。そりゃ、金のことじゃ力になれなかったかもしれねえが、なんで俺を」

「ご、誤解だ。江島なんて知らねえし、あんたがワインはダメなのも知らなかった」

そう訴え、鴨志田は横目で葛西を窺った。みんなの視線も動き、葛西は言った。

「誤解じゃなく、言いがかりです。南雲さんは延々語ってたけど、見聞きしたことを都合よくねじ曲げた思い込み、妄想でしょう？　それに、私たちの会話を聞いたところで、何かしたという証拠にはならない」

「そうですね。しかし、あなた方が『何か』をしたのなら、関係者への聞き込みや防犯カメラの映像の解析など、客観的事実と物的証拠をもって明らかにします」

間髪を入れず、村崎が応戦する。ぐっと押し黙った葛西だが、村崎を見据え捲し立てた。

「それは、私と鴨志田さんが普通の市民だからでしょ。私たちが政治家の家族だったらどう？　ロクな捜査もせず、『やってない』『その晩は知り合いの男の部屋で飲んでた』と言えば、鵜呑《うの》みにして片付けるのよね」

「詩乃さんの事件に対する、安沢陽太郎の証言のことですか？　でしたら、捜査が不十分だった可能性はあります。しかし事件当夜の陽太郎のアリバイについては、江島さんだけではなく、彼のアパートの住人からも証言が」

黙っていられず、時生も会話に加わった。が、葛西は鬱陶しげに首を振り、言った。

「そんなのどっちでもいいのよ！　私たち家族は、あの事件のせいでめちゃくちゃになってしまった。なのに安沢は、のうのうと暮らしてる。私はそれが許せないの」

「確かにそうですね。しかも、安沢は詩乃さんの事件の後も罪を重ねています」

チャンスだと判断し、時生は敢えて同意した。頷き、葛西は声を大きくして続けた。

「安沢がこの世に存在してる限り、詩乃の気持ちは休まらないし、私たちのところに戻って来ない。でも、安沢は親にガードされてて手が出せない。だから私は、あいつを絶望させてやろうと思ったのよ……コネと権力を駆使して仮釈放にした江島が殺され、証言してもらえない。あいつは今、どんな気持ちかしら。それでも、詩乃や他の被害者が味わった絶望と苦しみの足元にも及ばないけどね」

最後は吐き捨てるように言い、葛西は時生と南雲、村崎に視線を巡らせた。話の途中から別人のように声が低くなり、眼差しは尖っている。だが時生は「事実上の自白だな」と手応えを覚え、村崎に目配せをした。目配せを返し、村崎は向かいの二人に告げた。

「葛西美津さん、鴨志田晃さん。江島克治さん殺人事件の重要参考人として、楠町西署にご同行願います」

待ち構えていたように藤野が葛西に歩み寄り、その腕を掴んだ。同様に、厨房の中の刑事が鴨志田の腕に手を伸ばす。二人に抵抗する様子はなく、まず藤野に連れられた葛西が引き戸に向かった。と、井手がカウンターの椅子を下りて訊ねた。

「絶望してるのは、あんたも同じだ。だから、こんなことをしちまったんだろ？」

と、葛西は引き戸の前で立ち止まり、振り向いた。その顔に、井手はさらに語りかけた。

「詩乃さんは俺が捜す。定年まで十年ちょっとあるし、その後だって捜す。だから、絶望しないでくれ。詩乃さんは、きっと生きてる。あんたら家族がそう信じてる限り、望みはある。たとえ一縷でも、望みがあれば人は生きていけるし、やり直せる」

「きれいごとだわ。大濱ハツミさんの事件では、何もできなかったくせに」

鼻を鳴らして葛西が言い、時生は反論しようとした。が、井手はそれを眼差しで止め、

「そうだな」と頷いた。

「江島に罪を認めさせたかったが、手遅れだ。大濱さんには、受け入れてもらえるまで謝り続けるし、俺はあの事件を背負って生きていくと決めた。詩乃さんと、あんたの事件も同じだ。安沢の裁判を見守り、罪を逃れようとしたら全力で阻止する。俺が江島に罪を認めさせられてりゃ、今回の事件は起きなかったんだからな」

「なにそれ。殺人犯にされかけて、今夜は殺されるところだったのよ」

信じられないという様子で、葛西は言う。すると井手は「わかってる」と返し、

「だが、俺はデカだ。覚悟はできてる」

と続け、葛西を見た。顔は酔いで赤黒くなり、ぎょろりとした目は充血している。それでも言葉と眼差しは力強く、井手の覚悟が本物だと伝わってきた。

呆然とした後、葛西は「バカじゃないの!」と叫んだ。が、メガネの奥の目はみるみる潤み、涙が溢れる。もぎ取るようにメガネを外し、葛西は俯いて泣きじゃくった。そして「なんで」と言い、顔を上げた。

「なんで今になって……詩乃の事件の時、あなたがいれば。そうすれば、きっと……一生、安沢を許せないし、江島を殺したことだって後悔してない。こんなんでもいいの? 私、やり直せるの?」

「ああ。時間はかかるかもしれねえが、必ずやり直せる。詩乃さんを『お帰り』と出迎えるんだ」

きっぱりと、井手は答えた。すると葛西は指先で濡れた頰を拭い、「わかった」と首を縦に振った。それから少し間を置き、「ごめんなさい」と頭を下げた。そして葛西は、藤野に促されて店を出て行った。その背中を見送る井手と時生たちに、鴨志田の声が届く。

「井手さん、すまねえ。葛西に、あんたはひどい男だと吹き込まれたんだ。ぜんぶ南雲さんが言った通りだ。店がヤバくて借金もできて、金目当てで江島を殺して、あんたに罪をなすりつけようとしたんだ」

厨房を出たところで膝をつき、土下座をしようとしてもう一人の刑事に止められている。

「やっぱりか」と息をつき、井手は鴨志田に向き直った。

「大バカ野郎！　あんたはこだわりは強いくせに、詰めが甘いんだよ。だから店が傾くし、人の言いなりになっちまう……いいよ。あんたのことも背負う。だから、しっかり罪を償え。で、戻って来たらまた店をやれ。屋台でもなんでもいい。俺が毎晩通って、二度と悪さできねえように見張ってやる。いいな？」

「はい！」と即答し、鴨志田は深々と頭を下げた。さすが叩き上げのデカ。説得力が違うな。時生が感心している間に鴨志田たちも出て行き、宝屋の中には井手と時生、南雲、そして村崎の四人になった。隣の南雲に向き直り、井手は一礼した。

「ダ・ヴィンチ殿、もとい、南雲警部補。ありがとうございます。お陰で事件を解決し、疑いを晴らすことができました」

「お礼なら、僕じゃなく数多《あまた》の名画に言ってよ。あとは、小暮くんたちにも」

片手にスケッチブック、もう片方の手にはワイン入りのゴミ袋を持ち、朗らかに南雲が返す。「数多の名画」の意味がわからなかったらしく、「はあ」とぽかんとした井手だが、すぐに表情を引き締め、今度は時生に頭を下げた。

「小暮、ありがとう。一生恩に着る」

「とんでもない。一件落着で何よりです。それに今夜の作戦は、村崎課長の大英断なしには遂行できませんでした」

時生が話を振ると、井手は村崎を見た。しかし、先に言葉を発したのは村崎だった。

「大英断ではありません。我々も葛西美津と安沢陽太郎、江島克治さんの関係は注視しており、それに事件当夜の鴨志田晃のアリバイ、さらに南雲さんの功績を加味して――」

「それでも、感謝します。カンや感情で動く僕らを、課長の理性が抑えてくれていたんですね。追い込まれて、そのことに気づきました」

井手が返す。予想外の発言に時生は驚き、村崎も固まる。すると井手は、こう続けた。

「僕が父上に似ているとおっしゃっていましたね。だとしたら、父上は今のあなたを誇りに思っていらっしゃるでしょう。なぜなら、僕がそうだからです」

「えっ。それって」

井手さんが、村崎課長を誇りに思うってこと？　時生はそう訊きたかったが、体を起こした井手に照れ臭そうな顔で睨まれ、言葉を呑み込んだ。村崎が言う。

「……それは光栄です。しかし、似ているの前には『少し』が付きますし、先ほどの酔っ払いぶりを見ると、それもはなはだ疑問に」

いつもの冷静さを保ってはいるが、目と手の動きが明らかにおかしい。ひょっとして、この人も照れてる？　そう悟り、時生は村崎に親しみを覚え、ちょっとかわいいとも感じた。と、慌ただしい気配があり、開け放たれた引き戸から複数の男が飛び込んで来た。

「井手さん！」

「聞きましたよ。作戦成功ですってね」

「よかった〜。これで僕たちの懲戒処分もチャラですよね？」

口々に捲し立てて井手を取り囲んだのは、諸富文哉《ふみや》と剛田力哉、糸居洸だ。「おお。お前らか」と返しつつ戸惑う井手に、村崎はこう告げた。

「作戦開始の前に私が呼び、別の場所で待機してもらっていました。これをもってみなさんの自宅待機は解除しますが、独断捜査については相応のペナルティーを科します……私は署に戻りますので、後の処理をお願いします。それと、南雲さん。ゴミ袋は渡して下さい。事件の証拠品ですよ」

いつもの調子に戻って指示し、南雲に手を差し出す。「え〜っ」と抵抗の様子を見せた南雲だったが、「いいから」と村崎に促され、「ちぇっ」と口を尖らせて、ワイン入りのゴミ袋を渡した。

「子どもかよ」

時生の頭に浮かんだのと同じ突っ込みを、井手が呟いた。時生は思わず噴き出し、井手も笑って時生の肩をぽんぽんと叩く。それから井手はいつもの強面に戻り、「よし。仕事に取りかかるぞ」と告げて店内に向き直った。

19

それから約三十分後の午後十一時前。時生たちは宝屋の外にいた。店内では、楠町西署から呼んだ鑑識係の係員たちが作業中だ。諸富、剛田、糸居とともに作業を見守ったり、通行人の整理をしたりしていた時生だが、気づけば南雲の姿がない。通りを眺めると、数軒先のシャッターを下ろしたカフェの前に、黒いジャケットの背中を見つけた。

「どうしました?」

歩み寄って声をかけた時生に、南雲は「ちょっとね」と答えた。スケッチブックを脇に挟み、手にしたスマホを弄《いじ》っている。

「懲戒免職も覚悟したけど、何とかなりましたね。今回も始めから真相に気づいていたんですか?」

時生は問うた。外気は肌寒いほどで、秋の深まりを感じる。南雲はスマホを弄りながら、

「いや」と返し、こう続けた。

「宝屋でランチした時に、変だなとは思ったよ。だから鴨志田をスケッチブックの図のメンバーに入れたんだけど、さすがの僕も、すぐに葛西とは結び付かなかった。でも、会議室で小暮くんとフォーカルポイントについて話してたら、『アレオパゴス会議のフリュ

ネ』が浮かんだんだ」

「あの絵には、主役が二人いるって言ってましたよね。準主役は江島さんで、主役は鴨志田だったってことですね」

「そう。主役の人物像は金色でしょ？　それを見て、宝屋の金文字の箸袋を思い出した。で、小山内家の駐車場で見たタイヤ痕も思い出して、葛西と鴨志田の共犯なんだと閃いたってわけ」

そう話を締めくくり、南雲はスマホを見たまま顎を上げた。「ははあ」と相づちを打った時生だが、もやもやとしたものを感じ、言った。

「でも、フォーカルポイントの話題を振ったのも、小山内家のタイヤ痕に気づいたのも、僕ですよね。『さすがの僕も』とか言って、南雲さんに閃きのきっかけを与えたのは、僕じゃないですか。本当に『さすが』なのは――」

「美しくない。そういうこと言うの、ヤボだよ」

と顔をしかめた南雲だったが、時生が抗議しようとするとさらに言った。

「わかってるし、感謝もしてるってば。だから今、約束のご褒美を……はい、送ったよ」

すると、時生のジャケットのポケットの中でスマホが振動した。取り出して確認したところ、南雲から添付ファイル付きのメールが届いていた。ファイルの中身は、十名ほどの名前が並んだ書類の写真。そこには肩書きと連絡先も記されており、それらは美術大学やギャラリー、広告代理店などだ。リストに見入り、時生は問うた。

「これ、先月の事件の時に野中さんが話してたリストですよね？」

「うん。古閑くんに改めて頼んで、つくってもらった」

時生と南雲がリプロマーダー事件の捜査を進めたところ、リプロマーダーが最初に起こした事件の第一発見者・横澤《よこざわ》新太《あらた》という男性が浮上した。横澤は既に亡くなっているが、十三年前の秋、バイト先の造園会社の仕事で東京郊外にある関東美術大学を訪れていたと判明。さらに同時期、野中琴音の恋人で南雲の藝大時代の同級生でもある画家・古閑塁も関東美術大学で作業をしていたとわかった。時生たちはそのことを野中から聞き、古閑が当時の関係者をリストにしてくれるとも聞いていた。しかし野中の事件があり、リストは受け取っていなかった。

僕も古閑さんに頼もうと思ってたけど、なぜ南雲さんが？　自分はリプロマーダーではないという、カモフラージュのつもりか？　あるいは、このリストに手がかりはないということか？　驚くのと同時に疑問が湧き、警戒心も起こった。

「すごいでしょ。きっとこの中の誰かが、手がかりをくれるよ」

はしゃいだ声が耳に届き、時生は南雲を見た。南雲も目を輝かせ、時生を見ている。

「で、小暮くんが僕に果たして欲しい約束って？　訊きたいことがあるんだっけ？」

無邪気に問われ、時生は混乱する。訊きたいことなら、山ほどある。心の中で返すと、リプロマーダーは南雲ではないかと疑うきっかけとなった出来事、さらにデザートビュッフェで白石から聞いた話が頭をよぎる。しかし、どちらも時生にとって最大の、そして現時点では数少ない切り札だ。と、こちらの異変に気づいたのか、南雲が怪訝そうな顔をした。気づくと、時生はこう言っていた。

「南雲さん。うちに食事に来ませんか?」

「食事?」

南雲がますます怪訝そうな顔をする。慌てて、時生は続けた。

「ええ。夏に結婚詐欺事件の捜査で張り込みをした時、僕が誘ったら『考えておくよ』って答えたでしょ? 娘と姉も先月の事件のお礼をしたいと言ってるし、ぜひ」

「ふうん。でもそれは、質問じゃなく招待だよね?」

「そうなんですけど」

しどろもどろになり、時生が続く言葉を探していると、南雲は首を縦に振って応えた。

「いいよ」

「はい!?」

「食事に行くよ。で、いつ?」

にこやかに問い返され、時生は「ええと……姉たちに確認します」と言ってスマホを握り直し、操作した。訳がわからないが、とんでもないことになったのはわかる。

外灯の下、スケッチブックを小脇に自分を見守る南雲を前に、時生はスマホの操作を続けた。

第二話

対決 Showdown

1

「うん。ひき肉とトマト、タマネギ、マッシュルームね――そうそう、赤ワインは買った？　……えっ、忘れた⁉」

声を上げ、小暮時生は耳に当てたスマホを握り直した。電話の相手の答えを聞き、さらに言う。

「ダメだよ。ミートソースには赤ワイン。入れるか入れないかで、コクと香りが全然違うんだから……わかった。僕が買って帰るよ。今日はそんなに遅くならないはずだから」

そう告げて時生は電話を切り、スマホをスーツのジャケットにしまった。背後に停めたセダンのドアを開けていると、通りの向こうから南雲士郎が戻って来た。黒い三つ揃いに白いワイシャツという格好で、両手に缶入りの飲み物を持っている。そのうちの一つを「はい」と手渡され、見ると温められた缶には、殻付きのエビとパクチーが入った赤いスープの写真があり、その上に「本場・タイの辛味と酸味！　トムヤムクン」と書かれている。

「トムヤムクンって。僕は緑茶を頼んだんですよ」

時生は抗議したが、南雲はセダンのドアを開けて助手席に乗り込んだ。仕方なく、時生も運転席に乗り込む。カフェラテの缶を開け、南雲が応えた。

「いいじゃない。新製品だし、そっちの方が温まるよ。あとで一口ちょうだい」

またかよ。心の中でぼやき、時生はトムヤムクンの缶をドリンクホルダーに入れた。

捜査の休憩中、南雲はよく飲み物や食べ物を買いに行く。それはいいのだが、時生が頼んでいないものを「新製品だから」と買って来て、「あとで一口ちょうだい」と要求する。

「電話の声が聞こえちゃったんだけど、赤ワインがどうかしたの？」

カフェラテの缶を口に運び、南雲は問うた。「ああ」と頷き、時生は返した。

「姉と話していたんです。南雲さんを食事に招待すると決まったら、『私がつくる』と言って、娘と二人であれこれ試作してます。いくら『炊事は交代制』と言ってもダメで、僕がつくってたのに」

「へえ。何をごちそうしてもらえるんだろう。楽しみだなあ」

そう言って微笑み、南雲は車窓越しに外を眺めた。杉並区内の住宅街で、戸建て住宅やマンションが並んでいる。十月も下旬になって朝晩はかなり寒くなり、住宅の庭木は紅葉が始まっている。少し迷ってから、時生は訊ねた。

「でも、本当にいいんですか？」

「何が？」

きょとんとして、南雲が訊き返す。「いえ……素人の料理だし、期待しないで下さいよ」と時生も笑って答えたが、気持ちは複雑だ。

楠町西署刑事課の先輩兼元相棒の井手義春が巻き込まれた事件が解決したのが、約十日前。時生は成り行きと勢いで南雲を自宅での食事に招待し、南雲はそれを受けた。子どもたちに会わせ、酒を飲ませればガードが下がり、南雲がリプロマーダーだという証拠を摑めるかもしれない。千載一遇《せんざいいちぐう》のチャンスなのだが、どうも落ち着かない。これまでは相手や状況に関わらず、職場の人間との私的な付き合いを絶ってきた南雲が、なぜ誘いに応じたのか？　ひょっとして、南雲にも目的があるのか？　だとしたら、狙いは自分、あるいは家族？　等々、考え始めるときりがない。

今さら怖《お》じ気《け》づいてどうする。僕は勝負に出たんだ。南雲さんを招いた五日後の土曜日には、この十二年間の決着を付ける。自分で自分に言い聞かせ、時生は頭を切り替えた。

「じゃあ、署に戻りましょう。パトロールって口実でここまで来たけど、課長に怪しまれるとまずいので」

「大丈夫。井手さんの一件で、僕らの株は爆上《ばくあ》がりだから。リストの別の人を訪ねよう」

平然と告げ、南雲は膝に載せたスケッチブックを開いてリストを出した。「元の株が低すぎたから、爆上がりしてやっと普通レベルですけどね」と返しつつ、時生もポケットからリストを出して眺める。

少し前、時生たちは、十二年前にリプロマーダーが最初に起こした事件を調べ直した。すると事件の関係者で、いまは亡くなっている横澤新太という男性が浮上。新太は十三年前の秋、当時バイトをしていた造園会社の仕事で、東京郊外にある関東美術大学に通っていたとわかった。そして同時期、画家で南雲の藝大時代の同級生・古閑塁も、大学祭に出品する絵の仕上げを関東美術大学で行っていたと判明。南雲は野中琴音の一件で作成が滞っていた当時の関係者のリストを古閑から受け取り、時生にもメールしてくれた。そしてこの一週間、時生たちは適当な口実で署を出て、リストに記された人を訪ねて話を聞いている。

リストに記されていたのは十名ほどで、大学の学生や教員、ギャラリーなど美術関係者のほか、テレビ局や広告代理店の社員の名前もあった。連絡が取れなかったり、既に亡くなっていた人を除き、リストの半分ほどの人に会ったが、当時の記憶がないか、あっても横澤に繋がる話は聞けなかった。

「先月、波瑠の事件で関東美術大学を訪ねた時、古閑さんは世話になった人に『俺は辞めるからお前が引き継げ』と言われて、教授になったと話していました。その人が、鳥越延夫《とりごえのぶお》さんだったんですね」

そう続け、時生は通りに目をやった。そこに建つ古く瀟洒《しょうしゃ》な洋館が鳥越の自宅で、さっき訪ねると留守だった。古閑は十一年前から今年の春まで海外で暮らしていたのだが、そのきっかけとなったアートプロジェクトのメンバーに彼を推薦したのが、鳥越だそうだ。南雲も洋館に目を向け、言った。

「鳥越さんは画家で、この春、教授の職を辞した後は国内外を気ままに旅しながら創作活動をしているそうだよ。奥さんはじきに戻るって言ってたし、また来よう」

「ええ。じゃあ、次は誰を訪ねます？　ここから近いのは――」

「本間《ほんま》画廊に行こう。むかし古閑くんがマネージメント契約をしていた画廊で、さっき当時の担当者と連絡が付いたんだ……じきにランチタイムだし、本間画廊の近くには、熱々、ジューシーな小籠包《しょうろんぽう》が有名な中華料理店があるよ」

目を輝かせ、南雲が語る。目的は担当者じゃなく、小籠包だな。うんざりした時生だが、「わかりました」と応えてリストをポケットに戻し、シートベルトを締めた。

2

本間画廊は、銀座一丁目にあった。立ち並ぶビルには飲食店やブティックが入っているが、美術展の看板を出していたり、ウィンドウに絵画を飾っている店も目立つ。以前、時生は南雲に、銀座には百軒以上のギャラリーがあると聞いた。

重厚なレンガ造りのビルの、美術館と見まごうほど立派な玄関から本間画廊に入った。床と壁、天井のすべてが白い、広々とした空間だ。何かの美術展が開かれており、壁に飾られた油絵を眺める人がいる。移動の車中、南雲に聞いた話によると、本間画廊は創業約百年。日本を代表する画廊の一つで、「ここで作品を扱ってもらえれば、アーティストとして一流ってことになってる」そうだ。

と、南雲が「ちょっと見てくる」と告げ、展示スペースに入って行った。仕方なく、時生は手前の受付に行って警察手帳を見せ、要件を伝えた。間もなく、受付に五十代半ばぐらいの小柄な女性がやって来た。一礼し、言う。

「お待たせしました。ギャラリーディレクターの光岡庸子《みつおかようこ》です」

「楠町西署の小暮です。お仕事中、申し訳ありません」

時生も一礼し、告げる。二人で展示スペースの奥に置かれた応接セットに移動し、ソファに向かい合って座った。

「古閑塁さんのお話と伺いましたが、何かあったんですか?」

戸惑い気味に、光岡が訊ねた。白髪交じりのショートカットで、茶色のスカートスーツを着ている。時生は「いえ」と首を横に振った。

「ある事件の捜査で、古閑さんにご協力をいただいています。その流れで十三年前の秋、古閑さんが関東美術大学の大学祭に作品を提供されたことと、当時は光岡さんがマネージメントを担当されていたことを伺ったんです。当時の話をお聞かせ下さい」

「ああ。そうだったんですか」

ほっとした様子で、光岡は頷いた。それを確認し、時生は質問を始めた。

「古閑さんからは、大学祭の十日ほど前に構内に作品を搬入し、数日通って仕上げをしたと聞いています。間違いありませんか？」

「ええ。搬入と仕上げには、私が付き添いました」

「そうですか。何か覚えていることがあれば、教えて下さい。仕上げは構内のどこでしたんですか？」

「校舎の裏庭です。大学の方がアトリエを用意して下さったんですが、古閑さんが『陽の光の下で描きたい』と言って。すごく集中して、暗くなるまで作業していたのを覚えています。『ＵＮＴＩＴＬＥＤ』は、古閑さんの第二期の代表作ですから。あの少し前、彼はスランプに陥っていたんですけど、見事に復活しました」

「ＵＮＴＩＴＬＥＤ」って、絵のタイトルか。熱く語ってくれるのはありがたいけど、知りたいのは大学で見聞きしたことなんだよ。心の中でそう呟きつつ、時生は「なるほど」と相づちを打った。

「そう？　僕は、スランプ期の古閑くんの作品が一番好きですよ」

ふいに声がして、時生は後ろを向いた。いつの間に来たのか、南雲が立っている。驚いたように、その顔と脇に抱えたスケッチブックを見ている光岡に、時生は「ご連絡を差し上げた南雲刑事です」と紹介した。光岡は「ああ」と頷き、南雲は「どうも」と微笑んでソファの時生の隣に座った。

「あの時、古閑くんは密着取材を受けてたでしょ？　確かテレビの美術番組」

南雲が続けて問いかけると、光岡ははっとして首を縦に振った。

「確かに。KHNテレビの『ウィークエンドミュージアム』です」

「録画したものが残っていませんか？　見せて下さい」

時生が乞うと、光岡は「DVDがあるはずです」と答え、立ち上がってソファを離れた。続いて南雲も立ち上がり、応接セットの周りに飾られた絵を眺めだす。それを横目で見つつ、時生は聞いた話を手帳にメモした。

やはり南雲さんは、古閑さんの動向を追ってたんだな。南雲さんと古閑さんには、何かある。それは多分、白石さんが話してた、二十八年前に二人の同級生だった女性が亡くなった事件と関係してるはずだ。時生が頭を巡らせていると、光岡が戻って来た。抱えていたノートパソコンをテーブルに置き、スーパーマルチドライブにDVDのディスクをセットする。起動音がして液晶ディスプレイに四角い枠が現れ、ディスクが再生された。光岡がノートパソコンを時生たちの前に置いてくれたので、礼を言って液晶ディスプレイに見入った。

タイトルが表示されて音楽が流れ、番組が始まった。毎回一人のアーティストを取り上げる趣旨らしく、まず古閑の顔写真と数点の作品が映しだされ、男性のナレーションで古閑のプロフィールも紹介された。続いて場面は関東美術大学のキャンパスに移り、校舎の裏庭に搬入されるキャンバスを見守る古閑が映った。今より若いが、ボサボサの髪と無精ヒゲ、洗いざらしのシャツにジーンズというスタイルには変わりがない。ナレーションと音楽が流れる中、カメラはキャンバスと、場面は創作シーンになった。壁に立てかけられたキャンバスは縦百六十センチ、横は二メートルほどあり、古閑は脚立に跨がって絵筆を持った手を動かした。キャンバスに描かれていたのは、朽ちたビル群と夜明けの空。廃墟は古閑がよく用いるモチーフで、不穏さと力強さが伝わってくるのも最近の作品と同じだ。しかし、空の中央に描かれた太陽と、そこから四方に伸びる光線は何かが爆発しているようにも見え、時生はこの世の終わりみたいだなと感じた。

「いい絵でしょう？　廃墟に差し込む朝日が、新しい世界の始まりを予感させて」

ナレーションから液晶ディスプレイに映っているものを察したのか、光岡が言う。「ええ」と返した時生だが、内心では、これを世界の始まりと感じるのかと驚く。しかしその直後、ひょっとしてこの絵は、見る人によって、終わりとも始まりとも取れるのかと閃き、だからタイトルは無題、つまりＵＮＴＩＴＬＥＤなのか、さすがは古閑さんだなと納得もした。隣の反応が気になり窺うと、南雲は液晶ディスプレイを見て笑った。

「観客がすごいなあ。ライブペインティングみたい」

「ええ。最初は、学生さんや職員の方が見ているだけだったんですよ。でも誰かがSNSに投稿したらしくて、古閑さんのファンが集まってしまって。ガードマンを呼んだりして、大変でした。おかげで、翌日から古閑さんはアトリエで作業してくれましたけど」

笑いながら、光岡は説明した。だんだん記憶が蘇ってきたみたいだなと安堵して、時生は液晶ディスプレイに視線を戻した。

確かに、絵を描く古閑を取り囲むように大勢の人がいて、その前に、腕を広げた制服姿のガードマンが数人立っている。と、カメラが横に動き、古閑の周りの人々を映した。次の瞬間、時生の目は、ある人物の顔を捉えた。その直後、南雲が、

「あれ？　今の」

と言い、時生も声を上げた。

「横澤新太さんですよね⁉」

すると南雲は「え？　いや」と返したが、時生はノートパソコンのタッチパッドに指を走らせ、ディスクを一時停止させた。光岡に「ちょっとすみません」と断り、映像を少し前に戻して全画面表示にする。液晶ディスプレイいっぱいに、黒いプラスチックフレームのメガネをかけた、小太りな若い男性が映しだされた。

「ほら、新太さんですよ。間違いない」

胸の高鳴りを感じながら、時生は新太を指した。「確かに」と南雲が頷いた時、時生のジャケットのポケットでスマホが振動した。スマホを取り出して構え、新太を見たまま応える。

「はい、小暮です」

「井手だ。お前、今どこにいる？」

そう問うた井手の声の深刻さにはっとし、時生は答えた。

「気になることがあって、南雲さんと銀座に来てます。事件ですか？」

「ああ。剛田と現場に向かってるところだが、お前とダ・ヴィンチ殿は来るな。後で様子を教えてやるから」

言われたことに戸惑って時生が黙ると、井手は深刻さを増した声でこう告げた。

「遺体が発見されたんだが、リプロマーダーの犯行に似ているらしい」

3

時生が警視庁本部庁舎にほど近い道端にセダンを停めると、スマホが鳴った。南雲のスマホも鳴り、二人で届いたメールを確認する。

メールは剛田力哉からだった。剛田は本庁のリプロマーダー事件特別捜査本部にいて、昼間、井手から聞いた事件の資料を送ってくれたのだ。心の中で感謝し、時生は資料に目を通した。

事件の現場は、千代田区内神田《うちかんだ》四丁目の古い倉庫だった。解体が決まっておりテナントはいなかったが、今朝十時頃、たまたま倉庫の前を通りかかった管理会社の社員が、裏口がこじ開けられているのに気づいた。中に入ったところ、男性が倒れているのを発見。救急車を呼んだが、駆け付けた隊員は死亡を確認し、警視庁に通報した。その後、家族から行方不明者届が出されていたことから、男性は一キロほど離れたビルに本社を構える「メディスンデリバリー」という会社の社長・塚越歩太《つかごしあゆた》、三十六歳と判明したという流れだ。

続けて、時生はメールに添付されていた現場の写真を見た。

コンクリートの床の倉庫に、背の高さが異なる段ボール箱が前後に二列並び、その上に塚越歩太の遺体が横たわっていた。遺体は仰向けで、後頭部は床、尻は手前の段ボール箱、足を奥の段ボール箱の上にという格好だ。さらに、左腕は肘を顔の脇で曲げて手を頭上の床の上に置き、右腕は横に広げ、脚は両膝を軽く曲げて、左の踵《かかと》を右の甲に乗せている。また、床と手前の段ボール箱には茶色い布が敷かれ、塚越の頭と上半身、腰はその上に乗っていた。加えて、塚越は全裸で、靴や腕時計なども身につけていない。一方、男性器は、両腿の間から引っ張り上げた布の先端部分で覆われている。時生がその光景に見入ってい

ると、南雲が、

「『ヘクトールの遺体』だ。フランス新古典主義の画家、ジャック＝ルイ・ダヴィッドによる一七七八年の作品だよ」

と言い、自分のスマホの画面を時生に向けた。そこには、階段状の岩のようなものに横たわった、外国人の男の絵が表示されていた。男が全裸で体の下に茶色い布が敷かれ、その一部で性器が覆われているところは、写真の現場と同じだ。

「ええ。メールによると、特別捜査本部が現場写真を見せた美術史家も、この絵を挙げたそうです……被害者《マルガイ》とその会社は、最近ニュースなどで騒がれています。遺体が全裸なのはリプロマーダーの一件目の犯行と同じだし、ひょっとすると」

「いや、違うよ」

きっぱりと告げられ、時生は隣を見た。前方を向いた南雲の眼差しは鋭く、強い光を放っている。と、南雲はスマホをしまってスケッチブックを抱え、「行こう」と言って助手席のドアを開けた。驚き、時生は「どこへ？」と訊ねたが、南雲はセダンを降りて通りを歩きだす。慌てて、時生も後に続いた。

進む方向で、南雲の目的地がわかった。時生は引き留めようとしたが南雲は歩き続け、五分後、二人は警視庁本部庁舎の前に着いた。南雲は迷わず本部庁舎の玄関に向かい、警備の警察官に警察手帳を見せて中に入った。仕方なく、時生も倣う。

職員や関係者で混み合うロビーを抜けてエレベーターホールに行き、上りのエレベーターに乗った。南雲がエレベーターを降りたのは六階で、ここには刑事部捜査第一課とリプロマーダー事件特別捜査本部がある。

両側にドアが並び、スーツや制服姿の男女が行き来する廊下を進んだ。所轄署に飛ばされて以来、時生がここに来るのは初めてだが、懐かしさや気まずさを感じる余裕はない。

フロアの奥まで行き、南雲は立ち止まった。その前には大きなドアがあり、脇の壁に「東京都内広域絵画模倣連続殺人事件特別捜査本部」と墨書きされた長い紙が貼られている。リプロマーダー事件というのはマスコミが付けた通称で、これが正式名称、警察用語でいう戒名《かいみょう》だ。

「ダメですって。井手さんたちに迷惑がかかるし、村崎課長にも」

そう訴える時生をあっさり無視し、南雲はノックしてドアを開けた。

広い部屋に長机がずらりと並び、三十名ほどの捜査員が着いている。夕方の捜査会議の最中だろう。捜査員たちが一斉に振り向く中、南雲は部屋に入って中央の通路を進んだ。部屋の奥にも長机が置かれ、スーツや制服姿の中年男が捜査員たちと向き合う形で着いている。捜査本部長、捜査副本部長、事件主任官、その他のお偉方だ。

「おい。いきなり何だ」

前方の長机から、中年男が立ち上がった。捜査第一課長で、時生のかつての上司だ。その後ろの長机から、楠町西署刑事課長の村崎舞花も立ち上がる。時生が焦りにかられた矢先、南雲は奥の長机の手前で立ち止まった。

「みなさん、お疲れ様です。ていうか、特別捜査本部ってまだ解散してなかったんだ」

室内を眺めて言い放ち、知り合いの捜査員でも見つけたのか、「お久しぶり」と手を振る。さらに焦り、時生は「まずいですよ」と囁いて南雲の腕を引いた。村崎も「二人とも、ただちに退場しなさい」と命じ、こちらに来ようとする。同じ長机に着いた、楠町西署の他の刑事も立ち上がった。すると南雲は真面目な顔になり、話しだした。

「内神田四丁目の遺体の話を聞きました。だから言ったでしょ？　琴音ちゃんはリプロマーダーじゃない。事件はまだ終わってないんですよ。でも、誤解しないで。内神田四丁目の遺体は、リプロマーダーの仕業じゃない。手口を真似た、別の誰かの犯行です」

滑舌よく、しかし冷ややかな口調で語る。驚き、時生は訊ねた。

「別の誰か？　模倣犯ということですか？」

「そう。だってこの犯行、美しくない」

即答され、時生は絶句する。その間に楠町西署の他の刑事たちが来て、南雲を捕らえようとした。と、それを村崎が顔の脇に片手を挙げるといういつものポーズで止め、問うた。

「『美しくない』の根拠は？　説明できますか？」

「もちろん。そのつもりでここに来たんです」

また即答し、南雲は真っ直ぐに村崎を見た。すると村崎は片手をおろし、奥の長机に向き直った。

「本部長。南雲警部補は美術の知識が豊富で、実績もあります。私が責任を負いますので、見解を述べるチャンスをいただけませんか？」

背筋を伸ばして問いかけ、「お願いします」と頭を下げる。慌てて、時生も倣った。戸《と》賀《が》沢《さわ》幹紀《みきのり》本部長は本庁の刑事部長で、階級は警視監。本庁刑事部に所属し、楠町西署で研修中の村崎の上官にあたる。「お願いします！」と後方の長机から、井手と剛田が立ち上がる気配もあった。井手たちはともかく、村崎の行動は以前なら考えられないことで、時生は昼間の南雲の「井手さんの一件で、僕らの株は爆上がり」という言葉を思い出した。

戸賀沢はメタルフレームのメガネ越しにこちらの面々の顔を眺め、「いいだろう」と頷いた。礼を言って村崎が顔を上げ、楠町西署の刑事と井手たちが席に戻る。それを見て南雲は「課長、みなさん、ありがとう」と手を振り、歩きだした。奥の長机の前を抜け、脇に置かれたホワイトボードに向かう。そこには、さっき時生たちが見たのと同じ内神田四丁目の事件の現場写真と、「ヘクトールの遺体」の絵のコピー、丸く肉付きのいい塚越歩太の顔写真などが貼られていた。

「確かに犯人は、『ヘクトールの遺体』を再現しようとしたんでしょう。でも、絵に描かれたヘクトールはギリシャ神話の英雄らしい、筋肉質で引き締まった肉体をしているのに、塚越さんはメタボ体型。ヘクトールが額に巻いている包帯がないし、足も逆。ヘクトールは左足の甲に右足の踵を乗せてるけど、遺体は右足の甲に左足の踵を乗せてます」

スケッチブックを脇に挟んで絵のコピーと遺体の写真を指し、南雲は指摘した。言われてみればその通りなので、時生は「確かに」と呟き、机上の捜査資料を捲った捜査員たちからは、驚きの声が漏れた。時生の隣に立ち、村崎が訊ねた。

「それが根拠？」

「そう。でも、続きがあります。『ヘクトールの遺体』を描いたのは、ジャック＝ルイ・ダヴィッドという画家ですが、この名前に聞き覚えは？」

南雲が問い、時生が考えるより早く村崎が答えた。

「リプロマーダーが三件目の犯行で再現した絵画、『マラーの死』の作者と同じですね」

「あっ！」

はっとするのと同時に、時生の記憶が蘇る。三件目の犯行の被害者はパワハラ行為で糾弾されていたワンマン社長で、反対派の議員を次々とギロチン台送りにした挙げ句、入浴中に刺殺された政治指導者を描いた絵とそっくりな状況で殺害されていた。「その通り」と頷き、南雲は続けた。

「リプロマーダーは、再現した絵画に描かれた人物と、被害者が犯した罪をリンクさせています。一方で、遺体の状況や犯行に及ぶ都内のエリア、また絵画の作者は重ならないようにしている。これはリプロマーダーがアートに精通し、愛情と敬意、プライドをもって絵画を選び、再現しているからです」

それもその通りだなと、時生はこれまでの犯行を頭の中で整理し、村崎と他の捜査員たちも南雲の話に聞き入る。

「そんな人間がこんなに雑で、『ヘクトールの遺体』への思い入れの欠片も感じられない犯行に及ぶはずがない……ご存じですか？　一部のマスコミやネットでは、『リプロマーダーはまだ捕まってない』『自殺した科捜研の女はダミーだ』という噂で盛り上がっているのを」

これまたその通りなので、時生は頷き、数人の他の捜査員たちも首を縦に振る。それを見て頷き返し、南雲はさらに語った。

「内神田四丁目の事件犯人はその噂を知っていて、塚越さんを殺してリプロマーダーの仕業に見せかけようとしたんでしょう。『ヘクトールの遺体』を選んだのは、ネットで人の死を描いた絵画を検索したら、簡単に再現できそうだったから。短絡的で悪質、リプロマーダーだけじゃなく、アートに対しても無礼千万、冒瀆《ぼうとく》です。絶対に許せない」

テンションが高いのはいつも通りだが、怒りに満ちた眼差しと口調に時生は戸惑う。他の捜査員たちも圧倒された様子で、場は異様な空気に包まれた。するとトン雲はにっこり笑い、話を締めくくった。

「という訳で、模倣犯は僕と相棒が捕まえます」

「気は確かか？　管轄外な上に、きみたちは特別捜査本部のメンバーじゃないだろう」

戸賀沢の隣の副本部長が口を開き、冷笑した。それを受け、また捜査第一課長が立ち上がる。

「村崎。部下の監督もまともにできないのか。なんのための研修だ」

「言葉に気をつけろ。所轄署での研修は、本部長の発案だぞ」

お偉方の別の一人が咎め、戸賀沢もむっとした顔になる。「申し訳ありません」と恐縮した捜査第一課長に代わり、別の捜査員が何か返そうとする。と、そこに南雲が「知ってます？」と割り込んだ。自分に目を向けた捜査第一課長と副本部長、戸賀沢、その他のお偉方を見返し、こう続ける。

「『権威を笠《かさ》に着て議論する者は、才能を使っているのではなく、記憶を使っているだけだ』って、レオナルド・ダ・ヴィンチの名言。まさに今のみなさんですね」

すると、捜査第一課長ほかは啞然とし、「よっ！　さすがはダ・ヴィンチ殿」と井手が拍手をした。それを村崎が「やめなさい！」と止め、他の捜査員たちがざわめく。

「小暮くん。帰ろう」

そう声をかけ、南雲はホワイトボードの前から通路に戻った。「帰ろうって、この空気、どうする気ですか？」と返した時生だが、何をどうやっても事態を悪化させるだけだと察し、「申し訳ありません」と室内の人たちに頭を下げた。そして自分の脇を抜けてドアに向かう南雲を追い、小走りで通路を進んだ。

4

捜査本部を出た時生は南雲とエレベーターに乗り、本部庁舎を出た。来た道を戻り、セダンに乗り込む。通りを眺め、後を追ってくる人がいないのを確認して時生は訊ねた。

「勘弁して下さいよ。事件が模倣犯の仕業らしいというのはわかりましたけど、捜査本部に乗り込む必要はないでしょう」

「だってあの人たち、的外れなことばかりしてるから。今回の事件はリプロマーダーとアートへの冒瀆だけど、僕らにとっては絶好のチャンスだよ」

いつものしれっとした態度に戻り、南雲は答えた。

「チャンスって、どこが？　そうやって、事態を都合よく――」

「とにかく、宣言もしたことだし模倣犯を捕まえようよ。小暮くん、さっき塚越さんと会社がどうのって言ってたよね」

テンポよく語りかけられ、時生は釈然としないものを感じながらも説明した。

「ええ。塚越さんは薬剤師の資格を持っていて、一昨年の春にメディスンデリバリーを設立したそうです。社名通り、処方薬の宅配サービスで『最短三十分でお手元に』を売りにしています。利用者はスマホのアプリに会員登録し、メディスンデリバリーと提携している病院やクリニックに行きます。診察を受けて薬が処方されると、処方箋は病院やクリニックからメディスンデリバリーにメールされ、利用者はオンラインで同社の薬剤師から服薬指導を受けます。するとメディスンデリバリーの配達員が、登録した住所に処方された薬を届けてくれるという仕組みです。サービスエリアは現状、東京都千代田区、中央区、港区、渋谷区、新宿区限定ですが、会員は千五百人を超え業績も順調。塚越さんは順次サービスエリアを拡大し、将来的には全国展開するつもりだったようです」

「へえ。でも、何かやらかしたんでしょ?」

「はい。先月、千代田区内の路上でメディスンデリバリーの配達員が事故を起こし、歩行者に大ケガをさせたんです。その後、配達員が、同社が配達に使っていた原付バイクはボロボロの中古車で、整備も不十分だったと告発しました。また、事故は以前にも起きていたのに、塚越さんは何の手も打たなかったともわかり、非難の声が集まっていました」

記憶を辿り、スマホでニュースなども調べて説明すると、南雲は、「あっそう。で、どうする?」と問うた。「模倣犯を捕まえようよ」って言っておいて、丸投げ? 呆れた時生だが、頭を巡らせて答えた。

「まずは村崎課長に謝罪ですね。後は現場の確認と関係者への聞き込みですけど、捜査本部と現場の所轄である内神田署の捜査員との鉢合わせは避けないと」

「わかった……横澤新太さんの件だけど、剛田くんからのメールを待ってる間に、古閑くんに本間画廊で見た番組の件を訊いてみたよ。でも、『UNTITLED』の仕上げをしてる時にギャラリーが大勢いたのは覚えてるけど、新太さんのことは覚えてないし、話した記憶もないって」

塚越の事件で新太のことは後回しになっていたが頭を切り替え、時生は「そうですか」と頷いた。

「本間画廊の光岡庸子さんも、映像の新太さんを『覚えてない』と言ってましたね。でも映像のDVDを借りたから見直して、リストに載ってる『ウィークエンドミュージアム』の当時のスタッフにも確認しましょう」

「もろもろ明日からってことで、僕は帰るよ……あ、忘れるところだった。小暮くんに渡すものがあるんだ」

そう言って、南雲は後部座席に腕を伸ばして白い手提げ紙袋を取り、時生に差し出した。時生が「どうも」とその袋を受け取ると、こう続けた。

「午前中、電話で赤ワインを買い忘れたって話してたでしょ。さっき、おやつを買いに出たついでに、銀座で仕入れて来てあげたよ」

「銀座？　道理で帰りが遅いと——でも、ありがとうございます。助かりました」

感謝して紙袋の中を覗いた時生だが、そこには蓋付きの木箱が入っている。とたんに不安になり、隣を見た。

「赤ワインと言っても、飲むんじゃなく隠し味で、料理用の紙パックのやつを――」

「はい、レシート。お代は今じゃなくていいよ」

南雲は明るく告げ、今度はレシートを差し出した。受け取ったとたん、時生は目を剝いた。

「一万五千四百円⁉」

「二〇〇七年のシャトー・ネナン。熟成したボルドーワインの魅力を堪能できる銘品だよ。とくに、ローストビーフや赤身肉のステーキ、ラムチョップとのマリアージュは最高」

「いやあの、ローストビーフもラムチョップもつくらないし。うちは、特売肉のシチューでも十分ごちそうで」

必死に訴え、レシートと手提げ紙袋と返そうとしたが、南雲は「じゃあね」と笑い、スケッチブックを手にセダンを降りた。そしてあっという間に、すっかり暗くなった霞が関の雑踏に消えてしまった。

5

目的地の向かいで、時生はセダンを停めた。千駄ヶ谷《せんだがや》の明治通り沿いに建つビルで、玄関脇の駐輪場には荷台に、「MEDICINE DELIVERY」と白い文字のある赤い箱を乗せた原付バイクが数台停まっている。車窓からビルの周辺に人影がないのを確認し、時生は南雲とセダンを降りた。

「しかし、驚きましたよ。絶対叱られると思ったのに」

通りの先の横断歩道に向かって歩きながら、時生は言った。隣を歩く南雲が返す。

「捜査本部の人たちは、僕の読みかレオナルド・ダ・ヴィンチの名言に心を動かされたのかもね。いいところあるじゃない」

「それはないでしょ。捜査に失敗すれば厄介者を追い出せるし、いい機会だと思ったんじゃないですか」

「なら、捜査を成功させよう。それと、小暮くんは厄介者じゃないよ」

朗らかに告げ、南雲が微笑む。脱力し、「厄介者は僕じゃなくて」と応えようとした時生だが、青信号が点滅を始めたので、南雲を急《せ》かして横断歩道に駆け寄った。

昨日は南雲が帰った後、時生のスマホに村崎から電話があり、「明朝、楠町西署で話しましょう」と言われた。そこで今朝八時半過ぎ、署に出勤した時生は南雲とともに刑事課の村崎の机に向かった。当然叱られると覚悟していたが、告げられたのは「戸賀沢本部長は、南雲さんの見解には一理あると判断され、捜査の許可が下りました。ただし、捜査本部と事件の所轄である内神田署の捜査員の捜査を妨げないように」という言葉だった。時生は驚き、村崎も「本部長は規律を重んじられる方なのに」と怪訝そうだったが、晴れて時生たちは塚越歩太の事件を捜査できることになった。さっそく署を出て内神田四丁目に向かったが、遺体の発見現場とメディスンデリバリーの本社には、特別捜査本部と内神田署の捜査員の姿があった。仕方なくスマホでメディスンデリバリーについて調べたところ、営業所が二カ所あるとわかり、近い方にやって来たのだ。

横断歩道を渡って歩道を進み、目指すビルに入った。エントランスの壁の案内板によると、一階がメディスンデリバリーの倉庫、二階がオフィスだ。エレベーターに乗りたがる南雲を時生がなだめ、階段で二階に上がった。

廊下の先のドアからオフィスに入り、受付カウンターに歩み寄った。時生が声をかけると、手前の机から若い女性が立ち上がった。

「警察の者です。責任者の方はいらっしゃいますか?」

警察手帳を見せ、告げる。塚越の事件のことだと察したのか、女性は顔を強ばらせて「少々お待ち下さい」と応え、机に戻った。続けて机上のタブレット端末を操作し、部屋の奥に目を向ける。時生たちも倣うと、そこには壁がガラス張りのブースが三つあった。それぞれのブースの中にはノートパソコンが載った机と椅子が置かれており、白衣姿の男女が着いている。と、手前のブースの男性が立ち上がり、ドアから出て来た。

「所長の宇川《うかわ》です」

カウンターに歩み寄り、男性は会釈をした。歳は三十代後半で、白衣の胸ポケットに、「所長・薬剤師　宇川精二《せいじ》」と記されたカードを留めている。時生も会釈し、警察手帳を見せた。

「楠町西署の小暮と南雲です。社長の塚越歩太さんの事件はご存じですね？　お仕事中恐縮ですが、お話を伺わせて下さい」

「はい。しかし、事件の対応は本社がすると言われていて」

「本社には別の者が行っています。事件を早く解決するために、ご協力下さい」

強めの口調で促すと、宇川は戸惑い気味ながらも、「わかりました」と頷いた。

それから、部屋の隅に置かれた打ち合わせ用のテーブルで話を聞いた。メディスンデリバリーは社員約三十名。本社と営業所でサービスエリアを分担し、この営業所にはパートを含め五名の薬剤師と一名の事務員がおり、全員がアルバイトの配達員は約十名が交代で勤務しているという。また、塚越は都内の薬局に勤務したあと、アメリカの大学で医療ビジネスについて学び、二年前に帰国してメディスンデリバリーを起業したそうだ。明るくバイタリティーに溢れ、「夢ではなく、目標を持て」がモットーだったという。

「塚越さんは精力的に仕事をされていたようですが、その分、しわ寄せもあったのでは？　先月のバイク事故と、そのバイクに乗っていた配達員の方の告発で騒がれていましたよね」

頃合いを見て、時生は問うた。硬い顔で、宇川が「ええ」と頷く。

「バイクについてはここの配達員からも苦情が出てましたが、本社が管理していたので。しかし、事故の被害者には誠実に対応し、バイクも新車に買い換えると聞きました」

「そうですか。では、塚越さんが他にトラブルを抱えていたということは？　噂話でも構わないので教えて下さい」

「僕は入社して半年しか経っていなくて、塚越とは面接で会っただけなんです。でも、面接では妻や子どもが同じアイドルのファンだという話で盛り上がって、塚越は楽しそうに家族の話をしていました」

後半は悲しげな顔になり、宇川が答える。ウソはついてないみたいだなと時生が思った矢先、隣で南雲が口を開いた。

「そこはヘクトールと同じだね。神話では、彼もよき夫、よき父とされてるから。でも、犯人がそれを知っていたとは思えないけど」

冷ややかに言い放ち、肩をすくめる。宇川はきょとんとし、時生は急いで話を戻した。

「事件は、お客さんの耳にも入っているでしょう。反応はどうですか？」

「服薬指導中に、何人かの方から質問がありました。でも、これからサービスはどうなるのかというもので、励ましの言葉を下さった方もいました」

そう宇川が説明した直後、テーブルに置かれた彼のタブレット端末からチャイムが流れた。画面を確認し、宇川は「ちょっといいですか？　処方薬を配達員に渡さないと」と告げてタブレット端末と書類のファイルを抱え、立ち上がった。

「見学してもいいですか？　配達員の方とも、お話しさせて下さい」

時生は乞い、宇川が「わかりました」と答えたので、三人でオフィスを出た。階段で一階に下り、廊下の奥の倉庫に向かう。宇川は解錠してドアを開け、倉庫に入った。

窓のない部屋にスチール製の棚がずらりと並び、そこにプラスチック製の収納ケースが置かれている。宇川はドアの脇の机にファイルを置き、代わりにプラスチック製の小さなカゴを取った。そして一つの棚の前に行き、収納ケースの引き出しを開けた。引き出しの前面には、薬の名前を印刷したラベルが貼られている。壁際の通路から時生が見守る中、宇川はタブレット端末の画面を確認しつつ、引き出しからアルミ製の薬のシートを取り出してカゴに入れた。シートには透明なプラスチック製のドームが等間隔で並び、中身はオレンジ色の錠剤だ。時生は訊ねた。

「服薬指導をして、処方された薬を揃えるところまでが薬剤師さんのお仕事なんですね。

部屋の行き来もあるし、大変でしょう？」

「ええ。でも、患者様には三人で対応しているし、処方箋がある程度たまったところで薬を用意して配達員に渡すシステムなんです。エレベーターを使わないのは、『患者様の健康を願うなら、まず薬剤師から』という塚越の指示で、階段の上り下りで、二キロダイエットできました」

手を止めて振り向き、宇川が笑う。時生も笑い、さらに訊ねた。

「合理的ですね。引き出しの中の薬が箱から出してあるのも、時間短縮のためですか？」

「それもありますが、本社がどのエリアでどの薬がどれだけ処方されるかを管理して、必要な数だけ送られて来るんです。残薬は薬品業界の大きな問題で、社長は何とかしたいと考えていました」

「わかりました。どうぞ、お仕事を続けて下さい」

時生は促し、宇川は作業を再開した。南雲はと見ると、棚の間をうろつき、立ち止まっては引き出しのラベルを眺めている。

それから二十分ほどかけ、宇川は数人分の薬をそれぞれのカゴに入れた。続いて奥の机で誤調剤がないか見直し、ファイルから出した処方箋と一緒にジップバッグに収めた。そしてジップバッグを持ち、倉庫から隣の部屋に移動した。

そこは配達員の控室で、狭い部屋に置かれたテーブルと椅子に、五人の男女が着いていた。全員、背中と胸にメディスンデリバリーの社名ロゴが入った黒いナイロン製のジャンパーを着ている。

「岡《おか》くんと福田《ふくだ》さん、お願いします」

宇川が入口で告げると、テーブルから男女二人が立ち上がった。二人は宇川からジップバッグを受け取り、スマホとヘルメットも持って控室を出た。そのまま時生と南雲の脇を抜けて廊下を進み、ビルのエントランスに向かう。さっき見た駐輪場の原付バイクに乗り、配達に行くのだろう。宇川の話によると、配達先の氏名と住所は配達員のスマホに送られ、客は薬の代金と一律税込み六百円の配達料をスマホ決済で支払うそうだ。

「こちらは警察の方。社長の事件で、みんなに話を聞きたいそうです」

室内に残った三人の配達員に、宇川が説明する。時生は「お邪魔します。捜査にご協力下さい」と会釈して、控室に入った。会釈を返した三人だが、宇川を気にしている様子だ。と、後ろで南雲が問うた。

「宇川さん。薬のシートって、燃えないゴミ？　それともプラスチックゴミ？」

唐突かつ明らかに捜査とは無関係な質問だが、宇川は「それはですね」と答え、廊下に出た。やりたい放題やってるようで、こういうカンは働くんだよな。心の中で呟いて南雲に感謝し、時生はテーブルの前に立った。

「小暮といいます。先月、配達員の方の事故があったばかりですし、大変ですね」

穏やかに語りかけ、三人の顔を眺める。アルバイトの配達員が社長と面識があったとは考えにくいので、塚越が非難されていた件について聞く作戦だ。時生が得た情報では、事故を起こした配達員は清水大輝《しみずだいき》・二十二歳で、三人と同年代だ。

「はあ」

テーブルの奥に着いた男性はそう応えたが、その隣の女性と、向かいの席の男性は無言。構わず、時生は質問を続けた。

「ちなみに、ここのバイクはどうですか？　今後、事故の件についても調べることになるので、正直に言っていただいて構いませんよ」

「ここのは、まだマシですよ」

またテーブルの奥の男性が答える。肩につく長さに伸ばした髪の内側だけを、金色に染めている。

「それでも、ヤバいと思ったことはあるし、苦情も言いました。でも、バイト代がいいんですよ。短時間でたくさん配達すると、ボーナスも出るし」

「そうなんだ。じゃあ、仕方がないと思っちゃうかも」

タメ口に変え、時生が笑うと、残りの二人も会話に加わった。男性はメガネをかけ、女性は大柄だ。

「それに、本社ともう一つの営業所も含めた、配達員全員の成績をバイト向けのサイトで公開してるから。それに刺激されて、がんばっちゃってる子も多いです」

「成績には配達員が自分で付けたニックネームが使われてて、成績が上位だと『すげえ』って盛り上がるんですよ」

「それは盛り上がるね」と同調した時生だが、心の中では「その結果、事故が起きたんだな」と呟く。手応えを覚え、頭が回りだした。気づけば、後ろの二人の会話は薬剤師が描かれた絵画の蘊蓄を語る南雲と、困惑気味に相づちを打つ宇川というものに変わっていた。

6

その夜、時生は南雲、井手、剛田と集まった。場所は、楠町西署の刑事課の部屋に置かれた、打ち合わせ用のテーブルだ。時生が今日の捜査結果を報告すると、井手が言った。

「なるほど。塚越ってのは、良くも悪くも知恵が働く男だったんだな」

スーツの胸の前で腕を組み、考え込むように遠くを見る。向かいの席で、時生も言った。

「ええ。残薬を減らすとかボーナスを出すとか、理想と実利の使い分けが上手いですね。その実、一日に何度も階段を上り下りさせたり、ボロバイクで配達させたり、従業員に無理を強いてるのに……帰り際、駐輪場で配達用の原付バイクを見ましたけど、ウィンカーは壊れてるし、タイヤの溝は消えかけてるしで、法律違反しまくりでした」

室内には数人の刑事が残っているが、時生たちにも捜査許可が下りたので堂々と話ができる。

「配達員の成績を公開してる件も、自分で付けたニックネームを使うってところが上手いですよ。ゲーム感覚で、『あいつには負けたくない』って無理しちゃう子もいるはず」

井手の隣で剛田が口を開いた。午後八時を過ぎているのに、顔も髪もツヤツヤで、洒落たスーツにもシワ一つ寄っていない。「だね」と時生が頷いた時、南雲も会話に加わった。

「現場の鑑識は?」

「指紋、毛髪、足跡《ゲソコン》、いずれも未検出です。『ヘクトールの遺体』を再現するのに使った段ボール箱と茶色い布も、現場の倉庫にあったものでした」

捜査情報を記録しているのか、テーブルに載せたノートパソコンのキーボードを叩きながら、剛田が答える。「あっそう」と返し、南雲は手にした袋からスナック菓子を取って頬張った。南雲は自分の机の引き出しにおやつを常備しており、これもその一つだ。さっき剛田に「食べる? 新製品だよ」と勧め、「お肌によくないので、午後八時以降は何も食べないんです」と断られていた。ため息をつき、井手はネクタイを緩めた。

「ダ・ヴィンチ殿の読み通りなら、倉庫にあるもので再現できる絵を選んだってことか。ホシもそれなりに頭を使ってる。こりゃ、付近の防犯カメラの解析結果も期待できねえぞ」

「ですね……遺体の検死結果は？」

時生の問いかけに、剛田はキーボードを叩きながら答えた。

「さっき出ました。塚越さんの死亡推定時刻は、一昨日の午後六時から八時頃。死因は頭部打撲による頭蓋内損傷で、臀部《でんぶ》にもわずかな打撲痕があったそうです。揉み合うか突き飛ばされるかして尻餅をつき、逃げようとしたところを後ろから鈍器で殴られたというのが、捜査本部の見立てです」

「わかった」

時生が頷くと剛田は顔を上げて手を止め、こう続けた。

「あとは、鉛《なまり》の血中濃度が」

「鉛？」

「はい。塚越さんの血液を調べたら、鉛の濃度が基準値よりわずかに高かったそうです。健康に害を及ぼすようなレベルじゃなかったみたいですけど」

「ふうん」

その声に、時生は隣を見た。この「ふうん」を言うのは、南雲が何かに気づいたり、閃いたりした時だ。が、いま説明を求めたところで、「創作の過程は公にしない主義」とはぐらかされるのがオチだ。すると、井手が「ああ、ダ・ヴィンチ殿」と話しだした。

「この件は、解決済みです。塚越さんは、二年前に帰国するまでの七年間はアメリカ暮らしで、若白髪を気にして黒く染めていたとわかっています。現地では、日本では認可されていない、酢酸鉛《さくさんえん》を含んだ白髪染め剤が使われているので、その影響で血中の鉛の濃度が高くなったと考えられるそうです」

「それなら新聞で読みました。確かアメリカも、最近酢酸鉛を含んだ白髪染め剤の使用が禁止になったとか……だそうですよ」

時生は声をかけたが、南雲は無言のまま考え込んでいる。気を取り直し、時生は向かいに語りかけた。

「捜査資料によると、一昨日は日曜日だけど、塚越さんは休日出勤をしていたそうですね。防犯カメラの映像では、彼がメディスンデリバリーの本社を出たのは同日の午後六時頃。その後の足取りは不明で、帰宅が遅いのを心配した妻がスマホに連絡しましたが、繋がらず。現状、塚越さんとの間にトラブルがあり、殺害の動機もありそうなのは、先月バイク事故を起こした配達員、あるいは事故の被害者でしょうか」

「ああ。配達員は清水大輝、二十二歳。被害者は雪野唯夫《ゆきのただお》、八十一歳だな。捜査本部が聴取しようとしたが、清水は自宅にはおらず連絡も取れない。雪野は入院中で、意識がはっきりしないそうだ」

「今日の捜査で、清水は一昨日の午後、事故の話し合いのためにメディスンデリバリーの本社を訪れたことがわかっています。本社を出たのは塚越さんと同じ頃で、しかもその五分ほど後、ＪＲ神田《かんだ》駅の裏通りで男の二人組が言い争いをしているのを、近くのコンビニの店員が目撃しています。二人の背格好は、清水と塚越さんに似ていたそうです」

井手と剛田の話に、時生は大きく頷く。

「話し合いは上手くいかず、清水は本社を出た塚越さんを尾行した。声をかけて裏通りに移動し、さらに話したけど決裂、清水が塚越さんに暴行したのかな」

「塚越さんは知恵を絞り、告発をやめるよう延々説得したが失敗。キレた清水に突き飛ばされたうえ殴られ、頭を打って死亡って流れだろう」

井手も言った矢先、南雲が話を変えた。

「ところで、都北造園の経営者に話を聞けた？」

すると井手と剛田が「ええ」と頷き、時生は驚く。キーボードを叩く手を止め、剛田が説明した。

「僕が『手伝わせて下さい』って頼んだんです。小暮さんたちは、野中さんはリプロマーダーじゃない、事件は終わってないって考えているでしょう？　僕も同感で、井手さんを説得しました」

「俺は半信半疑だけどな。だが、小暮とダ・ヴィンチ殿には疑いを晴らしてもらった恩がある。何でもするぜ」

力のこもった声で、井手も言う。「ありがとうございます」と会釈した時生だが、気持ちは複雑だ。僕にひと言あってもいいんじゃないか？　本庁のお偉方の前で「相棒」とか言ったくせに。心の中で不信感をぶつけ隣を睨んだが、南雲は知らん顔で、テーブルに載せたスケッチブックの埃を払っている。「で、報告なんですが」と井手が話しだした。

「都北造園の経営者は、小牧《こまき》という七十手前の男です。横澤新太のことは覚えていましたが、十三年前の秋については『忘れた』と言われました。しかし、関東美術大学で作業していたと説明したら、『思い出した』と話してくれました」

そこで言葉を切り、「後はお前が話せ」と促すように隣を見て顎を動かした。相棒である剛田にも花を持たせようという気遣いが感じられ、さすがはベテランだと時生は感心する。頷き、剛田は先を続けた。

「小牧さんによると、十三年前の関東美術大学での作業初日、新太さんは昼休みが終わっても現場に戻らなかったそうです。結局、一、二十分ぐらい遅れて来て、『裏庭で昼寝をしていて寝過ごした』と説明したらしいんですが、その後の作業は心ここにあらずだったとか。それからしばらくして、新太さんは都北造園のバイトを辞めています」

「作業初日って、具体的に何日かわかる？」

緊張と興奮を覚え、時生が問うと剛田は、「もちろん」と頷いてこう続けた。

「過去のスケジュールを確認してもらったところ、十三年前の十月二十五日だとわかりました」

「南雲さん。古閑さんの密着番組って、大学での作業シーンの冒頭にテロップで日付が出てましたよね。あれも確か、十月二十五日ですよ！」

身を乗り出して訴えたが、南雲の返事は「そうだっけ？　覚えてない」。イラッとしつつもテンションが上がり、時生は「剛田くん、井手さん、ありがとうございます。多分これは、大収穫です」と告げて拳を握った。

7

「──そうですか。では、カメラマンの布川《ふかわ》さんは？　そのお名前も、古閑さんのリストにあって──ああ、それは仕方がないですね。わかりました。もし何か思い出したり、他に心当たりの方が浮かびましたらご連絡下さい。ありがとうございました」

一礼し、時生は電話を切った。スマホをポケットにしまい、隣を見る。

「十三年前、『ウィークエンドミュージアム』のディレクターだった倉重《くらしげ》さんは、新太さんを覚えていません。番組の、新太さんが映っているシーンの画像をメールして見てもらいましたが、ダメでした。それと、あの映像を撮っていたカメラマンの布川さんは、四年前に亡くなったそうです」

「こっちもダメ。古閑くんと本間画廊の光岡さんに、番組の撮影の後に新太さんに声をかけられたり、メールや手紙をもらったりしなかったか訊いたけど、記憶にないって」

スマホを手に、南雲も言う。時生たちは、署のセダンの運転席と助手席に座っている。

井手たちとの作戦会議から、一夜明けた。署に出勤した時生と南雲が今日の捜査の計画を立てていると、井手から「内神田署が清水大輝を重要参考人として手配した。特別捜査本部と手分けして清水の自宅アパートをガサ入れして張り込んでいるが、関係先でも行方知れずのままだ」と連絡があった。そこで時生たちは、交通事故の被害者・雪野唯夫を当たることにした。調べたところ、雪野は事故後に搬送された千代田区内の病院から、自宅がある文京区内の病院に移っていたとわかった。時生たちはただちに病院に向かったのだが、地下の駐車場に着くと、駐車スペースに停めたセダンから降りるスーツ姿の男たちがいた。佇まいから刑事とわかり、時生は少し離れた場所にセダンを停めた。そして、三十分が過ぎた。

「そうですか。でも、この表情からして、新太さんが古閑さんの絵に感銘を受けたのは間違いないですよね。バイトの午後の作業に遅刻したのも、昼寝は口実で、古閑さんの絵に見入ってたからじゃないかな」

そう返し、時生は一度しまったスマホを出して操作し、画面を南雲に向けた。そこには、「ウィークエンドミュージアム」で一瞬映った新太の画像が表示されている。無表情だが眼差しは熱っぽく、真っ直ぐ古閑を見ていた。それを一瞥し、南雲はドリンクホルダーからカフェラテの紙コップを取って口に運んだ。ここの一階に入っているカフェでテイクアウトしたものだ。

「かもね。僕の好みじゃないけど、『UNTITLED』は人を惹きつけるから」

「古閑さんに、過去に届いたファンレターやメールを見直してもらいましょう。光岡さんには、個展やイベントの芳名帳《ほうめい》を捜してもらうとか。でも、エージェント契約を解消した画家のものは破棄しちゃうかな」

「それは画廊によると思うけど……新太さんが古閑くんの絵に感銘を受けていたとして、リプロマーダー事件とどう繫がるのかな」

「そこなんですよね。新太さんは一件目の事件の翌年に亡くなっているし、古閑さんも事件とは無関係とわかっています……事件が始まって間もなく、特別捜査本部は主立った美術関係者をリストアップして洗ったんですよ。この前、捜査資料を読み返していて、古閑さんもその一人だったと知りました。もちろん、一件目の事件発生時にはアリバイがあって、すぐリストから外されてましたけどね」

「へえ。古閑くんは、画壇《がだん》のスターだからね。学生時代からコンクールで大賞をもらったりして、注目されてたよ」

「でも、すごいですね。南雲さんは少し前に、『すべては最初の事件にある』って言ったでしょう？　その通りの展開だし、実は何もかもお見通し？　って気がしてきました」

含みを持たせた口調で言い、隣を窺う。新太と古閑が事件にどう関係しているのかはわからないが、リプロマーダーの正体は南雲だという思いは変わらない。ごまかせると思ったら大間違いだ。時生は心の中でそう告げたが、南雲は「だったらいいんだけどね」と笑い、「でも僕、『すべては〜』なんて言ったっけ？」ととぼけた。苛立ちを堪え、時生はこう返した。

「病院に来たついでに、認知症の検査を受けた方がいいんじゃないですか？」

「なにそれ。ひどくない？」

不服そうに南雲が返した時、前方の通路をスーツ姿の男たちが近づいて来た。駐車スペースの青いセダンのドアを開け、乗り込む。時生たちが見守る中、セダンは駐車場の出口に通じる通路を走って行った。

「行きましょう」

そう声をかけ、時生はセダンを降りた。スケッチブックを抱えた南雲も続き、二人でエレベーターホールに向かう。

一階に上がり、受付カウンターで警察手帳を見せて雪野の部屋を訊ねた。七階の整形外科だとわかり、時生たちはまたエレベーターに乗った。七階に着き、看護師や医師、揃いの患者衣姿の高齢者が行き来する廊下を進んだ。雪野の部屋は奥の個室で、開け放たれたドアから中に入った。

「失礼します」

会釈して声をかけ、時生は室内を眺めた。奥に窓があり、その前に椅子が二脚並んでいる。中央に置かれたベッドは目隠しのカーテンが引かれているが、中には人の気配があり、「わかった。じゃあね」という囁き声が聞こえた。その直後、カーテンが開いて声の主らしき女性が出て来た。小柄で、歳は五十代半ばぐらい。黒いカーディガンにコットンパンツという格好で、片手にスマホを握っている。

「楠町西署の小暮と南雲です。雪野唯夫さんにお話を伺いたいのですが、ご家族ですか？」

そう問いかけ、時生は警察手帳を見せて女性の背後を窺った。ベッドには男性が寝ており、布団から出た左脚にギプスを装着している。顔の色艶が悪く目を閉じ、口には酸素マスクを装着していた。

「娘の里江《りえ》です。さっき別の刑事さんが来て、帰ったところですけど。それに、父は話ができる状態じゃありませんよ」

細い目を動かして時生と後ろの南雲を眺め、里江は答えた。「それは失礼しました」と恐縮しつつ、時生は昨夜、井手も雪野は意識がはっきりしないと言っていたなと思う。

「では、里江さんに伺わせて下さい。お父さんは、先月の事故が原因で今の状態に？」

「私はそう思っています。主治医は、『ケガは脚の骨折だけ』と言ってますけど、八十一歳の老人ですから。一度寝込めば歩けなくなるし、認知機能も落ちます。先月、事故に遭うまで、父は元気そのもので、あちこち出かけていたんですよ」

手のひらでベッドを指し、里江は訴えた。それは事実で、時生の調べでは、雪野は先月、以前勤めていた会社のOB会に行く途中、事故に遭っている。

「わかりました。ところで、メディスンデリバリーの社長が亡くなったのはご存じですか？」

「ニュースで見ました。驚いたし、残念です。だって、父をこんな目に遭わせた責任を取れなくなったでしょ？」

「ええまあ。生前、塚越さんには会われましたか？」

「はい。事故のすぐ後、父が救急車で運ばれた病院に来て、泣きながら土下座していました。でも芝居がかってるっていうか、上っ面だけっていうか。しかも、『誠意を持って対応します』とか言ってたくせに、後からメディスンデリバリーの弁護士に『寝たきりになった原因が事故とは断定できない』って言われました」

鼻息も荒く語り、里江はスマホを握りしめた。「大変ですね」と相づちを打ち、時生は質問を続けた。

「事故を起こした清水という配達員は、どうでしょう。謝罪やお見舞いには来ましたか？」

「ああ、あの男の子ね。何度か来ましたけど、会社に止められたみたい。SNSで、いろいろ訴えてるらしいですね」

「そうですか」とまた相づちを打った時生だが、違和感を覚える。一礼し、告げた。

「ご協力ありがとうございました。ちなみに、三日前の夜はどちらに？」

「よく覚えてませんけど、夕方の四時ぐらいまでここにいて、買い物をして家に帰ったはずです。その後、出かけるということはありません。父の事故が起きて、実家に戻ってからはずっとそんな生活です。私は結婚してから、普段は家族と名古屋《なごや》に住んでいます」

雪野さんは奥さんを亡くして独り暮らしで、子どもは里江さんだけのはず。塚越さんの死亡推定時刻は三日前の夜の六時から八時だから、この人にはアリバイがないことになるな。時生が頭を巡らせていると、里江は言った。

「この病院、面会時間は午後一時からなんですよ。私は特別に許可されてますけど、ルールは守って下さい」他の刑事さんにも伝えて下さいね」

「でも今、スマホで話してましたよね？　病院は決まった場所以外は通話禁止のはずだけど、それも『特別に許可』？」

そう返したのは、南雲だ。「やめて下さい」と時生は慌て、里江はむっとして黙り込む。まずいと察し、時生は「申し訳ありません。どうぞお大事に」と告げ、南雲の腕を摑んでドアに向かった。引きずられるようにして部屋を出ながら、南雲は、

「看病の資本は健康。しっかり食べて下さい。レオナルド・ダ・ヴィンチも、『食欲は生命の枝』と書き記しています」

と里江に告げ、ひらひらと手を振った。

廊下を戻り、エレベーターホールに行った。里江が後を追って来ず、周りに人がいないのを確認し、時生は隣を見た。

「聞き込みの相手を煽《あお》ってどうするんですか。それとも、今のは何かの鎌かけ？」

「まさか。そういうのは、小暮くんの役目でしょ。僕はただ、一方的にルールを押しつけるのは変だと思っただけ」

「ルール破りの常習犯がよく言うなあ……でも、里江さんが変というのは同感です」

呆れながらも同意すると、「そうなの？」と南雲も時生を見た。

「ええ。メディスンデリバリーの体制に問題があるのは事実だけど、清水大輝が事故を起こさなきゃ、雪野さんはあんなことにはならなかった。それなのに里江さんは、僕が訊くまで清水の名前は出さず、恨みごと一つ言わなかった。不自然です」

「さすが小暮くん。で、どうする？」

「里江さんを見張りましょう。病室でこそこそ電話してたし、何かあるかもしれません」

時生がそう答えた時、エレベーターが到着してチャイムが鳴った。「了解」と南雲が返し、二人で開いたドアからエレベーターに乗った。

8

レンガブロックを道の端に寄せ、里江は黄色いネットを畳み始めた。ネットはナイロン製で、縦二メートル、横三メートルほどある。

あのカラスよけのネット、意外と重たいんだよな。雨に濡れたりするとさらに重くなって、もう大変。セダンのフロントガラス越しに里江の姿を見て、時生は息をついた。小暮家が、町内会のゴミ出し当番だった時の苦労を思い出す。

雪野家の前はゴミの集積場になっており、ブロック塀にはゴミ出しのルールを記した鉄の板が取り付けられていた。時刻は午前十一時過ぎだが、ゴミの収集車が来て間もないようで、少し先の家の前にも、丸めた黄色いネットが置かれている。と、助手席で南雲が言った。

「僕はあのネットを見る度に、歌川広重《うたがわひろしげ》の『利根川《とねがわ》ばらばらまつ』を思い出すんだ。江戸時代後期に制作された連作浮世絵名所絵の一作なんだけど、面白いよ。聞きたい？」

「いえ、全然」

前を向いたまま、極力素っ気なく時生は返す。が、案の定、南雲は語りだした。

「画面の奥には、タイトル通りばらばらに立つ松の木と、利根川に浮かぶ漁船と漁師が描かれてる。一方、画面の向かって右側には、漁網《ぎょもう》が、たったいま投げられたって感じに広がってる。起伏に富んだ網の縁や、緻密な編み目の描写は素晴らしいんだけど、網を投げた人物は描かれていない。もちろん、敢えて描かなかったのは明らかで、『綺麗に広がるように網を投げられるってすごいな』とか、『熟練の漁師の仕事なんだろうな』とか見る人のイメージを喚起させる。僕は頭の中で漁師になりきって、もう二十回は網を投げてるよ」

なぜか最後のワンフレーズを自慢げに言い、南雲は顎を上げた。面倒臭いので何も応えず、時生は三十メートルほど先の雪野家を見続けた。里江は畳んで丸めたネットを、地面に置いたバケツにしまっている。

あの後、時生たちはエレベーターで駐車場に戻り、セダンに乗って病院を出た。通りの向かい側で見張っていると、しばらくして病院の玄関から里江が出て来た。里江は病院の前から路線バスに乗り、時生たちは尾行を開始した。

バス停二つ分乗り、里江は文京区本郷《ほんごう》の東京大学の近くで降車して住宅街に入った。このあたりは奥に行くと、車の入れない狭い道や階段が増える。だが里江は、間もなく一軒の家の前で立ち止まった。雪野家は瓦屋根に板壁の古い日本家屋で、南雲は嬉しそうに「風情があっていいなあ」と感想を述べた。

ネットとブロックの入ったバケツを抱え、里江は門から玄関に入った。木製の引き戸を開けて家に入り、以後三十分、出て来なかった。時生たちはセダンを降り、注意深く雪野家に近づいた。時生がブロック塀の上から敷地内を窺うと、狭いが手入れの行き届いた庭と、二階のベランダが見えた。ベランダに干された洗濯物は、里江のものだけのようだ。

「どこかのお宅で、カレーを温めてる」

その声に振り向いた時生の目に、スケッチブックを抱いて目を閉じ、鼻をひくつかせる南雲の姿が映る。雪野家の敷地の端には小さな駐車場があり、その前に立っていた。

「香りからして、二日目のカレーだね……僕らもランチにしようよ。この近くに揚げ物専門の精肉店と、おいしいベーカリーがあるんだ。精肉店のトンカツを、ベーカリーで食パンに挟んでもらうってアイデアはどう？　行って来るから、車を貸して」

目を輝かせて手を差し出す南雲に呆れ、時生は隣に行った。

「張り込み中ですよ。歩いて行って下さい」

「張り込みは午後も続くんでしょ？　なら、飲み物やおやつを買い込まないと。大丈夫。たぶん里江さんもランチ中だよ」

そう食い下がられて面倒臭くなり、時生はポケットからセダンのキーを出して南雲に渡した。「やった」と笑った南雲だが、急に駐車場を指して訊ねた。

「あれって自転車？」

つられて、時生も見る。コンクリート敷きの駐車場に車はなく、隅にナイロン製の黒く大きなカバーをかぶせられた二輪車が置かれていた。時生はカバーの膨らみと、裾からわずかに覗くタイヤに目を走らせた。

「いえ。タイヤからすると、オートバイですね」

そう答えてから、はっとする。玄関を確認し、潜めた声で南雲に告げた。

「あれ、清水大輝が乗って来たんじゃないですか？　やつはオートバイが好きで、事故の前はSNSにたびたび愛車の写真を投稿していました」

「そうかなあ。里江さんの愛車かもよ」

「里江さんが乗るには大きすぎます。何かをネタに彼女を脅して、ここに隠れてるんじゃないですか？　なら、里江さんの様子が変だったのもわかります。車に戻って、応援を呼びましょう」

緊張と興奮を覚え、時生はそう訴えた。「いや。実は里江さんは、ワイルドな性格で」と語る南雲を引っ張って歩きだす。隣家の前まで行った時、物音がして時生たちは振り向いた。

雪野家の引き戸から、男が出て来るところだった。黒いキャップを目深《まぶか》にかぶっているが、エラの張った顔の輪郭は、捜査資料で見た清水大輝のものだ。胸がどくんと鳴り、時生の緊張が増す。それでも清水が門を開けて通りに出るのを待ち、声をかけた。

「清水大輝だな。警察だ」

振り向いた清水がびくりと驚いた次の瞬間、清水は片手に持っていた黒いヘルメットを時生に投げつけ、通りの奥に走りだした。身を引いてヘルメットを避け、「待て！」と叫んで時生も走りだす。「ちょっと！」と、後ろで南雲が言うのが聞こえた。

黒いジャージの上下を着た清水は通りを走り、時生は後を追った。左右には住宅が並び、脇道はない。と、後ろからクラクションが聞こえ、「小暮くん！」と呼ばれた。走りながら振り向くと、セダンのハンドルを握り、開けた窓から顔を突き出している南雲がいた。自分も乗車するか、このまま追跡するか迷い、時生はセダンと、十メートルほど先を行く清水を見た。清水もこちらを振り向き、焦りを覚えたのか速度を上げる。負けじと時生も脚を速めた矢先、前方に小さなカーブが現れた。清水はカーブを抜け、時生も続いた。通りの向かいから来た若い女性が、驚いて傍らの家の塀に身を寄せる。

カーブを抜けると道幅が狭くなり、前方に階段が見えた。あの階段の途中で、清水を捕まえる。時生がそう決意した直後、通りは二股に分かれ、階段の脇に上り坂があるのに気づいた。

頭を巡らせ、時生は南雲に「先に行って、上り坂の出入口を塞いで」とジェスチャーで伝えた。それを見た南雲は、「ＯＫ！」と返してセダンのスピードを上げた。

セダンは通りの脇に避けた時生を追い越し、あっという間に清水の後ろに付けた。と、南雲はセダンのクラクションを激しく鳴らし、それに驚いたのか、清水は道を空けた。その隙に、南雲の乗ったセダンは清水を追い越し、上り坂に入った。続けて、南雲は急ブレーキでセダンを停め、まず運転席のドア、続けて助手席のドアを開けた。道幅が狭いので、これで清水は上り坂に入れない。それを確認し、時生はジャージの背中に呼びかけた。

「清水、止まれ！　言いたいことがあるなら、聞く」

しかし清水は、「その手に乗るか！」と返し、前方の階段に駆け寄って上り始めた。階段は狭く急で、途中の踊り場を挟み、全長四十メートルほどある。時生も階段を上がったが、脚が重たくなってきた。一方、清水は二段抜かしで軽々と階段を上って行く。あれが二十代かと時生の頭をよぎった矢先、清水は踊り場に到着した。気が緩んだのか、ペースが落ちる。

今だと判断し、時生は力を振り絞って踊り場を駆け抜けた。そして腕を伸ばし、片手で清水の腕、もう片方の手で、背中のジャージの布地を摑んで引っぱった。

がくんと、清水は上半身をのけぞらせた。が、がっしりした足腰は動かず、振り向いて「放せ！」と怒鳴った。「抵抗するな！」と言い返し、時生は清水に身を寄せた。とたんに、清水は片足を上げて後ろに伸ばした。

身をかがめていたので、清水の黒いスニーカーの足は、時生の胸を直撃した。激しい衝撃で息ができなくなり、動きも止まる。その隙に清水は時生の手を振り払い、前方の階段を上りだした。焦りが押し寄せ、時生は振り返って無理に声を出し、「南雲さん！」と呼んだ。が、階段の下にもセダンの前にも、その姿はない。

なんでだよ！　心の中で叫んだその時、前方でバタバタと足音がした。反射的に顔を前に戻した時生の目に、階段の上の道に立つ南雲が映る。清水も南雲に気づいたのか、はっとして足を止めた。すると南雲は道の縁まで進み出て、

「それ！」

と叫び、両腕を前に伸ばした。とたんに、階段の上の空間に、黄色い布のようなものが広がった。さっき雪野家の前で見たのと同じ、カラスよけのネットだ。ネットは大きく広がったまま、階段の途中にいる清水の頭上に、ばさりと落ちた。

「よし！」

南雲の声が響き、そこに清水の怒声が重なる。清水は頭にかぶさったネットを剝がそうともがいたが、その拍子にバランスを崩し、階段を転げ落ちた。ネットにくるまった体は踊り場で止まり、時生は腰のホルダーから手錠を出して歩み寄った。手間取りながらネットを剝がし、キャップが脱げた清水の顔を見下ろして言い渡す。

「清水大輝。公務執行妨害で逮捕する」

そして胸の痛みと息苦しさを堪え、清水の両手首に手錠をかけた。清水に抵抗する様子はなく、踊り場に仰向けで倒れたまま顔を歪めている。階段を落ちた拍子に、腰を打ったらしい。時生が「大丈夫か？」と問いかけた直後、

「清水くん！」

と切羽詰まった声がした。見ると、里江が階段を駆け上がって来る。時生は驚き、南雲が「先ほどはどうも」と能天気に挨拶をしている間に、里江は踊り場に着いて清水に駆け寄った。まず清水に「大丈夫⁉」と問いかけ、里江は時生を見て告げた。

「清水くんは、犯人じゃありません」

「清水から離れて下さい。話は後で聞きます」

時生はそう返したが、里江はその場に立ったまま話しだした。

先月、報せを受けた里江は、事故現場近くの病院に駆け付けた。雪野は命に別状はなかったが、これからどうしようと呆然としていると、一人の青年に声をかけられた。それが清水で、「とんでもないことをしてしまった」と里江に謝罪し、同時に事故を起こすまでのいきさつを説明したという。

清水は半年前にメディスンデリバリーのアルバイト募集に応募したそうだ。本社に配属され、配達員として働き始めて間もなく、原付バイクの状態に気づく。何度社員に苦情と不安を訴えても取り合ってもらえず、事故が起きた。軽傷だが負傷した清水は雪野と同じ病院に搬送され、雪野と里江の姿を見かけて良心の呵責《かしゃく》に耐えきれなくなり、声をかけたらしい。

始めは「許さない」と憤っていた里江だが事情を知り、また、名古屋には清水と同じ年頃の息子がいる。土下座の一件もあって里江の怒りは塚越に向き、清水と協力してその罪を糾弾し、責任を問おうと決めた。

そして三日前。清水はメディスンデリバリーの本社に呼ばれたが、塚越は挨拶もそこそこに「用事がある」と離席した。その態度に絶望と怒りを覚えた清水は、話し合いの後、本社の通用口を見張って出てきた塚越を尾行し、声をかけた。しかし塚越に高飛車な態度を取られ、かっとなった清水は彼を突き飛ばしてしまう。清水はとっさにその場から立ち去ったが、昨日の朝、塚越が亡くなったと知った。自分のせいかと焦った清水は里江に連絡、事情を聞いた里江は「誰もうちにいるとは思わないから」と清水を雪野家に呼び、かくまった。

しかし今朝、刑事の訪問を受けた里江は危機感を覚え、雪野の病室から清水に電話をした。そして帰宅後、彼に金を渡して別の場所に隠れるように促したという流れだ。

「清水くん。三日前、塚越さんを突き飛ばして立ち去った後はどこで何をしてた？」

話を聞き終えると、時生は訊ねた。清水が雪野家に隠れているという読みは当たったが、それが里江の提案だったというのは驚きだ。里江の手を借りて体を起こしながら、清水が答える。

「ずっとバイクで走り回ってました。メシを食いに入った店で流れてたニュースで、塚越さんが亡くなったと知ったんです」

時生は「わかった」と頷き、清水と里江を見張りながらポケットからスマホを出した。すると、南雲が階段を下りて近づいて来た。

「どうするの？」

「辻褄は合っていますが、裏を取らないと信じられません。井手さんに連絡した上で、二人を本庁に連れて行きましょう」

時生が潜めた声で返すと、南雲は「あっそう」と言って話を変えた。

「ところで、見た？　僕の投網。さっきの上り坂は、その階段を上りきった先の道と繋がってたんだよ。だから先回りして清水を捕まえようと思ったんだけど、道端にあのネットがあるのを見つけて。そうしたら『利根川ばらばらまつ』を思い出して、頭の中のイメージを、リアルで実行するしかないなと閃いた」

「あのネット」と言う時には、踊り場に転がった黄色いネットを指し、南雲は語った。そんなことだろうと思っていたので、時生は「そうですか」とだけ応える。すると南雲はますますテンションを上げ、語った。

「投げた時のフォームといい、広がった網の形状といい、完璧だったよね。我ながら惚れ惚れしたし、一瞬だけど、江戸時代の漁師の気持ちになれたよ。どんな気持ちか――」

「知りたくありません」

きっぱりと告げ、時生はスマホで井手の番号を呼び出そうとした。と、エンジンの音が耳に届いた。反射的に振り向いた時生の視線が、急ブレーキをかけ、階段の下に縦並びで停まる三台のセダンを捉える。続いてセダンのドアが開き、五、六人の男たちが降車して階段に駆け寄った。男たちに知った顔はいないが、眼差しと身のこなしからして刑事だ。

「お疲れ様です」

うろたえながら挨拶した時生を無視し、男たちは踊り場まで階段を駆け上がった。清水を立ち上がらせ、里江も促して階段を下り始める。

「待って下さい。どういうことですか？」

時生も階段を下り、訊ねた。が、男たちは清水と里江をセダンに乗せ、自分たちも乗り込んだ。怒りを覚え、時生は先頭のセダンに歩み寄った。運転席のドアを閉めようとしている中年の刑事の顔を覗き、「答えて下さい」と迫る。しかし中年の刑事は、「上官《うえ》の命令だ」とだけ答え、時生を押しのけてドアを閉めた。その威圧感に時生は怯《ひる》み、セダンは最後尾の一台からバックして、元来た道を戻って行った。

「スーツのグレードからして、本庁の刑事だね。何がどうなってるの？」

呆然と通りを見下ろす時生の隣に立ち、南雲は問うた。

「わかるはずないでしょう。でも、絶対に許されない行為ですよ」

怒りを胸に答えると、南雲は「あっそう……スケッチブックを取りに行かなきゃ。ネットは小暮くんが片付けてね」と告げ、後ろの階段に歩み寄って上り始めた。

9

セダンが高速道路に入ると、南雲はテンションを上げて訊ねた。

「海はいつごろ見える？」

「見えません」

ハンドルを握りながら時生が答える。

「なんで？　だって、千葉に向かってるんでしょ？」

「正確には、千葉県千葉市です。千葉市は海に面しているエリアもありますが、僕らが目指してる場所はそうじゃありません」

「え〜っ」

口を尖らせて騒ぐ南雲に、「子どもか。いや、むしろギャルだな」と心の中で返し、時生は運転に集中した。高速道路に入る手前で少し渋滞したが、以後、車は順調に流れている。防音壁の上から差し込む陽は、既に傾き始めていた。

清水と里江を連れ去られた後、時生は井手に連絡して事情を説明した。その後、楠町西署に戻って待機していると、午後二時過ぎに井手から電話があった。「ダ・ヴィンチ殿の読み通り、清水たちを連行したのは本庁捜査第一課《ソウイチ》のデカだ。お前らが車のクラクションを鳴らしたりして派手に清水を追いかけたから、驚いた近隣住民が通報したらしい。で、『南雲たちの仕業に違いない』となった」そうだ。また井手は、「さっそく本庁《こっち》で聴取が始まったが、清水も里江もお前らが聞いたのと同じことを話してる。だが、塚越さんの死亡推定時刻に里江は一人で家にいて、清水もオートバイで走り回ってたんだろ？　防犯カメラの映像の解析結果次第だが、疑いは捨てきれねえ。里江も清水も塚越を恨んでいたし、共犯って可能性もある」とも語り、捜査本部は清水に加え、里江も重要参考人として捜査を進めるようだ。

捜査本部と内神田署の捜査を妨げるなという言いつけに背いたことになり、時生は村崎に叱られると覚悟した。しかし連絡はなく、怪訝に思っていると南雲が「横澤新太さんの家族に会いに行こう」と言いだした。リプロマーダーによる最初の事件が発生した時、新太は現場となった北池袋のアパートの一室に住んでいた。アパートのオーナーは新太の親で、その家も現場近くにあった。しかしこの夏、時生と南雲が現地を訪ねると家は取り壊され、夫に先立たれた新太の母親・藍子《あいこ》は、千葉県内にある新太の兄の家に引っ越していた。

「でも、意外です。じきに夕方だし、南雲さんは定時で帰りたがるでしょ？　ひょっとして、横澤藍子さんの引っ越し先が千葉なのを忘れてました？」

時生が問い、車窓から外を眺めながら南雲は答えた。

「違うよ。あのまま待機してても仕方ないし、時間がもったいないでしょ。土曜日までに事件を解決して、小暮家でのディナーを堪能したいんだ」

そして振り向き、にっこりと笑う。塚越の事件に気を取られ、南雲を夕食に招いた件を忘れていた。時生は頭を切り替え、こう返した。

「堪能するほどの料理はつくれませんけど、姉と子どもたちは楽しみにしてます。もちろん、僕も。話したいことが山ほどあるんですよ」

土曜日まで、今日を含めて三日。塚越さんの事件を解決できるかどうかはわからないけど、南雲さんを家に招き、彼がリプロマーダーだという証拠を摑む。いや、摑めなくても問いただして罪を認めさせる。とにかく、この十二年間の疑惑に決着を付けるんだ。

そう決意し、時生は緊張と高揚を覚えた。だが同時に、南雲が自分の誘いを受けた思惑と、今朝、自分で彼に投げかけた「実は何もかもお見通し?」という問いを思い出し、不安も浮かんだ。

午後四時前に千葉市内の目的地に着いた。最寄り駅から二キロほど離れた住宅街の一角だ。

「すごい」

通りの端に停めたセダンを降りると、時生は呟いた。向かいには、新築の二階屋がある。

近ごろ住宅のチラシなどでよく見かける、直線的で窓が少なく、外壁は黒というデザインで、大きく、敷地も時生の家の倍以上あった。

「庇《ひさし》のないキューブ型の建物形状に、インナーバルコニー。オリジナリティーは感じられないけど、モダンだね」

南雲も二階屋を眺め、そうコメントした。隣の時生を見て、さらに言う。

「横澤家は資産家だよ。北池袋のアパートと自宅だけで一財産だけど、他にも不動産を持ってたって……ちなみにこれ、剛田くん情報」

「早く教えて下さいよ」

そう抗議する時生に「ごめんごめん」と笑って返し、南雲はその家に歩み寄った。時生も続き、塀がなく、黒い石造りの門柱だけが立つ敷地に入った。門柱のインターフォンのボタンを押そうとすると、駐車場の向こうに見える家のドアが開いた。顔を出し、会釈をしたのは、三十代半ばぐらいの女性。

「こんにちは。先ほどご連絡した小暮と南雲です」

時生も会釈し、近所を気遣って「楠町西署」は省略して名乗る。すると玄関から出て来た女性は「横澤の妻の涼香《すずか》です。どうぞ、車を停めて下さい」と笑顔で告げ、駐車場を指した。小太りで、長い髪を頭の上でお団子に結っている。五台は停められそうな駐車場には、白い高級ミニバンと黒い高級セダンがあり、時生はその隣にセダンを停めた。涼香に促され、家に入る。

三和土で靴を脱ぎ、玄関に上がった。黒いタイル張りの広い三和土には、男物と女物の革靴やサンダルのほか、子ども用のスニーカーが並んでいた。無垢の板張りの長い廊下を歩きだしてすぐに、前を行く涼香は傍らのドアを開けた。六畳ほどの部屋で、黒い革張りのソファが二台とガラスのローテーブルが置かれている。時生たちに奥のソファを勧め、涼香は出て行った。

「リビング以外に、客を案内する部屋があるんだ」

ソファに腰かけ、時生は呟いた。壁際にはサイドボードが置かれ、奥には駐車場に面した掃き出し窓がある。時生の隣に座ってスケッチブックを膝に載せ、南雲も言う。

「応接室ね。昭和期の住宅には、珍しくなかったけど」

と、ノックに続いてドアが開き、男性が顔を出した。

「どうも。新太の兄の優太《ゆうた》です」

そう名乗り、優太は一礼した。歳は四十前で、ベージュの作業服の上下を着ている。小太りだった新太とは違い、すらりとしている。立ち上がり、時生も一礼した。

「お仕事中に申し訳ありません」

「いえ。建設会社に勤めているんですが、ちょうど現場が一段落したところなので。リプロマーダー事件のことでいらしたと聞いていますが、解決したんじゃないんですか？」

怪訝そうに訊ね、優太は手前のソファに座った。時生もソファに座り直し、答える。

「確認作業で、新太さんについて伺う必要ができました。どんな方でしたか？」

「小さな頃から病気がちだったせいか、内気でしたね。家でゲームをしたり、アニメを見たりするのが好きでした。心の優しいやつで、学校でいじめに遭った経験があるからか、子どもとか動物とか、自分より立場の弱い相手にはとくに親切で、守ろうとしていました」

遠くを見て少し悲しげに、優太は語った。それでリプロマーダーが最初に起こした事件の被害者の息子・綺羅《きら》くんを気に掛けていたのか。納得し、時生はさらに問うた。

「新太さんが使われていたスマホがあれば、お借りできますか？　パソコンやタブレット端末があれば、そちらも」

「ええ。北池袋の家から持って来たので、後でお渡しします」

そう優太が言い、時生が「ありがとうございます」と会釈した時、ノックの音がしてドアが開いた。涼香に伴われ、六十代半ばと思しき女性が応接室に入って来た。小柄で、ブラウスとカーディガン、ロングスカートという格好。丸い目は、新太・優太とそっくりだ。

「母の藍子です。ずっと元気だったのに、こっちに来てからぼんやりして物忘れもひどくなって。病院に連れて行ったら、若年性の認知症だとわかりました。僕がわかることは、代わりに答えますから」

優太が説明し、藍子は涼香の手を借りてソファに近づいて来た。顔の色艶はいいが、動作はぎこちない。環境の変化が負担になったのかな。そう考えながら、時生は藍子が優太の隣に座るのを待って挨拶した。

「こんにちは。警視庁の小暮と南雲です。以前、北池袋のお宅で何度かお目にかかりましたが、覚えていらっしゃいますか？」

大きめの声で、ゆっくり語りかけたつもりだったが、藍子は小さく微笑み、「こんにちは」とだけ答えた。その耳元に、優太が言う。

「新太の話を聞きたいんだって。いいよね？」

しかし藍子は無表情のまま、曖昧に頷いただけだ。お茶を運んで再び来た涼香が部屋を出るのを待ち、時生は質問を始めた。

「まず、新太さんが亡くなられた時のことを聞かせて下さい。十一年前の一月に、持病が原因で亡くなられたと伺っていますが、間違いありませんか？」

「はい。弟は薬をたくさん飲んでいました。その中に血圧を下げる薬と、うつの症状を和らげる薬があったんですけど、飲み合わせが悪かったらしくて、低ナトリウム血症という病気にかかってしまったんです。何度も吐いて、けいれんも起こして救急車で運ばれたそうですが、その夜、僕が札幌から駆け付けた時には亡くなっていました」

「新太さんが飲んでいた降圧剤には、利尿《りにょう》、つまり、尿の量を増やして余計な水分や塩分を排出する効果がありました。一方、うつの薬にも、体内の塩分の排出を促す作用があった。それで血液中のナトリウム量が低下する低ナトリウム血症になり、もともと腎臓が悪かった新太さんは急激に症状が悪化してしまったんでしょう」

湯飲み茶碗を手に、南雲も会話に加わる。事件関係者には無関心だけど、こういうことはちゃんと調べているんだな。だとしても、「早く教えて下さいよ」だけど。時生は心の中でぼやき、優太は「ええ。主治医もそう言っていました」と頷いた。ふと疑問が湧き、時生は問うた。

「でも、なぜそんなことになってしまったんでしょうか。子どもの頃から病気がちでたくさん薬を飲んでいたなら、気をつけそうな気がします」

「実は亡くなる少し前にも、弟は軽い低ナトリウム血症にかかって、その時に問題の薬の服用を中止して、別のものに切り替えたんです。ところが、家に問題の薬の飲み残しがあって、うっかり飲んでしまったそうで」

眉根を寄せて優太が説明し、時生は「そうでしたか」と頷いた。同時に頭に、新太の死因は持病の悪化で間違いないが、その前に「薬の飲み合わせによる」と付くんだなと浮かぶ。と、南雲が本題を切り出した。

「さっき、新太さんはゲームをしたり、アニメを見たりしていたと伺いましたが、絵画はどうですか？　眺めたり、自分で描いたり」

「そういう記憶はないなあ……お母さん、どう？」

戸惑って、優太は隣に問いかけた。しかし藍子は、「ん～？」と首を傾げただけだ。すると、南雲は湯飲み茶碗を茶托に戻し、藍子に、

「コガルイという名前に、聞き覚えは？　新太さんの口から出たり、ポスターや画集を見たりしませんでしたか？」

と問いかけた。続けてスケッチブックを開き、青い鉛筆で「古閑塁」と書いて向かいに見せる。とたんに、藍子は目を輝かせ、言った。

「ルイ？　かわいい名前。新太の恋人は、ルイちゃんっていうのね」

「違うよ。新太に恋人はいなかった。何度もそう言っただろ」

慌てて優太が言い聞かせ、時生はそれを「待って下さい」と止めた。驚きと手応えを覚えつつ問う。

「藍子さん。生前、新太さんには恋人がいたんですか？」

「そう！」と即答し、藍子は細い首を縦に振った。が、優太は「違うんです」と告げ、こう説明した。

「新太は造園会社のバイトを辞めた後、亡くなるまで無職でした。でも頻繁に外出して、帰りが夜中になることも度々だったそうです。しかも、活き活きとしてすごく楽しそうで、いい匂いを漂わせて帰って来ることもあったとか。それで母は、『恋人ができたのかも』

と考えたようです」

「いい匂い？　どんな匂いですか？」

藍子と優太を交互に見て、時生は訊ねた。しかし藍子はまた首を傾げ、優太は手のひらを横に振って言った。

「いやいや。そうだといいなっていう、母の願望、妄想ですよ。亡くなった後、新太の部屋を見ましたけど、それらしき形跡はありませんでした」

「念のためです」

と早口で返して優太を黙らせ、時生は藍子に向き直った。問題は恋人がいたか否かではなく、亡くなる前の新太の変化だ。横目で南雲を見ると、茶托から湯飲み茶碗を取って口に運んでいる。

呼吸を整え、時生は藍子に語りかけようとした。と、ジャケットのポケットでスマホが振動し、「すみません」と断って取り出した。電話の着信で、画面には「姉ちゃん」とあったが、時生はスマホをポケットに戻した。

その後、亡くなる前の新太の様子を聞き出そうとしたが、藍子は「恋人ができたの」と微笑むか、意味不明のことを言うだけだった。これ以上は無理だと判断し、時生は優太から新太のスマホとノートパソコンを借り、礼を言って南雲と横澤家を出た。

外はすっかり暗くなっており、時生はセダンのライトが照らす道を戻った。高速道路に入る前にガソリンスタンドに寄り、給油をした。南雲が向かいのコンビニに行ったので、時生もセダンを降りてスマホを出した。電話をかけると、姉の仁美はすぐに「はい」と応えた。

「出られなくて、ごめん。何かあった？」

時生が問うと、仁美はこう問い返した。

「南雲さんって、自動車と新幹線、どっちが好き？」

「はあ？　何それ」

訳がわからず、時生はそう答えた。「まあいいや」と呟き、仁美が質問を変える。

「時生の部屋に小屋裏収納があるでしょ？　入ってもいい？」

「なんで？」

どきりとして、今度は時生が問い返す。確かに自宅二階の時生の部屋には、小屋裏収納がある。いわゆる屋根裏部屋で、物置として使っているが、時生は奥の一角を、南雲への疑惑を検討する秘密基地にしている。

「史緒里ちゃんが、『土曜日には、お義姉さんにお洒落して欲しい。小屋裏収納に私の服があるはずだから、着て下さい』って言うのよ。面倒だし、私はいつも通りでいいと思うんだけど」

「いつも通りって、スウェットの上下？　それはちょっと……わかった。僕がやるよ。小屋裏収納は段ボール箱だらけで、史緒里の服が入ってるのを探すのは大変だから」

そう申し出ると、仁美は「そう？　じゃあ、お願い」と応えた。時生がほっとした時、仁美はこう続けた。

「近ごろ、史緒里ちゃんがたびたび連絡して来るのよ。『リビングの掃除はしましたか？』とか、『家具の模様替えをしませんか？』とか。旦那の上司を招くんだし、わかる気もするけど、彼女らしくないわよね」

「そうだね」と返した時生だが、心当たりはある。妻の史緒里はおっとりした性格の反面、意志が強くカンの鋭いところがある。波瑠が巻き込まれた事件に続き、これまで職場の人間と私的な交友を絶ってきた南雲が自宅に来ることになり、何かを感じ取ったのかもしれない。

「ねえ、何を抱え込んでるの？」。事件の際、ビデオ通話で史緒里に訊ねられたのを思い出した。同時に、「どんなことでも、私たちは受け止めるから」と訴えられたことも思い出し、史緒里の丸く小作りな顔も浮かんだ。さらに事件の後、波瑠にも「話せる時が来たら、話して」と言われたことが蘇る。

ごめん。もうちょっとなんだ。心の中で妻と娘に語りかけ、時生は仁美との話を続けた。

10

楠町西署に戻ったのは、午後六時過ぎだった。刑事課には五、六人の刑事がおり、その中には剛田の顔もあった。

「お待たせ。わざわざ来てもらってごめんね」

そう声をかけ、時生は並んだ机の手前にある剛田の席に歩み寄った。スマホ弄りをやめて振り向き、剛田は笑った。

「お疲れ様です。書類仕事も溜まっていたし、気にしないで下さい……南雲さんは？」

「帰ったよ。車が高速道路を降りたところで、『停めて』って言ってさっさとね」

ぼやき半分で時生が答えると、剛田は「そうですか」と残念そうな顔をした。しかし時生には好都合で、「向こうで話そうか」と剛田を促し、部屋の出入口近くの打ち合わせスペースに移動する。新太のスマホとノートパソコンの中を見ようと考え、ＩＴに強い剛田に事情を話し、本庁から来てもらった。

二人でテーブルに着くと、時生は隣の椅子に置いたバッグから新太のスマホとノートパソコンを出した。「これなんだけど」と告げて二つをテーブルに置くと、向かいの剛田は「おっ」と言って黒いノートパソコンを手に取った。

「これは名器ですよ。ゲーミングノートっていう、ゲームを楽しむことに特化したパソコンなんですけど、発売当時は話題になったモデルです」

「そうなんだ。新太さんはゲームが好きだったみたいだけど」

「これを使ってたなら、『好き』ってレベルじゃないと思いますよ。こっちはどうかな」

そう返し、剛田はノートパソコンをテーブルに戻して銀色のスマホを手にした。いろいろ準備して来てくれたらしく、自分のバッグから一本のケーブルを出してスマホとつなぎ、先端のプラグを壁の電源コンセントに差した。剛田はスマホの電源を入れ、時生は立ち上がってその隣に行った。

ＯＳが立ち上がり、スマホの画面に現在時刻と今日の日付が表示された。そして、その下の壁紙は、甲冑とマントを身につけ、手に大きな剣を持った少年のＣＧイラストだ。とたんに、剛田が「うわ。懐かしい」と声を上げた。イラストを指し、時生は訊ねた。

「これ、何だっけ？　僕も見覚えがあるよ」

「『聖剣士アルバトロス』っていう、大ヒットしたオンラインゲームの主人公です……なるほど。新太さんのキャラの片鱗が見えた気がします」

スマホのイラストとノートパソコンを交互に見て、剛田は嬉しそうにそう告げた。そして「じゃあ、こっちからかな」と呟き、スマホを置いてノートパソコンを取った。次にノートパソコンもケーブルでコンセントにつなぎ、電源ボタンを押した。ＯＳが起動し、液晶ディスプレイにパスワードの入力を求める枠が表示された。

「やっぱりパスワードが必要か……できる？　厄介なことになりそうだし、できれば本庁のサイバー犯罪捜査官の力を借りないで中を見たいんだけど」

不安を覚え、時生は問うたが、剛田は液晶ディスプレイに目を向けたまま平然と答えた。

「任せて下さい……とはいえ、新太さんがどこまでパスワードを設定したかで、かかる手間と時間が全然違います。パスワード設定がOSだけなら楽勝。BIOSにも設定されても、まあ何とか。ただしHDDも、となると……まあ、まずはOSですね」

「はあ。で、どうやるの？」

「インストールメディアでブートして、コマンドプロンプトからコンピュータのカスタマイズツールに細工を——要するに、新太さんが設定したパスワードに、新たなパスワードを上書きしちゃうんです」

ノートパソコンのキーボードを叩き、タッチパッドに指を走らせながら、何でもないことのように剛田は告げた。しかし時生は「はあ」としか返せず、「夜食を買って来るよ。何がいい？」と告げて出入口のドアに向かおうとした。すると剛田は、

「じゃあ、フルーツをお願いします。あと、常温のミネラルウォーターも」

と淀みなく答えた。

フルーツって、バナナとか？　常温のミネラルウォーターって、どこで買うんだよ。趣

味は美容で、目標は「かわいすぎる刑事《デカ》」。剛田くん、良くも悪くも徹底してるな。そうよぎり脱力した時生だが、「わかった」とだけ返して出入口のドアに向かった。

その後も、剛田は作業を続けた。新太はOSにしかパスワードを設定していなかったようで、間もなくノートパソコンにログオンできた。しかしメールソフトは受信・送信ともトレイは空で、ネットブラウザも閲覧履歴はゼロだった。剛田は「どちらも削除された可能性が高い」と言い、時生は引っかかるものを覚えた。

また、ノートパソコンにはオンラインゲームの「聖剣士アルバトロス」がインストールされており、こちらにもパスワードが設定されていた。すると剛田は、「こっちのパスワードにも、手はあります。でも、少し時間がかかるので、ノートパソコンとスマホを持ち帰らせて下さい」と言い、時生は承諾した。

11

翌朝。時生は剛田と井手からの連絡を待った。しかし電話もメールもなく、時生は南雲と署を出た。塚越の遺体が発見された倉庫や、メディスンデリバリーの本社を訪ねてみたが収穫はなく、どうしたものかと思っていたところ、剛田からメールが届いた。

そこには、新太のノートパソコンのオンラインゲームのパスワード設定を細工し、ログインに成功したこと、ゲームのプレイ履歴は削除されていたが、「にゅ～」というハンドルネームでプレイしていたと判明したことが記されていた。また、ノートパソコンの機種とスマホの壁紙から、新太が「聖剣士アルバトロス」のヘビーユーザーだった可能性は高く、それを糸口に、生前の新太の様子がわからないか試してみるとも書かれていた。また、メールには今朝、特別捜査本部の捜査会議で配布された資料が添付されており、その中に塚越の関係先のリストがあった。時生は南雲には捜査会議の資料の件だけを告げ、リストから数カ所をピックアップして訪ねることにした。

高速道路を使い、三十分ほどで目的地に着いた。大田区の南部に位置する工場街だ。

「ここ、羽田空港に近いんだよね。飛行機のお腹が見えるかなあ」

セダンを降りるなり、南雲はそう言って空を見上げた。つられて時生も頭上を仰ぐと、機影は見えなかったが、遠くにジェット機のエンジン音が聞こえた。

トラックが行き交う通りを横切り、時生たちは目指す会社の敷地に入った。事務所と思しき奥の建物に向かって歩きだしたとたん、

「何も話さないって言ってるだろ！」

と怒鳴り声がした。立ち止まった時生の目に三人の男女が映る。一人は水色の作業服を着た年配の男性で、その後ろには白いブラウスに濃紺のベスト、スカートという制服姿の

中年の女性、二人の向かいには、黒いジャケットにチノパン姿の若い男性が立っている。肩にかけた重たそうなバッグを揺すり上げ、若い男性は言った。

「お名前は出しませんし、ご迷惑はかけませんから」

「こうやって押しかけて来られるのが迷惑なんだよ！」

そう言い返し、年配の男性は顔を険しくした。その背中に、中年の女性が不安げに「社長」と声をかける。状況を察し、時生は三人に歩み寄った。

「どうされました？」

笑顔で問いかけ、警察手帳をかざす。とたんに、若い男性は「わかりました。失礼します」と年配の男性に会釈し、敷地を出て行った。警察手帳をしまい、時生は向かいに一礼した。

「ももせ産業の百瀬《ももせ》勝彦《かつひこ》さんですか？　先ほどご連絡した、小暮と南雲です。今のは記者ですか？」

「ええ。週刊誌だのネットニュースだの、入れ替わり立ち替わり。取材はお断りと言ってもしつこいから、叩き出してやろうかと思いましたよ」

険しい顔のまま捲し立てた百瀬だったが、また後ろの女性に「社長」と言われ、「わかってるよ」と返す。まだ何か言いたげな様子ながらも、「すみませんね。歳のせいか、怒りっぽくなって」と時生たちに会釈した。大柄で、がっしりしている。

「いえ、お仕事中に申し訳ありません。先ほどお話しした通り、塚越歩太さんの事件を捜査中です。ももせ産業はメディスンデリバリーの取引先と伺っていますが、間違いありませんか?」

時生が問うと、百瀬は「もう大丈夫だから」と、後ろの中年女性を事務所に向かわせてから答えた。

「はい。うちは医療系の産業廃棄物を回収して処理する業者で、一昨年、メディスンデリバリーさんが創業した時から取引させてもらってます」

「医療系の産業廃棄物というと、病院で使った注射器や点滴の袋、ガーゼなどですか?」

「そうです。薬局なら、使用期限が切れたり、調剤に失敗して使えなくなった薬や、空《から》の容器、調剤用品とか。メディスンデリバリーさんも同じです」

「へえ。危険もあるし、大変なお仕事ですね。回収したものは、あの倉庫で保管して処理するんですか?」

そう訊ね、時生は傍らを見た。敷地の片側にはトラックが数台停まった駐車場があり、その向こうに鉄筋の大きな倉庫があった。

「昔はそうだったんですが、今は回収先から処分場に直行しています。一部、ラベルが剝がれた薬などは持ち帰り、分析装置で中身を特定していますが、裏にある新しい倉庫を使っています。あそこはボロボロで、物置にしてます」

倉庫を顎で指し、百瀬が説明する。確かに古く、金属製の外壁と出入口のシャッターはあちこちが錆び付き、白いペンキも剝がれていた。倉庫の脇には、産業廃棄物の運搬用と思しき大小のコンテナボックスが積まれ、その前面には一つの円の上にアルファベットのCを彷彿とさせる丸い図形を上に一つ、下に二つ並べた黄色いマークが描かれている。と、南雲が口を開いた。

「バイオハザードマーク。感染性廃棄物を示す記号で、内容物の種類や形状によって赤、オレンジ、黄の三色で区別する……一九六六年にアメリカの化学メーカーによって作製されたもので、『すぐに注意を引く』『他のマークと混同しない』『認識しやすく、覚えやすい』『簡単に描ける』『三方対称で、見る角度を問わない』『民族を問わず受け入れられる』という条件が出されたとか。そのすべてをクリアした、見事な意匠ですね。ちなみに、日本にはあれとそっくりな『三《み》つ大《だい》の字《じ》』という家紋があって」

お約束の蘊蓄が始まり、百瀬はぽかんとする。げんなりして、時生が「事務所でお話を伺えますか?」と促すと、百瀬は「わかりました」と頷いて歩きだした。

それから事務所の応接セットで話を聞いた。それによると、半月に一度、ももせ産業のトラックがメディスンデリバリーの本社と営業所を回り、廃棄する薬品や調剤用品などを引き取って処理しているそうだ。話を聞き終え、時生は訊ねた。

「では、百瀬さんと塚越さんのお付き合いは?」

「最初に挨拶して、一度ゴルフに行きました。その後も誘ってくれたけど、私は膝が悪くて」

苦笑して答え、百瀬は作業ズボン越しに右膝をさすった。そして、

「でも、トラックで薬を回収してるうちの社員から塚越さんは元気そうだし、会社も順調だと聞いていました。だから、亡くなったと知ってびっくりして……テレビで見たけど、リプなんとかいう殺人犯の仕業なんですか？」

と続け、身を乗り出した。「捜査中です」と返し、時生は質問を続けた。

「これは関係者のみなさんに伺っていますが、四日前の夜はどちらで何を？」

「四日前って、日曜日ですよね？　なら同業者の組合の集まりがあって、終わったあと何人かと新橋《しんばし》で終電前まで飲んでました」

「わかりました。社員の方から、他に何か聞いていませんか？　塚越さんが誰かと揉めたり、恨まれたりしているとか」

「配達員の事故の件でいろいろ言われて大変だとは聞きましたけど、他にはとくに。個人的には、塚越さんに悪い印象はありませんよ。うちみたいな小さな業者を選んでくれて感謝しているし、今後も取引していただきたいです」

やけに強調するな。ということは、何かあるのか。そう判断し、時生は話を変えた。

「わかりました。ところで、さっきは大変でしたね。塚越さんの関係者を調べるのは簡単

だし、今後も押しかけて来るかもしれません。こちらの所轄署に伝えて、パトロールのついでに立ち寄って様子を見てもらうようにしましょうか？」

そんな権限はないし、伝えたところで断られる可能性が高いが、捜査にはハッタリも必要だ。自分で自分に言い聞かせ、時生は意味深な眼差しで相手を見た。と、百瀬は「本当ですか？　そりゃ助かります」と身を乗り出した。それから何か考えるようにさっきの女性が出してくれたお茶を一口飲み、「実は、小耳に挟んだ話があるんですよ」と語り始めた。

「いま、会社は順調って言ったでしょう？　それはウソじゃないんですけど、塚越さんはメディスンデリバリー以外にもあれこれ事業をしていたそうです。その中の、オリジナルの健康食品をつくって売るって計画は、トラブルになっていたと聞きました」

「トラブルとは？」

「塚越さんは、メディスンデリバリーの社員にその計画に出資させていたらしいんです。でも上手くいかなくて、出資した社員が返金を求めても、『もう少し待って』『かならず成功させるから』と答えるだけだったとか。とくに営業所の所長さんは、どっちも百万円以上出資していて、困っていたそうですよ」

営業所の所長？　時生は驚き、一昨日、千駄ヶ谷の営業所で会った宇川精二の顔を思い出した。

「ラッキー。茶柱《ちゃばしら》が立ってる」

隣で南雲が言い、手にした湯飲み茶碗の中身を見せてきた。しかし時生は無視し、百瀬に「わかりました」と返した。

三十分ほどで、ももせ産業を辞した。セダンに戻り、時生がスマホで井手に連絡し、百瀬に聞いた話を報告する。電話を切り、セダンを出すと時生は言った。

「僕には『面接で会っただけ』と言いましたけど、出資トラブルが事実なら、宇川精二には塚越さんを殺害する動機がありますね」

確信を抱くのと同時に、営業所で話した時には上手くごまかされたと悔しさも湧く。すると、隣で南雲が問うた。

「じゃあ、今のところ容疑者は？」

「清水大輝、雪野里江、宇川精二。あとは、メディスンデリバリーのもう一つの営業所の所長でしょうか」

「ピンとこないなあ。もう一つの営業所の所長は置いておいて、清水も雪野も宇川も事件現場と結び付かない」

そう返し、南雲はスケッチブックを抱いて首を傾げた。少し考え、時生は言った。

「言われてみれば。清水はちょっと怪しいけど、里江が共犯なら『死体を弄りたくない』

とか言って反対しそうですね。宇川は、倉庫での仕事ぶりからして、やるならもっと上手くやるかもです」

「でしょ？　あの三人を疑うのは、美しくないよ」

「じゃあ、誰が……百瀬さんは、塚越さんはあれこれ事業をしていたと言っていましたよね。出資とか投資とか、宇川の件以外にもトラブルを抱えていたのかもしれません」

時生は告げ、それも井手さんに報告だなと思う。セダンは通りを北上している。リストからピックアップした次の聞き込み先に向かいつつ、百瀬のアリバイ確認をするつもりだ。

それから二十分ほど経過して、セダンは赤信号で停まった。と、南雲が「あっ」と声を上げて片手で前方を指し、もう片方の手で時生の肩をポンポンと叩いた。

「小暮くん、あそこ」

「はいはい、東京タワーが見えますね。でも、上ってる時間はないし、蘊蓄も遠慮しておきます」

フロントガラス越しに通りの先を見て、時生は告げた。セダンは増上寺《ぞうじょうじ》の手前を左折して走っている。すると南雲は首を横に振り、こう応えた。

「違うよ。あれ、メディスンデリバリーのバイクじゃない？」

「えっ？」

時生は言い、南雲の指す反対車線を見た。確かに通りの端に、荷台に赤い箱を載せた原付バイクが停まっている。

「そうですね。ここは港区で、メディスンデリバリーの配達エリアですから」

「付いて行ってみる？」

南雲の提案に、時生は「なんのために？」と問い返す。肩をすくめ、南雲は答えた。

「メディスンデリバリーのお客さんから、話を聞きたいかなと思って。茶柱も立ってたし、いいことあるかもよ」

「茶柱はともかく、いいアイデアですね。営業所とは逆方向なので、あのバイクは配達先に向かってる可能性が高いし」

感心し、時生は隣を見た。すると南雲は、「でしょ？」と顎を上げ、「信号が変わった。バイクを見失わないでね」と続けてまた時生の肩を叩いた。

12

信号が青になったので、時生はセダンを出して方向転換をして反対車線に入った。しばらく走ると、一旦見失ったメディスンデリバリーの原付バイクを見つけた。通りを進み、原付バイクは脇道に入った。運転しているのは、若い男性のようだ。

タイヤは丸坊主だし、マフラーも折れかけてる。何より、スピードを出しすぎ。前を行くバイクにハラハラとイライラを感じつつ、時生はセダンで後を追った。気づけば麻布《あざぶ》で、通りには豪邸や高級マンションが並んでいる。しかし原付バイクが停まったのは、団地風の古い建物の前だった。コンクリートの塀に取り付けられた表札によると、大手電機メーカーの社宅らしい。時生は原付バイクの少し後ろにセダンを停め、前方を窺った。時刻は午前十一時前だ。

若い男性は原付バイクを降り、ヘルメットを外した。現れた顔は、予想通り二十歳《はたち》そこそこ。男性は原付バイクの荷台の箱を開け、白いレジ袋を取り出した。中身は薬の入ったジップバッグだろう。ヘルメットを抱えてレジ袋を提げ、男性は社宅の敷地に入り、手前の短い階段を上がった。時生と南雲が社宅の塀の脇から見守っていると、男性は一階に向かい合って二つあるドアの一つの前で立ち止まった。時生の耳にクラシカルなチャイムの音が聞こえ、そこに男性の「お待たせしました。メディスンデリバリーです」という声が重なる。ややあって鉄製の白いドアが開き、女性の声がした。二人は短くやり取りし、ドアが閉まる音がして男性が階段を下りて来た。

時生たちは一度塀の前を離れ、男性が原付バイクで走り去るのを待って社宅の敷地に入った。手前の階段を上がり、ドアの前に行って時生が壁のチャイムのボタンを押す。と、すぐにドアが開き、

「ちょうどよかった。訊きたいことが」

と早口で言い、女性が顔を出した。面長で、長い髪をアップにしてヘアクリップで留めている。自分を見て驚く女性に、時生は急いで警察手帳を見せた。

「驚かせてすみません。警察の者です。少しよろしいですか？」

「何かあったんですか？」

不安そうに、女性が訊き返す。パーカーにデニムのキュロットパンツという格好だ。

「いえ。事件の捜査中で、メディスンデリバリーの会員の方にお話を伺っています。すぐに失礼しますし、ここで結構ですから」

極力穏やかな顔と声で説明し、コンクリートの床を指す。すると女性は「それなら」と返し、「うちは散らかってるし、小さな子どもがいるので」と付け足した。その背後には四畳半ほどのダイニングキッチンと、奥の居室が見える。ダイニングキッチンのテーブルには乳児用の食器や哺乳瓶などが置かれ、居室にはベビーベッドがあった。

「ご協力ありがとうございます。お子さんは何カ月ですか？　うちにも子どもが四人いて、末娘は四歳の双子です」

「すごい！　大先輩だわ。うちは八ヶ月の女の子と、三歳の男の子です」

女性が目を丸くし、時生は笑う。聞き込みの相手が育児中の場合、時生の家族構成は場を和ませるのに有効だ。後ろの南雲は二階に通じる階段を上り、踊り場から外を眺めている。

まず身元を確認すると、女性は正木小春《まさきこはる》といい、歳は二十九。専業主婦で夫と、今は幼稚園に行っている長男、ベビーベッドにいる長女の四人で暮らしているそうだ。長男は敏感肌で、定期的に近所の皮膚科に通っているのだが、そこがメディスンデリバリーと提携していると知り、三カ月ほど前に入会したという。

「病院も薬局も待ち時間が長かったから、すごく助かりました。病院で会計を待ってる間にスマホで服薬指導を受けて、息子を幼稚園に送って家に帰ると、間もなく薬が届くって感じで便利なんです」

そう語り、正木は落ちてきた後れ毛を耳の後ろにかけた。「ですよね」と相づちを打ち、時生は問うた。

「薬の代金と配達料以外のお金を請求されたり、何か買わされそうになったりしたことはありますか？」

「いいえ。ダイレクトメールが来たり、薬の袋にチラシが入ってたりすることはあるけど。配達員さんも、感じのいい人ばっかりですよ」

正木が即答する。ダイレクトメールやチラシを読むヒマはないだろうし、入会して三カ月ならこんなものだろうな。そう判断し、時生が礼を言って引き上げようとした矢先、いつの間に踊り場から戻っていたのか、南雲が口を開いた。

「さっきの『訊きたいこと』って何ですか？　僕らを、メディスンデリバリーの配達員と間違えてドアを開けたんでしょ?」

「ええ。引き出しを整理してたら、メディスンデリバリーに入会して間もない頃に届けてもらった薬が出てきたんです。息子のかゆみ止めの飲み薬で、今も同じ薬を処方してもらってるから、出てきたものを飲ませてもいいか、訊きたかったんです」

そう説明し、正木は後ろのテーブルに手を伸ばした。「これです」と、南雲と時生の眼前に長方形の薬のケースが突き出される。時生の肩越しにそれを見て、南雲は言った。

「ふうん……小暮くん。どうなの?」

「僕に訊かれても」

困惑しつつ、時生は薬のケースを受け取った。アルミ製で、等間隔で並んだプラスチック製のドームに白く丸い錠剤が入っている。口の中に入れると溶けるタイプで、普通の錠剤が飲めない幼児や年配者向けのものだ。裏返すと、薬の名前と製薬会社の名前などが印刷され、上端には四桁の数字が刻み込まれていた。

「配達員さんも、答えられないと思いますよ。薬剤師の資格は持っていないだろうし、適当なことを言って何かあったら大変ですから。取りあえず、息子さんに薬を飲ませるのはやめた方がいいですね」

すると正木は「わかりました」と頷き、こう付け加えた。

「でも、もったいないですよね。市販薬みたいに、使用期限が書いてあればいいのに」

「そうですね……お忙しいところ、ありがとうございました」

正木に薬のケースを返し、時生は一礼した。南雲を促して階段を下りる。セダンの前に戻ると、南雲が言った。

「小暮くん。今の薬の件、調べて正木さんに教えてあげてね」

「えっ⁉」

「話を聞かせてもらったし、大先輩なんでしょ」

当然のように告げ、南雲は時生が解錠したセダンのドアを開けた。時生は返す。

「だからって、なんで僕が」

「いいから調べて、僕にも教えて。それより、じきにランチタイムだよ。何を食べる？」

後半は目を輝かせて言い、南雲は助手席に乗り込んだ。釈然としなかったが、いま正木と話している時、南雲は「ふうん」と言った。何かあるのかもと考え、時生は「わかりました」と応えた。手帳を出し、忘れないうちにケースの裏にあった薬の名前と四桁の数字をメモした。

13

ドアを開けたとたん、食欲をそそる香りが漂ってきた。時生は鼻をひくつかせながら

「ただいま」と声をかけ、ダイニングキッチンに入った。奥のキッチンから仁美と波瑠が「お帰り」と返す。二人ともエプロン姿で、システムキッチンの調理台の前に立っている。

「いい匂いだね。でも、もう夜の十時だよ」

そう語りかけ、時生はダイニングテーブルの椅子にバッグを置いた。顔を上げ、仁美が言う。

「明後日《あさって》のリハーサルよ。有人と絵理奈、香里奈にはちゃんと夕飯を食べさせて、お風呂にも入れて寝かせたから……時生、夕飯は？」

「食べてない……張り切ってくれるのは嬉しいけど、南雲さんは何でも喜んで食べると思うよ。前に自分で、グルメじゃなく食い意地が張ってるだけって言ってたし。それに、波瑠はもう寝ないと。確か明日、塾のテストが」

ついでに、いつになったら玄関のドアのカギを閉めるのかとも注意しよう。そうよぎり、時生が話を続けようとすると、「わかったわかった」と波瑠に遮られた。

「ちゃんと勉強もしてるし、仁美おばちゃんとがんばった甲斐があって、これならいけるってメニューが決まったの」

「へえ。どんなメニュー？」

時生が訊ねると、仁美がキッチンから出て来た。続けて「ど～ん！」と声を上げ、両手で持っていた何かをテーブルに置いた。つられて、時生の目が動く。

テーブルの上には、赤い自動車が載っていた。プラスチック製で縦三十センチ、横十五センチほど。ルーフはなく、運転席と助手席の部分にはプリンとフルーツ、後部座席の部分にはチキンライス、スパゲッティナポリタン、ハンバーグ、タコ型にカットされたウィンナーソーセージ、フライドポテトが少量ずつ詰められている。チキンライスはゼリー型で成形され、てっぺんには楊枝と画用紙でつくった日の丸の旗が挿されていた。

「これって、お子様ランチ？」

時生が問うと仁美は、立てた人差し指を顔の前で振るというベタなポーズで答えた。

「大人のお子様ランチ。いろいろ考えたんだけど、私も波瑠も料理初心者でしょ？　味で勝負するのは難しいから、アイデアでいこうかなと……お子様ランチに『大人の』を付けた理由もあるの。プリンのカラメルソースに入れたブランデーと、ハンバーグのデミグラスソースに入れた赤ワインは、量が多め。ナポリタンはパスタのゆで加減がアルデンテで、ウィンナーはチョリソ。もちろん、子どもたち用に普通のもつくるわよ」

「南雲さんは藝大卒なんでしょ？　なら、見た目の楽しさも大切だと思うの。きっと喜んでくれるよ」

仁美の隣に来て、波瑠も言う。そのキラキラした目を眩しく見返し、時生は答えた。

「いいアイデアだね。確かに南雲さんは、『食はエンターテインメント』『味や値段だけじゃなく、口に入るまでにどう楽しめたかも評価しなきゃ』って言ってたよ……このお皿、どこで買ったの？　昨日、仁美ねえちゃんが『南雲さんって、自動車と新幹線、どっちが好き？』って訊いたの、このこと？」

「そう。自動車型のと新幹線型のがあったのよ。ネットで見つけて、どっちも値段は三千八百五十円」

「三千八百五十円!?　まさか、人数分買ったんじゃ」

ぎょっとした時生を、仁美が急かす。

「いいから食べて。夕飯がまだなら、ちょうどいいわ」

「感想を聞かせてね。味を調整するから」

そう波瑠に乞われ、時生は椅子を引いて座った。波瑠が持って来てくれたフォークを見ると、柄の上部に料理の皿とよく似た赤い自動車のイラストが印刷されている。これも買ったのか。今月は赤字間違いなしだなとショックを受けつつ、「いただきます」と一礼してフォークを摑む。迷った末、チキンライスを少しすくって食べた。

「おいしい」

時生は言い、傍らに立つ波瑠と仁美が手を取り合って喜ぶ。時生はさらに言った。

「すごくおいしいよ。ライスの味付けにコクがあって、トマトソースは酸味がちょうどいい」

「史緒里さんが教えてくれたの。バターライスを炊いて、ソースはトマトからつくったのよ。他のも全部、史緒里さんのレシピ」

そう仁美が説明し、時生はなるほどと思う。史緒里は昔から料理上手で、レシピを研究するのも好きだった。続けてハンバーグやナポリタンを食べたが、どちらも丁寧につくられたとわかる味で、おいしかった。間もなく料理を完食し、時生は告げた。

「いいと思うよ。強いてアドバイスするなら、スープがあるといいかな。コーンクリームスープはどう？　昆布茶を入れると旨味が増すよ」

「それいい」「明日、試作しよう」と波瑠たちははしゃいだ声を上げ、それを見た時生は嬉しいような、申し訳ないような気持ちになった。「ごちそうさま」と言い、振り返った二人にこう続けた。

「このところいろいろあったけど、姉ちゃんは頼もしく、波瑠は大人っぽくなったね。有人と絵理奈、香里奈もどんどん成長してるし、ママもシアトルでがんばってる。これからいろいろあるかもしれないけど、僕はみんなを誇りに思うし、小暮家は最高のチームだよ」

本当にそう思っているし、言葉にすることで自分を鼓舞したいという気持ちもあった。が、仁美は「出たよ」とため息をつき、波瑠は「キモっ！　サムっ！」と騒いで顔をしかめた。

「はいはい。どうせ、キモくてサムくてクサいよ」

こっちの気も知らないで。心の中でそう呟きつつ時生がふて腐れると、波瑠に「クサいとは言ってない」と言い返された。時生は自分のこういうふとした発言を、「クサい」と騒いだのは野中だと思い出した。さらにこの手の発言をしていいのはイケメンだけ、「ただしイケメンに限る」というフレーズがあると教わったことも思い出す。そしてその時の野中と自分がひどく平和で無邪気に感じられ、切なくなった。時生は席を立ち、波瑠たちに「じゃあ部屋に行くね」と告げてダイニングキッチンを出た。

階段を上がり、二階の自室に入った。明かりを点けて奥の机にバッグを置き、壁際の金属製の棒を取った。棒で扉を開け、小屋裏収納の梯子を下ろす。梯子を上がって小屋裏収納に入り、明かりを点けた。スーツ姿のまま、天井高が一メートルほどしかないスペースを這うように進む。

まず、左右に積まれた段ボール箱の中から、史緒里の服が入ったものを捜した。仁美に電話で頼まれたのだが、昨夜は帰宅が遅くできなかった。目当ての段ボール箱を見つけて脇に避け、小屋裏収納の奥に進んだ。

小さな窓の前であぐらを搔き、左右の壁を見る。そこには書類と地図、写真が隙間なく貼り付けられている。すべて南雲がリプロマーダーだと突き止めるためのもので、事件現場や被害者の遺体の写真、盗撮した南雲の写真もあった。

波瑠も仁美姉ちゃんも、明後日の夕食のためにあんなに張り切って、楽しみにもしてる。

でも、僕の目的を知ったら……。ふとよぎり、時生は不安と罪悪感を覚えた。しかし、「話せる時が来たら、話して」という波瑠と、「どんなことでも、私たちは受け止めるから」という史緒里の言葉を思い出し、胸の中のものを吹っ切った。

僕が抱え続ける疑惑と、南雲さんが犯した罪。どちらもはっきりさせて、終わりにするんだ。それは、野中さんへの手向《たむ》けにもなるはずだ。そして、この十二年間のことを史緒里と波瑠に伝えよう。僕たちは、そこから再出発するんだ。そう考えると、力が湧いてきた。

「あと二日」

気がつくと、時生はそう呟いていた。

14

天井のスピーカーから、チャイムが流れた。午前八時半になり、楠町西署の各種受付業務が始まったのだ。刑事課の部屋でも、刑事たちが外出の準備をしたり、パソコンを立ち上げたりしている。

時生はノートパソコンのキーボードを叩く手を止め、隣を見た。そこにはレオナルド・ダ・ヴィンチの画集や手記、さらに彼のスケッチにあるという、上部にスクリュー型の翼が付いた乗り物の模型が置かれているが、机の主の南雲はいない。

怪訝に思った時生だが、すぐ昨日の南雲の「ふうん」を思い出した。タイムリミットも近いし、いつものパターンか。そう察した時、机上のスマホが鳴った。画面には「刑事課井手さん」とある。

「おはようございます」

スマホを構え、時生が挨拶すると井手は「おう」と返し、話しだした。

「メディスンデリバリーの営業所の所長を任意で引っ張って聴取したぞ。お前が言ってた通り、二人とも塚越さんが立ち上げようとしてた、健康食品の販売ビジネスに出資してた」

「そうですか。金額は？」

手応えを覚え、時生は訊ねた。井手が答える。

「第一営業所の宇川精二、第二営業所の中園智生《なかぞのともお》、どちらも二百万円。事業は頓挫《とんざ》し、二人は返金を迫ったが、塚越さんにはぐらかされたのもお前が言った通りだ。宇川の聴取は俺と剛田がやったから、なんでお前に話さなかったのか突っ込んだが、『出資の件は妻に内緒だったから、バレるのが怖かった。塚越さんとのやり取りは全部メールかメッセージアプリで、会ったのは面接の時だけ。ウソはついていない』だとよ」

時生は「なんだそれ」と呆れ、さらに訊ねた。

「事件発生時の二人のアリバイは?」

「中園は大阪に出張中で裏も取れたが、宇川は自宅にいたそうだ。宇川の妻は『本当だ』と言っているが、どうだかな。てな訳で、宇川も重要参考人のメンバー入りだ。よくやったな」

「ありがとうございます。塚越さんには、裏の顔がありそうですね。宇川たち以外にも、事業絡みの金銭トラブルを抱えていた可能性が高い」

「ああ。塚越さんの金の流れを追って、そっちも洗うつもりだ……で、お前は何してる? ダ・ヴィンチ殿は朝のカフェタイムか?」

後半は口調を和らげ、井手が問う。「それなんですけど」と言ってから少し考え、時生は話し始めた。

「今朝、南雲さんは出勤していません。でも居場所の察しは付くし、一人で考えたいことができたんだと思います。僕は……昨日の聞き込みの流れで、子ども用のかゆみ止め薬について調べることになって」

そう説明し、視線をノートパソコンの液晶ディスプレイに向けた。「子ども? なんでだ?」と疑問を呈した井手だが、小さく笑い、こう言った。

「しかし、名コンビだな。始めはどうなることかと心配したが、相棒のクセと流儀をしっかり把握してるじゃねえか。ダ・ヴィンチ殿の方も、そういうお前を信用して頼りにしてる。むかし一度組んでたとはいえ、なかなかそうはいかねえ。よかったな」

「いや」と出かかった時生だが、井手が心からよかったと思っているのがわかり、「どうも」とだけ返す。

十二年前にコンビを組んだ時は、南雲の優秀さに感心する一方、その自由かつエキセントリックな言動に振り回されてばかりだった。それは今も同じだが、言われてみれば、その時とは少し感じが違う気がする。南雲に呆れたり、ハラハラしたり、腹を立てたりしても、その根底には、彼は必ず結果を出す、そして自分と同じように犯罪者を許さず、事件解決を願っているという確信がある。だがそれを感じる度に、胸に十二年前の出来事と南雲への疑惑が湧く。時生は二つの想いの狭間で揺れて苦しみ、それを家族にも負わせてしまった。

息苦しさを覚え、時生は必死で自分を抑えた。すると井手は「で、なんで子ども用のかゆみ止め薬なんだ?」と話を戻した。息をつき、時生は昨日のいきさつを説明した。

「薬と製造した会社の名前は、ケースに印刷されていたのをメモしています。でも、会社に電話で問い合わせるには時間が早すぎたので、ネットで調べてみました。そうしたら、公式サイトで自社製品の情報を公開しているとわかったんです。薬の最新情報や取扱説明書が見られるほか、製品名とロット番号を入力すれば、使用期限も調べられます」

そこで言葉を切ると、井手は感心したように「そりゃ便利だな」と応えた。

「ええ。本当は医療関係者向けのサービスらしいんですけど、捜査の一環ってことで利用させてもらおうと思います」

正木小春が持っていたかゆみ止めの薬は「アレアタック」といい、「よつば製薬」という製薬会社の製品だった。いま時生のノートパソコンの液晶ディスプレイには、よつば製薬の製品情報提供ページが開かれている。

「いいんじゃねえか。まあ、がんばれ。また連絡する」

そう告げて井手は電話を切り、時生はスマホを机に戻した。続けて手帳を出して開き、昨日メモした四桁の数字を確認する。「7351」とあり、これが薬のロット番号らしい。

時生はキーボードを叩き、情報提供ページの「使用期限検索」というバーに7351と打ち込んだ。「よし」と呟き、マウスを握ってバーの脇の「検索」というボタンを押す。と、画面が切り替わって検索結果が表示された。それに視線を走らせた時生だが、

「あれ？」

と言い、首を傾げた。

15

「――では今から三十分間、オペレーターを増員して、みなさまのご注文をお待ちしてお

ります」

ハイテンションの男の声が、南雲士郎の耳に届く。声の出所は、厨房の調理台に置かれた黒く古いトランジスターラジオ。流れているのは通販番組だ。と、調理台の前に立って番組に聞き入っていた永尾チズが、くるりと振り返った。

「この『三十分間、オペレーターを増員』って、どういうことだい？」

そう疑問を呈し、胸の前で腕を組んだ。秋らしい色合いの紬《つむぎ》の着物に名古屋帯を締め、火の点いていない長い煙管を持っている。ここは「ぎゃらりー喫茶 ななし洞」で、時刻は午前十時過ぎ。客はカウンターの端に座った南雲ひとりだ。

「さあ」

微笑んでそう返し、南雲はカウンターから蓋付きの紙コップを取って口に運んだ。中身はカフェラテで、ここに来る途中、表通りのチェーンのコーヒーショップで買った。カウンターの上には別の紙コップとスケッチブックも置かれ、その脇には書類が広げられている。すべて塚越歩太の事件の捜査資料だ。南雲が紙コップをカウンターに戻すと、チズはさらに言った。

「たった三十分のためにオペレーターを駆り出すのかい？　給料とか交通費とか払うんだろうし、元が取れるのかね」

ラジオの通販番組を聴き、突っ込みを入れるのがチズの趣味だ。今日の商品は「こだわりの三段重おせち」で、早期予約の割引もあるという。南雲は「さあ」と繰り返そうとしたが、チズは身を乗り出して捲し立てた。

「ついでに、夜中にやってるテレビの通販番組。たまに『ただいま、お電話がつながりにくくなっております』って表示が出るけど、ありゃウソだね」

ははは、と豪快な笑い声が店内に響いた。しかし声の主は南雲ではなく、驚いたチズが視線を動かす。南雲も倣った。

天井が低い、洞穴のような店の出入口の前に男がいた。ボサボサの髪に無精ヒゲ、大きな体を着古したジャケットとシャツ、ジーンズで包んでいる。古閑塁だ。

「やあ」

南雲が手を振ると、古閑は棚とテーブルの間の通路を歩み寄って来た。

「いつ来たの？　声をかけてよ」

「少し前。逸品ぞろいで、見とれてた」

そう返し、古閑は棚とテーブルの上、壁に並んだ絵画や陶器、彫像などを見回した。それから顔を前に戻し、チズに「こんにちは」と会釈した。アイラインとマスカラで飾られた切れ長の目を見開き、チズが言う。

「あんた、ひょっとして」

「そう、古閑塁くん。藝大時代の同級生なんだ……こちらは店主の永尾チズさん」

言葉を引き継ぎ、南雲が紹介すると、古閑は「どうも」と会釈し、

「今の通販番組への疑問。僕が解説してもいいですか?」

と訊ねた。「やってみな」とチズが促し、古閑は語りだした。

「まず『三十分間、オペレーターを増員』ですけど、答えは『従業員総動員』。総務とか経理とか、他の部署の従業員が三十分だけオペレーターをやるんです。『ただいま、お電話がつながりにくくなっております』は、その逆。夜中や明け方はオペレーターの数を減らすから、注文が少し集中しただけで電話がつながりにくくなります」

「それ、本当かい?」

眼光鋭く、チズが問う。「ええ」と頷き、古閑はこう答えた。

「食えない頃、通販会社の倉庫でバイトをしたことがあるんです。その会社だけかもしれませんけど、いま話した通りでしたよ」

するとチズはふん、と鼻を鳴らし、顎で奥の壁を指した。

「あんたの絵もあるよ」

つられて、古閑は視線を動かす。そこには、穿き込まれたジーンズを描いた小さな油絵が飾られている。

「『INDIGO』か。懐かしいな。あれは、まさに通販会社で働いてた頃に僕が穿いてたジーンズですよ。あの絵があるなんて、ますますいい店だな」

「な?」と続け、古閑は笑顔で南雲の肩をばしんと叩いた。その勢いに南雲は「痛いよ」と文句を言い、チズは「好きにしな。ただし、コーヒーは淹れないよ」と告げて身を翻した。そのままラジオを止め、店の奥に引っ込む。

「コーヒーは淹れない? でも、表の看板に『喫茶』って」

古閑がぽかんとしたので、南雲はカウンターに手を伸ばし、別の紙コップを取って差し出した。

「これ、きみの。ちょっとぬるくなってるけど、何も言わずに飲んで」

「そうか。ありがとう」

そう答え、古閑は紙コップを受け取って口に運んだ。気が済んだのか、それ以上は何も訊いてこない。南雲は本題を切り出した。

「わざわざ来てもらって、ごめんね。急いで解決しなきゃいけない問題があるんだ」

「いや。急に電話した俺が悪い」と返して紙コップを置き、古閑は話を始めた。

「本間画廊の光岡さんにも協力してもらって、十三年前に大学祭で絵を描いたあと、俺が開いた個展や、参加したイベントの写真と映像を見直した。でも、横澤新太って人はうっていなかったぞ。当時ファンにもらった手紙やメールも、残っているものは見直したけど、結果は同じ。ただ、ペンネームやハンドルネームの人もいただろうから、持って来た」

そこで言葉を切り、古閑はジャケットのポケットから紙束を出してカウンターに載せた。ファンレターの入った封筒と、メールを印刷したもののようだ。封筒は色褪せたり、ボロボロになっているものもあるが、届いたものは捨てずに保管していたのだろう。

古閑くんらしいな。そうよぎり、南雲は「ありがとう」と微笑んで紙束を取り、スケッチブックの上に載せた。

「ひょっとして、お前と小暮くんはリプロマーダー事件の捜査を続けてるのか？　光岡さん以外にも、このまえ俺が渡したリストの人たちから話を聞いてるだろ。横澤新太さんは、事件の関係者なのか？　前に小暮くんに横澤さんは故人だと聞いたけど、俺のファンだったんだろ？　なら、他人事じゃないぞ」

南雲の目を真っ直ぐに見て、畳みかける。ファンレターとメールを渡すのは口実で、この質問をするために、わざわざ出向いて来たんだな。そう察し、古閑の生真面目さに感心した南雲だが、こう返した。

「悪いけど、答えられないよ。守秘義務ってものがあるからね」

「つまらないこと言うなよ。お前、変わったな。昔は、そんなに頭の硬いやつじゃなかったのに……学生時代、俺がキャンパスの水道の流し場を風呂代わりにして体を洗ってたら、『変質者がいる』ってガードマンが駆けつけて来た事件があっただろ？　あの時、お前は『これは彼のパフォーマンス。アートです』と言い張ってガードマンを追い返してくれたじゃないか」

　腰を浮かせて身振り手振りも交え、古閑は主張した。その姿に当時の記憶が蘇り、南雲は答えた。

「そう言うしかなかったんだよ。あの時の古閑くんは、いま以上に髪はボサボサ、ヒゲもボウボウで前衛舞踏のダンサーみたいだったし」

「なんだよ、それ！」

と声を上げた古閑だったが、すぐに「それは前衛舞踏の人に失礼か」と呟く。そして思い直したように、「俺が言いたいのはだな」と語りだす。とたんに、店の奥からチズが顔を出し、「やかましい！　ここは藝大の学食じゃないよ」と言った。

「すみません」と古閑、南雲が同時に頭を下げると、チズは豪快に舌打ちをして顔を引っ込めた。「ほら、叱られたじゃないか」と古閑が子どもっぽく口をとがらせ、南雲は「えっ。僕のせい？」と言い返す。すると古閑は、「なんだ、これ」とカウンターの上の捜査資料を覗いた。

「なんとかいう薬の宅配業者の社長が殺された事件だな。さっき言ってた、『急いで解決しなきゃいけない問題』ってこれか？」

「そう。何が何でも、明日の夜までに解決しなきゃいけないんだ。じゃないと、小暮家でのディナーを楽しめないからね」

「小暮家でのディナー？　お前は同僚や上司とは、飯を食ったり遊んだりしない主義だったろ。宗旨替えか？」

古閑が驚き、南雲は顎を上げて答えた。

「違うよ。僕はレオナルド・ダ・ヴィンチの言葉に従っただけ。『体の中の魂がどんな状態か知りたいなら、その体が毎日を過ごす家をどんな風に使っているか、見るといい。家の中に秩序がなく、体が混乱の最中《さなか》にいるのなら、その混乱は魂によって引き起こされている』ってやつね」

すると古閑は、「お前、やっぱり変わってないな」と苦笑し、「で、何とかなりそうなのか？」と問うた。古閑の目に触れないように捜査資料をまとめ、南雲は肩をすくめた。

「点、つまり事件のポイントはいくつか見えた。でも、点を結ぶ線、つまり関係性が見えない。この事件のキャンバスは、いまだに白いままだよ」

そう答えながら、南雲は頭にそれぞれの「点」を思い浮かべた。

「ヘクトールの遺体」がずさんに再現された事件現場。塚越の遺体の血液から検出されたという、基準値よりわずかに高い濃度の鉛。塚越の裏の顔。そして昨日、正木小春に見せられた子ども用のかゆみ止め薬……。同じことを朝から何度も繰り返しているが、「線」は見えてこない。ため息をつき、南雲が紙コップに手を伸ばした時、カウンターの上のスマホが鳴った。画面には、「小暮くん」とある。無視しようとしたが、古閑に「出ろよ」

と突かれ、しぶしぶスマホを取って「はい」と応えた。すると時生は「やっと出た！」と声を上げ、話しだした。

「いま、ななし洞にいるんでしょう？　いつもの閃きはありましたか？」

「いるよ。ないよ」

「なんですか、その雑な返事……それはいいとして、昨日南雲さんに言われた通り、正木小春さん宅にあった、子ども用のかゆみ止め薬について調べましたよ。メディスンデリバリーに問い合わせようとも考えたけど、話が早そうなので、製造元のよつば製薬の公式サイトで調べて、後から電話で話を聞きました」

「それで？」

かゆみ止めの薬は「点」の一つなので、気になる。隣で古閑が、興味津々といった様子で耳を澄ましているのがわかったが、場所を移る前に時生が答えた。

「結論から言うと、薬は飲まない方がいいそうです。患者の体の状態は変わるので、同じ症状が現れても、薬を処方された時とは原因が異なる恐れがある。その場合、必要な薬の量や飲み方も変わるので、やめて欲しいとのことでした」

「へえ」

「昨日、正木小春さんに『息子さんに薬を飲ませるのはやめた方がいい』と伝えてよかったですよ。そもそもあの薬、使用期限切れだったし」

「期限切れ？」

胸騒ぎを覚え、南雲は問うた。「ええ」と返し、時生はこう続けた。

「薬のケースには製造番号が刻まれていて、それを調べれば使用期限もわかるんです。で、よつば製薬の公式サイトでそれが調べられたので、昨日メモした四桁の番号を入力してみました。でも、表示された使用期限は今年の七月でした」

胸騒ぎはさらに大きくなり、南雲はその正体を探り始めた。時生の話は続く。

「だから正木さんに報せようと思ったんですけど、電話番号を聞くのを忘れてたので、こうして麻布まで来ました。社宅を訪ねたら、正木さんは驚いてたけど感謝してくれましたよ。『使用期限が七月なら、ずっと前に別の薬局で処方してもらったものを、メディスンデリバリーに配達してもらったと勘違いしたのかも』だそうです。たぶん、その通りですね。正木さんは昨日、あの薬を配達してもらったのは、三カ月前にメディスンデリバリーに入会して間もなくと話していましたから」

とたんに、南雲の頭に「点」のすべてがフラッシュバックされた。続けて、二枚の絵画が浮かび上がる。

一枚目は暗い色使いの油絵で、赤いカバーのかかったベッドらしきものがあり、そこから身を起こした年配の男を、もう一人の男が後ろから支える姿が描かれている。男はどちらも白人で、一人はパジャマらしきものをまとい、青白い顔でぐったりしている。もう一人は身なりがよく、グラスを摑んだ手を、パジャマの男の胸元あたりに構えていた。

一方、二枚目の絵は、明るく大きなフレスコ画だ。天井がドーム型の、聖堂のような場所に集う、五十人ほどの白人の男が描かれている。ギリシャ神話風のドレープが寄った布を身につけた者もいれば、法衣のようなものを着ている者もいる。

と、次の瞬間、フレスコ画の中央下左側に描かれた男がクローズアップされた。薄紫色の、襟が大きく丈の長いシャツとパンツ、ロングブーツを身につけ、ヒゲをたくわえている。がっしりした体つきだが、パンツの裾から覗く左右の膝は、皮膚が不自然にデコボコしている。

間もなく二枚の絵は消え、これで終わりかと思いきや、また「点」が現れた。と、そこに新たな一つ、鉄筋の倉庫の画像が加わった。倉庫はボロボロで、外壁とシャッターは錆びてペンキも剝がれている。

この倉庫、どこで見たんだっけ？　南雲が疑問を覚えた直後、答えがわかり、同時にある閃きがあった。頭の中が真っ白になり、そこに既にお馴染みになった、レオナルド・ダ・ヴィンチのスケッチにある空飛ぶ機械、通称「空気スクリュー」が現れる。空気スクリューがどこかに飛び去ると、南雲は目を開いて言った。

「そうか。『アリエータ医師の治療を受けるゴヤ』と、『アテナイの学堂《がくどう》』だ」

と、その声に反応し、

「はい？」

「なんだって？」

と、電話の向こうの時生と隣の古閑が訊ねた。テンションが上がるのを感じながら、南雲はスマホを握り直して告げた。

「小暮くん。今から言う場所に行って、ある人を見張って。僕も後で行くから。そうすれば、明日のディナーを堪能できるよ」

16

向かう場所と見張る人物の名前を告げ、「絶対に行くから。待っててね」と言って南雲は電話を切った。その意図が読めず、時生は首を傾げながらスマホをポケットに戻した。正木小春の社宅の前を離れ、道の端に停めた署のセダンに向かう。解錠してドアを開け、セダンの運転席に乗り込んだ直後、スマホが鳴った。南雲かとスマホを取り出すと、画面には「白石均さん」とあった。少し迷ってから、時生は電話に出た。

「小暮です」

「白石です。いま忙しければ言って下さい。かけ直します」

白石は早口で告げた。職務中なのはわかってるはずだから、急用か。そう考えて腕時計を覗き、時生は応えた。時刻は十一時前だ。

「いえ、大丈夫です。早めの昼休み中で、僕も白石さんと話したいと思っていました。どうかされましたか？」

「ニュースで内神田四丁目の事件を知って、このあいだ小暮さんから聞いた話を思い出しました……今、南雲くんは？」

最後のワンフレーズは声を小さくして、白石は問うた。話というのは、僕が南雲さんこそがリプロマーダーだと疑っていると打ち明けた件だなと察し、時生は答えた。

「今日は別行動です。しかし、内神田四丁目の事件はリプロマーダーの犯行ではない可能性があります」

「そうなんですか？　じゃあ——訊いちゃまずいですね。小暮さんが僕と話したかったというのは？」

そう返され、時生は黙った。気を落ち着け、告げる。

「明日の晩、南雲さんが僕の家に食事に来ます。ダメ元で誘ったらOKしてくれて、驚いたし何かありそうで怖いけど、二度とないチャンスです。食事の後、十二年間抱えてきたものをぶつけて、事件の真相を明らかにしようと思います」

と、今度は白石が黙り込んだ。そろそろ出かけなくてはと時生が考えた矢先、白石が口を開いた。

「わかりました。小暮さんが決めたのなら、そうすべきです。でも、この間からずっと考え続けているけど、僕は南雲くんがリプロマーダーだとは思えない……矛盾してますよね。すみません」

「いえ。僕の方こそ、お気持ちを乱すようなことを言って申し訳ありませんでした」

時生が返すと白石は切羽詰まったような声になり、こう話した。

「小暮さんは生半可な気持ちで相棒を疑ったり、告発しようと考えたりする人じゃない。それはわかっているんです。だからこそ、この間あなたが言っていた、南雲くんを疑うに至った『ある確信』が気になって。正直、ガードマンの仕事にも身が入りません」

その言葉に、時生は罪悪感を覚えた。史緒里や波瑠だけではなく、白石まで自分の問題に巻き込んでしまったのか。胸が痛んで耐えきれなくなり、時生は、「わかりました」と応えた。そして、十二年前のあの晩、リプロマーダーと思しき人物を追跡した時の出来事と、感じた香りについて手短に伝えた。それを聞き終えると、白石は訊ねた。

「パイン？　それは果物のパイナップルのことですか？」

「いえ。樹木の『ｐｉｎｅ』、松の木です。果物の方は、果実の形が松かさに似ているので、パインアップル、さらにパイナップルと呼ばれるようになったとか。松の葉から抽出された製品には空気を浄化したり、気持ちをリフレッシュさせたりする効果があるそうで、入浴剤や香水などに使われています。あの晩、僕が感じた香りは、パインのアロマオイルだと思います」

「アロマオイルって、小瓶に入ったあれですか？　なら、知ってます。僕の勤め先の病院でも、患者さんにリラックスしてもらうために使ってる部署があって……つまり、小暮さんの『ある確信』は、パインオイルの香りなんですね。同じころ南雲くんがパインに凝り、ポプリやアロマオイルの香りを漂わせていたことから、彼を疑うに至ったと」

後半は刑事の口調になり、白石が確認する。時生が「はい」と頷くと、白石は「う～ん」と唸った。

「元デカとして言わせてもらいますが、根拠として弱いですよ。香りは主観で、物証ではないし」

「根拠は他にもあります。このまえお話ししたように、南雲さんには、リプロマーダーが七件目の犯行に及んだ時のアリバイがない。それに、リプロマーダーが六件目の犯行で『戦争礼賛』という絵を再現する前、南雲さんは神保町《じんぼう》の古書店で、画集に載ったその絵を見つめていたんです。この目で確認したし、古書店には防犯カメラが設置されているはずだから、物証もあります」

そう訴えたそばから、時生の頭にこの夏、南雲を尾行した時の記憶が蘇った。古書店で画集に見入る南雲の鋭い眼差しと、口元に浮かぶ笑み。そして南雲が去った後、その画集を開き、頭蓋骨のピラミッドが描かれた「戦争礼賛」を見た時の衝撃……。しかし白石は息をつき、言い含めるように返した。

「だが、南雲くんは絵画に精通しているし、リプロマーダーについても知り尽くしています。六件目の犯行で再現された絵を予想できても、不思議じゃない……否定ばかりして、すみません。南雲くんをかばう気はないし、パインの香りというのは、現象としては意味があると思います」

「はあ」

戸惑い、時生は曖昧な相づちを打った。それが伝わったのか、白石はこう説明した。

「ある事件を捜査した時に学者から聞いたんですが、香りと記憶は深い関係があるそうです。人間の嗅覚は、脳の記憶と感情をつかさどる部位とつながっていて、それを病気の治療に利用する研究も行われていると聞きました。ですから、小暮さんが感じたパインオイルの香りも、リプロマーダー事件の別の証拠や手がかりと結びつけられれば、容疑の根拠となり得るかもしれません」

そう言われても。さらに戸惑い、時生は頭を巡らせた。すると、ある女性の笑顔とその発言を思い出した。

ダメ元だけど、やってみる価値はあるか。そう浮かんだ矢先、さっき電話で南雲に指示されたことを思い出した。時生が迷っていると、白石が訊ねた。

「どうしました？　差し出がましいことを言って、気を悪くされたのならお詫びします」

「とんでもない。貴重なアドバイスをいただいて、感謝しています」

「ならよかった。小暮さんと話していると血が騒ぐっていうか、現役時代に戻っちゃうんですよ。多分あなたが、昔の僕と同じタイプのデカだからだと思います」

そうだったのかと合点がいくのと同時に嬉しくなり、時生は告げた。

「光栄です……実は僕、このあいだ白石さんに『苦しかったでしょう？』って言っていただけて、すごく救われました。あの言葉が、僕の背中を押してくれたも同然です。ありがとうございます」

「僕こそ、小暮さんに出会えて感謝しています。南雲くんのことは、僕も腹をくくります。だからあなたも、デカとしての自分を貫いて下さい」

「はい」

そう返すと、迷いは消えた。時生は電話を切り、セダンを出した。

17

手渡されたレジ袋には、重量があった。心が躍り、南雲は店員の男性に礼を言って店を出た。ランチ営業中の居酒屋で、店内はスーツ姿のサラリーマンで賑わっている。

スケッチブックを抱え、レジ袋の中を覗きながら繁華街を抜けた。通りに停まったSU

Vの助手席に乗り込み、隣に「お待たせ」と告げる。

「どうだった？」

運転席の古閑が弄っていたスマホをポケットにしまい、訊ねる。レジ袋を持ち上げ、南雲は答えた。

「噂のちらし寿司を買えたよ。限定二十食の、最後の一つだって」

「違うだろ。俺は聞き込みの結果を訊いたんだ。お前が『犯罪捜査に協力するチャンスだよ』って言うから、こうして新橋まで来たんだぞ」

そうぼやき、古閑はフロントガラス越しに通りに並ぶビルを眺めた。

一時間半前。南雲は時生との電話を切り、車を取りに楠町西署に戻ろうとした。しかし古閑が自分の車で来ていると知り、彼の好奇心を突いてここまで連れて来させた。「ごめんごめん」と笑い、南雲は改めて答えた。

「話は聞けたから、次に行こう。足立区の荒川沿いの工場街」

「次？　聞いてないぞ。そもそも何を調べてるんだ？　協力してるんだから、ちょっとぐらい教えろよ。俺だって、ヒマじゃないんだからな。キャンバスを張ったり、絵の具の下地をつくったり——」

「いいから出して。『捜査は時間との闘い』って、どこかの誰かが言ってたよ」

そう南雲が促すと、古閑は「どこかの誰かって、説得力ゼロだな」と文句を言いながらもSUVのエンジンをかけた。

「でも、意外。古閑くんがこういう車を選ぶとはね」

SUVが通りを走りだすと、南雲は言った。ドイツ製の高級車で、内部は広々としてシートは革、パネルは天然木だ。ハンドルを握りながら、古閑が返す。

「俺の趣味じゃないよ。税理士に言われるままに買っただけ」

「あっそう。学生の頃は、『それ走るの？』『どこから拾って来たの？』ってぐらいボロボロの軽トラに乗ってたよね」

「俺は昔からデカい絵ばかり描いてたから、作品を運ぶのに必要だったんだよ。帝都展もジャパンビエンナーレも、あの軽トラで審査会場に作品を搬入したんだ。卒業する時にゼミの後輩に譲ったんだけど、『縁起がいい』って争奪戦になったらしい」

昔を懐かしむように目を細め、古閑は語った。帝都展とジャパンビエンナーレは規模・レベルとも国内最高の絵画コンクールだ。古閑はその両方で大賞を受賞し、画壇にデビューした。

「そうだったね」

と頷いた南雲だが、懐かしさは感じない。胸をよぎるのは、筆を折り警察官になるためと割り切って絵を描くようになってからも、白石と知り合うきっかけになった事件が頭を離れなかったこと、早々に事件から立ち直り、まばゆく活躍する古閑に複雑な想いを抱いたこと……。同時に、さっきの古閑の「お前、変わったな」と「やっぱり変わってないな」も蘇り、気持ちが揺れる。と、何かを察したのか古閑が問うた。

「どうかしたか？」

「どうもしないよ。古閑くんは運転に集中して。その間に、僕はランチを済ませるから」

そう返し、南雲はレジ袋からちらし寿司が入った容器と割り箸を出した。古閑が言う。

「俺も昼飯はまだだぞ」

「さっき、コンビニで肉まんを買ってあげたでしょ」

「そうだけど……さては、俺にちらし寿司を奢らなくていいように肉まんを買ったな？」

恨めしげに、古閑が迫る。南雲は聞こえないふりで、「いただきます」と言って割り箸を割った。

足立区での聞き込みを終え、南雲は古閑と最終目的地に向かった。大田区南部の工場街だ。

南雲の指示でSUVを停め、古閑は前方を見た。

「あそこか？」

「うん……あれ？ 小暮くんがいないな」

SUVの二十メートルほど先には、コンクリートの塀が見える。ももせ産業だ。しかし、その周囲はがらんとしている。と、バックミラーに目を向け、古閑が言った。

「さっきから同じ車が後ろを走ってるんだが、あれじゃないか？」

「えっ。どれ？」

そう問い返し、南雲は後ろを振り返った。確かに通りの三十メートルほど後方から、銀色のセダンが近づいて来る。が、セダンはウィンカーを出し、角を曲がった。

「違ったみたいだね。まあ、待ってれば来るよ。悪いけど、もう少し付き合ってね」

前に向き直って告げると、古閑は「おう」と頷いた。

「こうなったら、最後まで付き合うぞ。面白そうだし、こんなチャンス滅多にないからな」

「あっそう」と応え、南雲はももせ産業に目をこらした。時刻は午後二時過ぎで、敷地手前の駐車場には、軽自動車が一台停められているだけ。その向こうには、鉄筋の大きく古い倉庫が見える。

間違いない。さっき最後に浮かんだ「点」は、あの倉庫だ。そう確信し、南雲は視線を倉庫の外壁とシャッターに移した。遠目にも、錆びてペンキが剝がれているのがわかる。

その後、三時間以上待っても時生は現れず、連絡も取れなかった。やがて陽は暮れ、ももせ産業には仕事を終えたトラックが次々と帰って来た。それを南雲が眺めていると、古閑が訊ねた。

「小暮くん、大丈夫か？　何かあったのかもしれないぞ」

前を向いたまま肩をすくめ、南雲は答えた。

「大丈夫。僕が待ちぼうけってパターンは珍しいけど、いつもこんな感じだから」

「マジかよ。捜査って、意外と適当だな」

そうこうしているうちに、午後五時半を過ぎた。外灯が通りを照らし、ももせ産業の門を従業員らしき人たちが出て行く。隣を向き、南雲は告げた。

「暗くなったし、目的地に接近しよう」

「了解」

意気込んで応え、古閑はSUVのエンジンをかけた。そろそろと前進し、ももせ産業の門の手前で停車する。じきに門を出る従業員たちは途絶え、ももせ産業の敷地内は閑散とした。しかし、奥の事務所には明かりが点っている。

さらに見張りを続けたが、動きはなかった。時生は現れず、連絡が取れないのも変わらずで、南雲は訳がわからないのと同時に空腹を覚えた。しばし考え、告げる。

「よし。帰ろう」

「なに⁉　捜査はどうするんだ？」

「小暮くんに何かあったんだよ。確認するから、署に戻って」

南雲が促すと、古閑は戸惑ったように答えた。

「それは構わないが、いいのか？　今日中に事件を解決しないと、小暮家のディナーを楽しめないんだろ？」

「まあね。でもディナーは明日だし、何とかなるでしょ」

「何とかって。お前は、なんでそう軽いんだよ……もう少し粘らないか？　目的はわからないが、俺は小暮くんよりデカいし、腕力もあるぞ」

そう主張し、古閑は片腕を上げて力こぶをつくるポーズを取った。それを見て「確かに」と笑った南雲だが、「でもダメ」と続ける。古閑が言い返そうとした時、前方で動きがあった。南雲は「しっ」と言って古閑を黙らせ、外の薄暗がりに目をこらした。

ももせ産業の事務所から、誰かが出て来た。シルエットしか見えないが、誰かは敷地を進み、駐車場に入った。周囲を窺いながらトラックの間を抜け、倉庫に歩み寄る。南雲と古閑が同時に身を乗り出し、ＳＵＶの車内にももせ産業の倉庫のシャッターが開く、高く軋んだ音が流れた。迷わず、南雲は告げた。

「行こう」

「おう」

意気込んで応え、古閑がＳＵＶを降りる。後に続こうとしてふと思いつき、南雲はスマホを出した。メッセージアプリを立ち上げ、素早く文字を打ち込む。

「どうした？」

外から古閑が小声で訊いてきたので、南雲は「ちょっとね」と返してメッセージの送信ボタンを押した。それからスケッチブックを抱えてSUVを降り、古閑と歩きだした。

18

スマホを確認すると、南雲から数件の電話とメッセージの着信履歴があった。

いつもと逆だな。南雲さん、少しは僕の気持ちがわかったかな。心の中でそう呟き、時生はスマホをジャケットのポケットに戻した。わずかに罪悪感も覚えたが、振り切って前を見た。セダンのフロントガラスの向こうに、窓に明かりを点した大きな建物が見える。ここは千葉県千葉市にある総合病院の駐車場で、時刻は午後六時前だ。

白石との電話を切った後、時生は南雲に指示されたもせ産業ではなく、千葉市の横澤藍子の家に向かった。途中、長男の優太に連絡したところ、「母は月に一度の通院で、妻と出かけています。病院は予約をしていてもすごく待たされるし、精密検査をするとも聞いているので、何時に戻るかわかりません」と言われた。時生は迷わず、「どうしても藍子さんに確認したいことがあるので、待ちます」と返して病院の名前を聞き、こうしてやって来た。病院は横澤家から二キロほど離れた場所にあり、時生は約五時間、藍子を待ち続けている。

と、スマホのチャイムが鳴った。取り出して見ると、南雲からメッセージの着信があった。またかと思いつつ、メッセージを画面に表示させた。そこには、「突入！」とだけ書かれている。

突入って、どこへ？　昼間の電話の様子だと、南雲さんにはいつもの閃きがあったんだよな。まさか一人で……。考え始めたとたん、時生は不安と焦りにかられた。南雲に電話しようとスマホの操作を始めた矢先、コツコツと音がした。顔を上げると、セダンの窓の向こうに女性が立っていた。小太りで、お団子頭。横澤涼香だ。ここで時生が待っていることは、夫の優太が伝えてくれている。時生はスマホをポケットに突っ込み、セダンの窓を開けた。

「どうも。診察は終わりましたか？」

「はい。お待たせしてすみません。MRIを撮ったりして、時間がかかってしまって」

恐縮した様子で、涼香が頭を下げる。陽が暮れてぐっと気温が下がったので、フリースのジャンパー姿だ。首を横に振り、時生は返した。

「とんでもない。藍子さんとお話しできますか？」

「ええ。車にいます。でも疲れているので、ちゃんとお話しできるかどうか」

涼香は言ったが、時生は「構いません」と返す。セダンを降り、涼香と通路を進んだ。少し離れた駐車スペースに見覚えのある高級ミニバンが停められており、涼香はそこに歩み寄った。解錠し、時生に「どうぞ」と告げて後部座席のスライドドアを開ける。

広いベンチシートの奥に、横澤藍子が座っていた。車内灯が、薄手のダウンコートを着てシートベルトを締めた小さな体を照らす。が、藍子は背中を丸めて目を閉じており、隣に乗り込んだ時生が、「こんばんは」と声をかけても動かなかった。

「お義母《かあ》さん、覚えてる？　一昨日、うちにいらした刑事さんよ。もう少し話を聞きたいんですって」

運転席に乗り込み、涼香が声をかける。すると藍子は微かに頷き、起きてはいるようだが目は開けない。

「本当にお疲れのようですね。今日は諦めた方がいいかもしれない」

時生はそう言い、涼香も首を縦に振る。だが、ここまで来たのにという思いを捨てきれず、時生は「では、これだけ」と続けてジャケットのポケットを探った。取り出したのは、ガラスの小瓶。「それは？」と涼香が問う中、時生は小瓶のキャップを外した。そして、

「アロマオイルです。パイン、松の香りの」

と説明し、小瓶を持った手を運転席に伸ばした。ここに来る途中、スマホで調べた店で買ったものだ。小瓶に近づけた鼻をひくつかせ、涼香は言った。

「ああ、確かに。爽やかでいい香りですね……これが昔の事件と関係しているんですか？」

その問いには答えず、時生は小瓶を持った手を引っ込め、隣に向き直った。

「藍子さん。お疲れのところ申し訳ありませんが、一つだけ教えて下さい。この香りを嗅いだことはありませんか？」

そう問いかけ、小瓶を藍子の鼻に近づける。が、藍子は無反応。寝てしまったのかと時生が思った時、涼香がまた声をかけてくれた。

「お義母さん、起きて。いい匂いがするわよ。お花とか木とか好きでしょう？」

すると、藍子はうるさそうに眉をひそめ、何か呟いてわずかに顔を上げた。すかさず、時生はその鼻の下に小瓶を動かした。とたんに、藍子は丸い目をぱっと開いた。

「新太？」

顔を上げ、はっきりした声でそう言った。時生は驚きながら、

「この香りで、新太さんを思い出したんですか？　なぜ？」

とさらに問いかけた。時生を見上げ、藍子は答えた。

「だってこれ、新太の匂い。体からこの匂いがして」

「それは、新太さんが亡くなる前ですか？　外から帰った時に漂わせていた『いい匂い』というのは、これですか？」

興奮し、鼓動も速まるのを感じつつ、極力穏やかに問いかける。こくりと、藍子が頷く。

「そうよ。あの子はこの匂いをさせて、とっても幸せそうで……新太は？　どこにいるの？」

目を輝かせて訊ね、藍子は車内を見回した。慌てて涼香が、「お義母さん、違うのよ。新太さんは、もういないの」となだめる。しかし、時生は動けなかった。

ダメ元が大当たりだ。新太さんと南雲さんは同じパインオイルの香りを漂わせていた。二人には、接点があったんだ。興奮と達成感を覚え、頭を巡らせた。しかし「でも、接点って？」という疑問が湧くと、頭はそのことで一杯になる。

南雲さんは、アロマオイルの講習会とか、ネットの掲示板とかに参加して、そこで新太さんと知り合ったのかも。しかし、生前の新太さんにはそんな気配はなかったはずだ。

「じゃあ」

思わず口に出して言った直後、ポケットの中でスマホが鳴った。取り出して画面を見ると、剛田からだった。藍子と涼香に断り、時生はミニバンを降りた。

「何かわかった？」

スマホを構え、テンションが上がったまま問いかける。剛田は驚いたように「ええ。いま大丈夫ですか？」と問い返した。時生が「うん」と答えると、剛田は話しだした。

「引き続き、預かったノートパソコンとスマホを調べました。スマホも、メールとメッセージアプリ、ネットブラウザのデータは削除済みだったので、『聖剣士アルバトロス』に絞って情報を集めました。十年以上前のゲームなのでどうかなと思ったけど、にゅ〜、つまり横澤新太さんを知っている人とコンタクトが取れましたよ」

「すごい！　どうやったの？　ゲーム好きが集まる掲示板で呼びかけたとか？」

目を見開き、時生は問うた。診察時間が終わり、駐車場に停まっている車はわずかだ。

「いえいえ」と笑い、剛田はこう説明した。

「前に、僕はユーチューバーだって話しましたよね？　これでもフォロワーが百五十万人いるんですよ。活用しない手はないでしょう」

確かに、今年の初夏に剛田に頼まれてユーチューバー絡みのある事件を捜査した際、彼も素性を隠してユーチューブに動画を投稿していると聞いた。その記憶を辿り、時生はさらに問うた。

「覚えてるけど、剛田くんのチャンネルって美容系でしょ？」

「ええ。でも、聖剣士〜は女性にも人気だったし、適当な口実で『周りに元プレイヤーがいたら教えて』って呼びかけました。そうしたら、SNSで新太さんと交流していた人が見つかりました。さっそくコンタクトを取って、自分は新太さんの身内で、病気で亡くなった彼を知っている人から話を聞いてると説明しました。相手の人は『半熟の月』ってハンドルネームの男性なんですけど、すごく親切で、話の内容からしても、本当に新太さんとやり取りしていたみたいですよ」

「内容って？」

後ろの横澤家のミニバンを気にしつつ、時生はさらに問う。剛田は答えた。

「半熟の月さんは、十三年前の春に聖剣士〜を通じて新太さんと知り合い、他の話もするようになったそうです。そうしたら同じ年の秋、新太さんは『バイトで行った美大で、画家の絵を見て感動した』と伝えて来たそうです。半熟の月さんは画家の名前を覚えていなかったし、SNSのデータも残っていないそうですが、たぶん古閑塁さんのことですね」

「うん。状況からして、間違いない……その半熟の月って人は、新太さんがパインのアロマオイルの話をしていたと言ってなかった？」

まず剛田の報告を聞かなくてはとわかっているが、気が急いて訊ねてしまう。すると剛田は、「アロマオイル？　聞いてませんね」と返し、こう続けた。

「でも新太さんは半熟の月さんに、『神の使いに会った』と言ったそうです」

「神の使い？　誰のこと？」

「僕も同じ質問をしたけど、『わかりません』と言われました。ただ、新太さんは画家の絵の話をして間もなく『神の使いに〜』と言い、その直後に連絡が途絶えたそうです。SNSのアカウントを削除して、聖剣士〜もプレイしなくなったとか」

話を聞き終え、時生は混乱した。「神の使い」？　誰だ？　言葉の感じからすると、ゲームのキャラクター？　でもその発言の後、新太さんはネットの世界から消えたんだよな。と、時生の耳に剛田の声が届く。

「ちなみに、アイドルとかアニメとかの熱烈なファン、いわゆるオタクは、自分が最高で最愛と感じる人物やキャラクターを『神』と呼んだりします。新太さんがそういう意味で神と言ったなら、タイミング的に神=古閑さん、ってことになるのかも」

「じゃあ、新太さんは古閑さんの使いに会ったってこと？　でも、古閑さんは新太さんを知らないと話していたし、当時、彼のマネージメントをしていた光岡さんって女性も」

そこまで言ったとたん、時生の頭にあるシーンが再生された。

「『Destruction Songs』。きみの新シリーズだね。お披露目は、去年のニューヨークのアートフェスティバルだっけ？」

そう問うたのは、南雲。そして古閑がこう訊き返す。

「ああ。俺の仕事をチェックしてくれていたのか？」

「なんとなくね」

と答えた南雲の視線の先には、大きなキャンバス。廃墟のビルを描いた、古閑の絵だ。シーンの再生は終わり、その直後、時生の頭はもの凄い速さで回転した。絡んだり、重なったりしていたものが一挙にほどけて整理され、ある答えを導きだした。

「そういうことか」

また口に出して言っていた。「はい？」と剛田が返し、時生は、

「ありがとう。すごく助かったよ。また連絡する」

と早口で告げ、電話を切った。続いて後ろのミニバンに戻り、藍子たちに礼を言って署

のセダンに向かった。かつてない高揚感と手応えを覚え、同時に南雲へ怒りが湧いた。

セダンの前に着いた時、片手に握っていたスマホが鳴った。見ると、白石からその後の時生を案じるメッセージが届いていた。時生は大急ぎで「パインオイルの香りと、リプロマーダー事件の別の手がかりを結びつけられました。白石さんのお陰です」と書き、メッセージを返信した。そして運転席に乗り込み、セダンを出した。

19

ももせ産業の敷地に入り、南雲は古閑と事務所に向かった。脇から覗くと事務所は無人で、出入口のドアは施錠されていた。それから、南雲たちは足音を忍ばせて敷地を横切り、倉庫に向かった。駐車場の奥に外灯が一つあるだけなので、周囲は薄暗い。

南雲は古閑を手前で立ち止まらせ、一人で倉庫に歩み寄った。下ろされたシャッターに耳を近づけたが、物音などは聞こえない。下部の取っ手を摑んで動かすと、シャッターは内側から施錠されていた。

さてどうするかと、南雲は振り返って敷地内に視線を巡らせた。と、あることを思いつき、古閑の隣に戻った。

「事務所の前に行って。で、僕が合図したらドアを押したり引いたりして、開けようとするふりをして」

「いいけど。なんでそんな」

「いいから、やって。僕の読み通りなら、急がないと。ライトを点けたスマホを振るから、それが合図ね」

強めの口調で指示すると、古閑は「わかった……気をつけろよ」と応えて歩きだした。

古閑は来た道を戻り、事務所のドアの前に着いた。事務所の明かりが、「準備ＯＫ」と言うように南雲に手を振る古閑のシルエットを浮かび上がらせる。手を上げてそれに応え、南雲もシャッターの前に戻った。軽く拳を握った手でシャッターを叩く。カンカンと硬い音が響き、シャッターが揺れた。

「百瀬さん。楠町西署の南雲です。開けて下さい」

潜めた声で語りかけ、耳を澄ます。しかし、シャッターの向こうからは何も聞こえない。

南雲は再度シャッターを叩き、言った。

「百瀬さん。伝えたいことがあります。ここを開けて」

と、やや間があってから、シャッターの向こうで足音が近づいて来た。

「何ごとですか？　いま薬品の処理中で、危ないから開けられないんですよ」

怪訝そうに百瀬が返す。南雲はさらに言った。

「いいから、開けて。百瀬さんのためにも、急いだ方がいいです」

「私のため？　……じゃあ、後ろに下がって」

渋々といった様子で百瀬は告げ、シャッターの内錠を開ける気配があった。やった、と心の中で喜び、南雲は「はい」と返して数歩下がった。同時にスケッチブックを脇に抱え、ジャケットのポケットからスマホを出す。

高く軋んだ音がして、シャッターが一メートルほど開いた。倉庫の中の明かりが外に漏れ、コンクリートの地面を照らす。続けて、昨日と同じ作業服姿の百瀬がシャッターをくぐって出て来た。素早くシャッターを閉め、「もっと下がって。危ないから」と促す。南雲も「向こうで話しましょう」と言い、百瀬にシャッターを施錠する間を与えず、倉庫の前から離れさせた。

停められたトラックの間を二人で抜け、駐車場を出た。南雲は立ち止まり、振り返って告げた。

「塚越さんの件で確認したいことがあって来ました。でも、思わぬ事態に」

そこで言葉を切り、片手で後方の事務所を指す。同時に、スマホを持ったもう片方の手を腰の後ろに廻し、電源ボタンを押した。画面のライトが点り、後ろが少し明るくなったのを視界の端で確認し、スマホを左右に振る。その直後、後ろからガチャガチャという音が聞こえだした。ぎょっとして、百瀬が南雲の肩越しに事務所を見る。その隙に南雲はスマホをポケットに戻し、訊ねた。

「あの人、さっきから事務所に入ろうとしてるんだけど、ここの従業員？　目出し帽をかぶって、工具をたくさん持ってるみたいですよ」

目出し帽と工具はウソだが、百瀬は、

「それ、泥棒でしょ！」

と声を上げた。南雲が「やっぱり？」と笑うと、百瀬は語気を荒らげてわめいた。

「なんで捕まえないんだよ。あんた、刑事だろ！」

そして南雲の脇を抜け、一目散に事務所に向かった。「行ってらっしゃい」と手を振ってその背中を見送り、南雲は百瀬とは逆方向に歩きだした。

倉庫の前に戻り、取っ手を摑んでシャッターを全開にした。後ろで、事務所の前に着いたらしい百瀬が何かわめくのを聞きながら、倉庫の中に入る。

天井の高い、がらんとした空間だった。真っ先に視線を走らせたのが、天井と壁。天井には凹凸のある金属製の板が張られ、そこに鉄骨の梁《はり》と桁《けた》が並んでいた。しかし、どちらも全体的にペンキが剝がれて捲れ上がり、赤茶色の地が見えている。壁に並んだ鉄柱も同じ状態で、床の所々に剝がれたペンキの欠片が落ちていた。あたりには金属臭を含んだ埃っぽい空気が漂い、南雲はポケットからハンカチを出して鼻と口を覆った。

さらに視線を巡らせると、倉庫の奥には棚が置かれ、段ボール箱や束ねた書類、工具などが並んでいた。そして、その棚の前に南雲が探しているものがあった。大型のコンテナボックスが、五、六個で、いくつかは蓋が開けられていた。駆け寄った南雲の目に、コンテナボックスに詰め込まれた大小の紙箱が映る。迷わず、南雲は紙箱の一つを掴み上げた。抗生物質の錠剤らしく、紙箱には大手製薬会社の名前が印刷されている。紙箱に傷や汚れなどはないが、端に印刷された使用期限は二カ月前に切れていた。続けて他の箱も見ると、どれも降圧剤、整腸剤などの錠剤またはカプセル剤だったが、こちらも使用期限を一カ月から三カ月過ぎている。その脇にはゴミ箱があり、大量の紙箱が投げ込まれていた。

「やっぱりね」

ハンカチの下の口で、南雲は呟いた。喜びと達成感を覚え、笑みが浮かぶ。その直後、どたばたという気配があり、

「おい！　危ないって言っただろ」

という声がした。南雲が振り返ると、顔を険しくした百瀬が倉庫に入って来るところだった。彼に腕を摑まれた、古閑も一緒だ。

「確かに、いろんな意味で危険だね」

そう返し、南雲は手にした紙箱の使用期限の部分を指して見せた。はっとして百瀬が立ち止まり、古閑も足を止める。

「彼は泥棒じゃなく、僕の友だち……熱演をありがとう。外で待ってて」

前半は百瀬、後半は古閑に向け、南雲は告げた。「えっ!?」と言って百瀬が古閑の腕か

ら手を放し、古閑は「わかった」と頷いて倉庫の出入口に向かった。

「小暮くん、やっぱり来ないか。ここからが見物《みもの》なのに」

心から残念に思い呟くと、古閑の方を見ていた百瀬が振り返った。

「あの男が友だちって、どういうことですか？　私はここで、薬の処理をしていただけで」

うろたえながらも敬語に戻り、訊ねる。南雲は返した。

「それは後で聞きます。まず僕の話を聞いて。塚越歩太さんを殺したのは、あなたですね」

「なに⁉」

百瀬が声を上げる。その隙に、南雲は薬箱をコンテナボックスに戻し、ハンカチをポケットに入れた。そして、スケッチブックを抱え直して胸ポケットに挿した持ち手の部分が青い鉛筆の位置を整え、語りだした。

「昨日あなたは、塚越さんとの付き合いは一度ゴルフに行っただけと言ったけど、ウソですね。多分、メディスンデリバリーと取引を始めた直後から、ここで会ってたはず。あなたと塚越さんは共謀して、メディスンデリバリーの会員に使用期限切れの薬を売っていたんだ。その薬が、それ」

そう言ってコンテナボックスとゴミ箱を指すと、百瀬が目を見開いて何か言おうとした。

それを「だから、後で」と制し、南雲は先を続けた。

「あなたは、ももせ産業の従業員に、回収した医療系産業廃棄物の中からメディスンデリバリーの会員に需用の多い薬を選んで抜き取らせ、会社に持ち帰らせていた。その薬をここに隠し、あなたが紙箱から出して使用期限が確認できない状態にして、塚越さんに渡した。塚越さんはそれをメディスンデリバリーの本社の倉庫に運び、他の薬に紛れ込ませた。何も知らない薬剤師は薬を処方し、それを配達員が会員に届けた。同じことが、本社から薬を送られた二つの営業所でも行われていたんです。事実、僕と小暮くんは、メディスンデリバリーから会員に配達された使用期限切れの薬を、この目で確認しました」

自分の目を指し、南雲は告げた。会員の女性の顔と名前はよく覚えていないが、その家で見た子ども用のかゆみ止め薬のケースははっきりと思い出せる。すると百瀬が黙り、南雲はさらに語った。

「従業員に薬を抜き取らせるのには口実が必要だし、産業廃棄物は排出した事業者が産業廃棄物管理表、通称・マニフェストという書類を発行し、それを受け取った収集運搬業者と最終処分業者は必要事項を記入し、事業者に返送することが定められているでしょ？ だから、百瀬さんには共犯者がいるはずです」

と、また百瀬が何か言おうとしたので、先回りで訊ねた。

「もしかして、『証拠はあるのか』って質問？」

そして「なら、あれ」と続け、天井を指した。つられて、百瀬が上を向く。

「見たところ、この倉庫は築四十年以上で、何の手入れもしてないでしょ。なら、ここの梁や桁、柱と壁に塗られたペンキには、鉛が含まれていると考えられます」

「鉛？」

視線を南雲に戻し、百瀬が言う。よし、ここからだ。胸がワクワクするのを感じながら、南雲は「そう」と頷いた。

「鉛には錆を防ぐ効果があるので、道路や鉄道の橋脚《きょうきゃく》、ビルや住宅の鉄骨、公園の遊具などに塗る塗料に混ぜて使われていました。その害が知られるようになって、今ではほとんど使われていませんが、むかし塗布された場所はそのまま。ここもその一つでしょう。鉛は食品や化粧品、食器などから人体に取り込まれ、蓄積されると中毒を起こします。塗料の場合、劣化して塗られた場所から剝がれ落ちると、粒子状の鉛が発生して空気中に漂います。当然、それを吸い込んだ人は鉛に汚染される」

そこで言葉を切り、南雲は手のひらを鼻に当てた。百瀬がいきり立つ。

「ここが汚染されてるっていうのか？　ならお門違いだ。俺はピンピンしてるし、鉛中毒なんかになってない」

「と、思うでしょ？　でも、残念ながら百瀬さんは鉛中毒になっていますよ。昨日あなたは、記者と揉めた時、歳のせいで怒りっぽくなったと言い、塚越さんのゴルフの誘いを断ったのは、膝が悪いからと説明した。それ、どっちも鉛中毒の症状の一つなんです。鉛中毒には急性と慢性があって、急性の場合は吐き気や腹痛、慢性は倦怠感や便秘に始まり、貧血や骨や関節の痛み、人格の変化へと進んでいく。どう？　身に覚えがあるでしょ？」

南雲が迫ると、百瀬は顔を強ばらせて黙った。思わずといった様子で、その手は片方の膝に触れる。それを眺めつつ、南雲は話を再開した。

「ちなみに塚越さんの遺体からは、正常値より高い濃度の鉛が検出されています。ここで汚染されたのは明らかですが、あなたほど長時間滞在しなかったので、中毒を起こさずに済んだんでしょう。だから警察は、検出された鉛は塚越さんがアメリカにいた頃に使っていた白髪染め剤が原因だと判断した。じゃあ、なんで僕だけが真相に気づけたかっていうと、いにしえの巨匠のお陰」

最後のワンフレーズは、顎を上げて言う。百瀬はぽかんとしたが、南雲はテンションを上げて語った。

「フランシスコ・デ・ゴヤ、ミケランジェロ・ブオナローティ。偉大なる芸術家という以外にも、この二人には共通点があると言われていて、それが鉛中毒です。油絵の具にはシルバーホワイトという色があって、日本語では鉛白《えんぱく》。その名の通り、この絵の具の主原料は鉛です。シルバーホワイトを使う画家は多く、十九世紀頃までは鉛中毒になる人も多かったとか。とくにゴヤはシルバーホワイトを指に付けて絵を描いていたと言われ、鉛中毒と思しき症状で苦しんでいたようです。たとえば、この作品」

そう言って、南雲はスマホを出して画面に一枚の絵を表示させ、百瀬の方に向けた。昼間なし洞で閃きを得た時に浮かんだ、ゴヤの絵画「アリエータ医師の治療を受けるゴヤ」だ。百瀬はぽかんとしたままだったが、南雲は構わず次の絵を画面に表示させた。こちらも閃きを得た時に浮かんだ、薄紫色のシャツとパンツ、ロングブーツを身につけた男が描かれたフレスコ画だ。

「お次はミケランジェロ。と言ってもこの作品、『アテナイの学堂』を描いたのはラファエロ・サンティという画家。注目して欲しいのはこの男性で、ミケランジェロがモデルだという説があるんです」

そう解説し、南雲は薄紫色のシャツの男を指した。そこに百瀬の目が向くのを確認し、南雲は画面の上で指を動かして、男の脚をクローズアップした。

「よく見て。ミケランジェロだとされる男性は、膝の皮膚が不自然にデコボコしてるでしょ？　これは鉛中毒による関節炎の症状だと考えられます……百瀬さん。あなたの膝はどうですか？　今は大丈夫でも、ちゃんと治療しないとこんな風になっちゃいますよ」

「うるさい！　俺は鉛中毒じゃないと言っただろ。話はそれで終わりか？」

百瀬はキレたが、南雲はスマホをポケットに戻してお約束の台詞を口にした。

「ええ。質問、異論反論、その他、ご意見があればどうぞ」

「じゃあ言うが、俺は塚越さんが使用期限切れの薬を売ってたなんて知らなかったし、共謀もしてない。ももせ産業《うち》が回収した薬が塚越さんに渡っていたなら、従業員の誰かの仕業だ」

「あなたが鉛中毒かどうかは、検査すればわかりますよ。あなたの血液から検出される鉛は、多分この倉庫の塗料に含まれるものと、塚越さんの遺体から検出されたものと一致するでしょうね」

そう返し、南雲は肩をすくめた。しかし、百瀬はさらにキレて食い下がった。

「そんなもん、知るか。俺は塚越さんが殺された日は組合の集まりに出て、そのあと新橋で飲んでたんだぞ」

「覚えてますよ。だから昼間、足立区の武政《たけまさ》サービスを訪ねて話を聞きました。社長の武政さんも医療系産業廃棄物の処理業者で、組合のお仲間なんでしょ？　集まりがあったのと、そのあと新橋で飲んだのは本当でした。でも、あなたは午後六時前に居酒屋の個室で飲み会が始まってすぐに席を離れ、一時間半ぐらいして戻っていますね。武政さんには『店のカウンター席に知り合いがいて、話し込んでしまった』と説明したそうですが、居酒屋の店員は、あなたは席を離れてすぐに店を出て、一時間半後に戻ったと話しています。新橋から遺体発見現場の最寄り駅である神田までは、電車で十分足らず。時間的には、犯行は可能なんじゃないかな」

淀みなく語り迫ると、百瀬はヤケクソのように言い返した。

「なら、動機は？　なんで俺が塚越さんを殺さなきゃいけないんだ。大事な取引先だぞ！」

「ああ、それね」

たちまちテンションが下がるのを感じ、南雲は息をついた。

「お金とか？　使用期限切れの薬を手配して、塚越さんからいくらかもらってたんでしょ？　その額で揉めて、カッとなって——どうでもいいけど、あの現場はひどすぎる。リプロマーダーだけじゃなく、『ヘクトールの遺体』とその作者に対しても無礼千万——」

「バカにするな！」

ふいに怒鳴りつけられ、南雲は百瀬を見た。百瀬も南雲を見て、こう続けた。

「金のためなんかじゃない！　俺だってあんなこと、やりたくなかったんだ。それを、塚越のやつが……ちくしょう！」

裏返った声で叫び、百瀬が動いた。逃げると判断し、南雲は身構えた。が、百瀬は南雲に駆け寄って来た。鬼のような形相で両手を伸ばし、南雲の両肩を摑む。

「なんで⁉」

予想外の展開に、南雲は声を上げた。百瀬は体格がよく、力も強い。たちまち、南雲は仰向けで押し倒され、百瀬はその上に馬乗りになった。

慌てて、南雲は片手でジャケットの胸ポケットをさぐり、鉛筆を抜き取った。上端が丸みを帯びた方を下にして摑み、構える。

右膝蓋骨《みぎしつがいこつ》のやや上、大腿四頭筋腱《だいたいしとうきんけん》を打て！　さっき百瀬が右膝をさすった姿をイメージし、自分で自分に命じた。が、鉛筆の上端が百瀬の膝を打つ直前、彼の手が伸びてきてすごい力で鉛筆をもぎ取られた。続けて、百瀬は意味不明のことを叫び、顔を上げて鉛筆をまっぷたつに折った。

「ちょっと！　それ、一本百八十七円」

南雲は抗議したが、百瀬は鉛筆を投げ捨てた。そしてそのまま、百瀬は両手を南雲の首に回して締め付けた。これも鉛中毒の症状？　南雲は恐怖を覚えた。喉が詰まり、息ができない。

「小暮くん！」

とっさにそう叫んだ直後、ぐえっというめき声がして、喉を締め付ける力が緩んだ。はっとして顔を上げると、自分に馬乗りになった百瀬の首の下に、誰かの腕が回されていた。時生かと思いきや、

「南雲！」

と、聞き覚えのある声が耳に届いた。百瀬の体の脇から、古閑が顔を出す。

古閑は片腕で百瀬の首を締め上げ、そのままその体を床に倒した。南雲は起き上がり、激しく咳き込みながら腰のホルダーを探った。手間取りながらホルダーから手錠を取り出

し、片側の歯の部分を外して古閑に差し出す。

「えっ⁉　いいの？」

横倒しになった百瀬を拘束したまま、古閑が驚く。南雲が頷くと、古閑は手錠を受け取った。そして、

「え〜と……とにかく逮捕する！」

と告げ、百瀬の片腕を掴んで手錠をかけた。


しばらくすると、咳が治まった。南雲は「ここは汚染されてるから」と古閑に説明し、百瀬も連れて倉庫を出た。百瀬を駐車場のトラックの脇に座らせ、手錠のもう片方を車体のサイドガードのバーに繋いだ。古閑に力任せに首を絞められたらしく、百瀬は南雲以上に激しく咳き込んでいた。

南雲は百瀬を繋いだトラックの脇を抜け、車体の前に出た。どっと疲れ、息をついていると古閑が隣に来た。

「お前が心配で、倉庫の外から様子を見て話も聞いたよ。被害者の血液検査の結果と、百瀬と倉庫の状態から、鉛中毒に辿り着いたんだな。気づいたのは、昼間チズさんの店で小暮くんと電話した時か？」

「そう。いま古閑くんが挙げた『点』が、小暮くんから使用期限切れの薬の話を聞いて、

『線』でつながったんだ。僕の人生の師、レオナルド・ダ・ヴィンチも納得間違いなしの美しい結論だよ」

スケッチを抱き、南雲はうっとりと答えた。が、古閑は呆れた様子でさらに問うた。

「お前、ダ・ヴィンチ刑事って呼ばれてるんだって？　すごいとは思うけど、話が長すぎる。それに『動機は？』と訊かれて、『お金とか？』『どうでもいいけど』って言い草はねえだろ。犯人がキレるのも当然だ」

「百瀬がキレたのは、鉛中毒のせい。それに、事件の動機とか背景とかは小暮くんの担当だから。不測の事態も、華麗なる連係プレーで解決だよ」

南雲は顎を上げてそう答えたが、古閑は「華麗なる連係プレーねえ」と疑いの目を向ける。南雲が「うるさいなあ。手錠をかけさせてあげたし、十分面白かったでしょ？」とぼやくと、古閑は「まあな」と笑い、「で、この後は？」と話を変えた。

「古閑くんは帰っていいよ。僕はやることがあるし、帰りは署の人を呼ぶから」

頭を切り替え、南雲はそう告げて外の通りを指した。「いやでも」と戸惑う古閑を、「大丈夫だって」と促し、門の方へ向かわせた。ももせ産業を出た古閑がSUVで走り去るのを待ち、南雲は踵《きびす》を返した。トラックの脇に戻り、百瀬の手前で立ち止まる。まだ息苦しさが残るのか、片手で喉をさすっていた百瀬がはっとして顔を上げた。

「さて。最後の仕上げだ」

そう呟いて「ね？」と微笑みかけ、南雲は百瀬に歩み寄った。

20

目的地に近づくにつれ、時生は違和感を覚えた。ももせ産業の門の周りに車は停められておらず、人の姿もない。

「これから向かいます」と連絡したけど、千葉市から一時間近くかかってしまった。南雲さんはもう引き上げたのか？　そう考えながら、ももせ産業の門の前にセダンを停めた。

降車して、ももせ産業の敷地に入る。時刻は午後七時過ぎだ。

事務所に向かおうとして、傍らの倉庫のシャッターが開いているのに気づいた。駐車場を抜け、倉庫に歩み寄って中を覗く。天井に等間隔で並ぶ蛍光灯が、がらんとした空間を照らしている。その奥に複数のコンテナボックスが置かれ、脇に南雲がいた。こちらに背中を向けて床にかがみ込み、何かしている。

「南雲さん」

そう呼びかけ、時生は倉庫に入った。身を起こして振り向いた南雲は、なぜかハンカチで鼻と口を覆っている。「やあ」と手を挙げ、南雲は訊ねた。

「その辺に僕の鉛筆が落ちてない？　へし折られて、放り投げられちゃったんだ。さっきから捜してるんだけど、見つからないんだよ」

時生は足を止め、コンクリートの床を見回した。が、鉛筆は見当たらず、答えた。

「ないですね。へし折られたって、誰に？」

すると南雲は「ここは危険だから」と言い、倉庫の出入口に向かった。怪訝に思ったが時生も倣い、二人で倉庫を出た。出入口の脇で向き合うと、最初に時生が口を開いた。

「指示に従わず、申し訳ありません。横澤新太さんの件で動きがあって、千葉に行っていました。南雲さんの方も何かあったんでしょう？　ここにいるってことは、塚越さんの事件の犯人《ホシ》は百瀬勝彦？」

続けざまに問うと、南雲はハンカチをポケットにしまって「うん」と頷いた。

「絡繰りは後で説明するけど、百瀬と塚越さんは、メディスンデリバリーの会員に使用期限切れの薬を売ってたんだ」

「えっ!?　じゃあ、正木小春さんの家にあったかゆみ止め薬も？　正木さんは『ずっと前に別の薬局で処方してもらったもの』と言ってたけど、最近メディスンデリバリーが処方したもので、配達された時には使用期限が切れてたってことですか？」

驚きながら、時生は頭の中で情報を整理した。また南雲が「うん」と頷く。

「使用期限切れといっても三カ月以内で、百瀬は『できるだけ薬害が出ないようにしたかった』って言ってた。小暮くんを待つ間に話を聞いたんだけど、犯行動機は怨恨。昨日ここに来た時に会った、事務の女性を覚えてる？　あの人、百瀬の不倫相手で共犯者だったよ」

「ああ。言われてみれば百瀬が記者と揉めている時、心配そうにしていましたね」

そう返した時生の脳裏に、昨日ここに来た時の光景が浮かぶ。と、南雲が笑った。

「さすが小暮くん。僕は、あの人が淹れてくれたお茶に茶柱が立ってたことしか覚えてないよ……百瀬によると、不倫を塚越さんに知られて脅され、期限切れの薬を売るのに加担させられてたんだって。一方の塚越さんは、メディスンデリバリー以外の事業が不振で、薬の仕入れ代をケチりたかったみたい。でも配達員のバイク事故が起きて騒動になり、百瀬は自分たちのしていることも明るみに出るんじゃないかと不安になった。それでいてもたってもいられなくなって、五日前の夕方に組合の飲み会を抜けて塚越さんに会いに行こうとしたらしい。そうしたら『いま会社にいるが、ここはまずい』って、ＪＲ神田駅の裏通りを指定されたって流れっぽいよ」

「で、塚越さんはメディスンデリバリーを出たんですね。でも、途中で尾行して来た配達員こと清水大輝に声をかけられ、突き飛ばされて尻餅をついた。その後、清水は逃走して、塚越さんは裏通りに向かったんでしょう」

「そのあたりの読みは任せるとして、とにかく塚越さんは百瀬の前に現れた。百瀬は『もう悪事はやめよう』と訴えたけど、塚越さんは取り合わずに立ち去ろうとした。カッとなった百瀬は後を追い、揉み合いの末、塚越さんは道端にあった車止めの金属製のポールに後頭部を打ち付け、亡くなった。焦った百瀬が見つけたのが現場の倉庫で、裏口をこじ開けて塚越さんを運び、愚《おろ》かにも、リプロマーダーの仕業に見せかけようとした。百瀬はリプロマーダーはまだ捕まっていないって噂を知ってて、それに乗じればごまかせると思ったみたいだよ。昨日、僕たちに塚越さんとメディスンデリバリーの社員の出資トラブルについて伝えたのは、自分に捜査の目が向くのを避けたかったから。でも焦りは消えなくて、今夜、ももせ産業の古い倉庫に隠していた使用期限切れの薬を処分しようとしたって流れ」

やれやれというように首を横に振り、南雲はスケッチブックを胸に抱えた。それを見返し、時生は訊ねた。

「絡繰りを聞かないと何ともだけど、一応辻褄は合っていますね。で、百瀬は？　逮捕したんでしょう？　本庁に引き渡したとか？」

「いや。逃がした」

南雲が即答する。驚き、時生は「はい!?」と大きな声を出してしまう。

「逃げられたんじゃなく、故意に逃がしたんですか？　なんで？」

「まだ終わってないから。今回の事件は、僕らにとって絶好のチャンスなんだよ」

「それ、事件が起きた時にも言ってましたよね？　どこがチャンスなんですか。百瀬は殺人犯だし、南雲さんがしたことも犯罪、犯人蔵匿《ぞうとく》及び証拠隠滅の罪になりますよ」

言うほどに、焦りが湧いてきた。が、南雲は平然と「それぐらい知ってるよ」と応えた。

スマホを出し、時生は告げた。

「井手さんに報告します。緊急配備《キンパイ》を敷いて、百瀬を追跡しないと」

「うん、そうして。でも、百瀬は捕まらないよ。僕が段取りを付けたから」

意図が読めず、時生は南雲を見た。南雲も時生を見て言う。

「百瀬を泳がせて、リプロマーダーをおびきだそう。大丈夫、百瀬は逃げない。逃げてもムダだし、僕の言う通りにすれば、できるだけ罪を軽くしてやると説得したんだ」

「なんでそんなこと……まさか、始めからそれが狙いで事件を捜査したんですか？」

「正解！　小暮くん、今度こそ上手くやろう。二人でリプロマーダーを捕まえるんだ。そうすれば、全部チャラになる」

身を乗り出し、南雲は訴えた。ハイテンションの笑顔なのに、眼差しはみるみる鋭くなっていく。時生は戸惑い、寒気を覚えた。十二年前の出来事と、その時に嗅いだ香りの記憶が蘇る。

「あの時と同じだ。南雲さん。今度こそ、僕を殺すつもりでしょう？」

言ってしまった。明日の晩まで、待つつもりだったのに。たちまち後悔したが、気持ちに蓋をしていたものが吹き飛んだような快感もあった。南雲の顔からすっと笑みが消え、抑揚のない声で返した。

「なにそれ」

とぼけやがって。強い怒りを覚え、時生は南雲の目を見据えて言った。

「リプロマーダーの正体は南雲さんなんじゃないですか？　この十二年間、僕はそう考え続けてきました」

「根拠は？」

いつものように笑うか憤慨するかと思いきや、南雲は冷静にそう切り返した。警戒しつつ、時生は語りだした。

「あれは十二年前の二月。リプロマーダーによる四件目の犯行、エドゥアール・マネの『自殺』を模した殺人《コロシ》が発覚した晩です。あの晩、僕は南雲さんから『リプロマーダーが次に模倣する絵がわかった。ターゲットは、小暮くんが選んだ人だったよ』と連絡を受け、渋谷区にあった資産家の男性の家に向かいました。でも男性は殺害されていて、南雲さんは『誰か逃げた』と言って家を飛び出した。僕も続くと南雲さんはおらず、逃走する黒いコート姿の男を見つけ追跡しました……僕に男性の遺体を発見させ、その隙に家のどこかに隠しておいたコートを着る。で、『誰か逃げた』と僕に報せて逃走。状況的には可能でしたよね？」

そう訊ね、揺さぶりをかけたつもりだったが、南雲は「続けて。途中で茶々を入れるのは美しくない」と答えた。「わかりました」と頷き、時生は続けた。

「十分以上追跡し、気づけば暗い裏通りに入り込んでいました。すると、前を走る黒いコートの男は角を曲がり、少し遅れて僕も続いた。とたんに、僕は待ち伏せしていた男に顎を殴られ、脳震盪《のうしんとう》を起こして倒れました。男は僕に歩み寄り、黒革の手袋をはめた手を近づけてきた。僕は殺されると思いましたが、男は何もせずに立ち去った……これが当時、あなたやリプロマーダー特別捜査本部の捜査員に話した状況です。でも実はあの時、僕は男の手からある香りを感じたんです。そしてその直後、それが何の香りか気づいた。なぜなら、それは当時、あなたが漂わせていたのと同じ、パインオイルの香りだったから」

「パインオイル？」

思わずといった様子で、南雲が問う。予想通りの反応だったので、時生は迫った。

「ええ。甘くて爽やかな、松葉の香りです。南雲さんは空気を浄化するとか、気持ちを前向きにするとか言って、捜査現場にパインのオイルやポプリを持ち込んでましたよね。すごい匂いだったから、あの当時の特別捜査本部の捜査員も覚えてるはずです」

「ふうん」

南雲は言い、横を向いた。スケッチブックを両腕で抱き、遠くを見る。この反応は予想外で時生が戸惑うと、南雲は遠くを見たまま、

「もうお終い？　あと、『匂い』じゃなく、『香り』ね」

と言い放った。一度間違えただけじゃないか。いつものクセでイラッとしたが、これも南雲の作戦かもしれない。時生は気を取り直し、「いえ、まだです」と返した。

「一昨日、千葉の横澤家で借りた新太さんのスマホとノートパソコンを、剛田くんに解析してもらいました。十三年前、新太さんはSNSで知り合った人に、バイトで行った美大で見た画家の絵に感動したと伝えたそうです。そしてその後、新太さんは『神の使いに会った』とも伝え、ネットの世界から姿を消した。時期的に、その画家と神は古閑塁さんの可能性が高く、神の使いは南雲さん、あなたですね？」

横顔を指さして問うたが、南雲は無言。何か考え込んでいるようだ。またイラッとして、時生は「ちょっと。聞いてます？」と声を大きくした。すると南雲は顔を前に戻し、「聞いてるよ。古閑くんが、新太さんの神なんでしょ？」と答えた。

「そうですけど、僕が訊いたのは……それはいいとして、十三年前、南雲さんはネットで新太さんに目を付けたんでしょう？　場所は古閑さんのファンサイト、あるいは掲示板とか。とにかく、『元同級生なんだ。古閑くんに紹介してあげる』とかなんとか言って、コンタクトを取った。南雲さんは、ずっと古閑さんの仕事をチェックしていたんですよね。七月にギャラリー絡みの事件で再会した時、二人がそういう会話をするのを聞きましたよ」

そこで言葉を切り、時生は南雲の反応を見た。南雲も時生を見ているが、無言。また何か考えているなと思いつつ、時生は話を再開した。

「千葉に行った時、あなたは横澤家は資産家で、それを剛田くんから聞いたと言っていた。でも本当は十三年前から知っていて、だから新太さんに近づいたんです。理由は、既に計画していた、『名画を模倣した殺人』の資金源兼共犯者にするため。いま話したことは、剛田くんの報告を聞いてピンときたんです。僕はその直前にもう一つの手がかりを得ていたので、リプロマーダーは南雲さんに違いないという確信をしました……横澤藍子さんが、亡くなる前の新太さんが、いい匂いをさせていたと話したのを覚えていますか？　それがもう一つの手がかりです」

答えを待ったが、南雲は無言。しかし、時生の話は聞いているようだ。

「僕はさっき、藍子さんにパインオイルの香りを嗅いでもらいに行っていたんです。藍子さんは、それを『新太の匂い』だと言い、亡くなる前に漂わせていたと認めました。南雲さんが十三年前からパインオイルに凝っていたとしたら、共犯者である新太さんからその香りがしてもおかしくない」

続けて時生は、リプロマーダー同様、南雲にも美術の知識と人脈があること、南雲にはリプロマーダーが七件目の犯行に及んだ際のアリバイがないことを伝えた。さらに六月に楠町西署で再会して以来、南雲を監視していたことも伝え、こう付け加えた。

「野中さんは、リプロマーダーの正体に気づいていました。あなたもそれに気づき、何らかの方法で彼女を脅して自分こそがリプロマーダーだと語る動画を撮影し、彼女を死に追いやったんじゃないですか？」

「僕が琴音ちゃんを？　本気でそう思ってるの？」

南雲が問い返した。その目には力と光が戻り、同時に怒りの色も浮かんでいる。とっさにたじろぎながら、時生は「ええ」と頷き、切り札を切った。

「ある人から、二十八年前の事件について聞きました。南雲さんと古閑さんの同級生だった女性が亡くなり、それを機に南雲さんは筆を折ったということしか知りませんが、僕はそれが犯行動機、つまり、南雲士郎がリプロマーダーになった理由だと考えています……以上です」

「ありがとう」

話したいことはまだまだあるが、この先は南雲の出方次第だ。抵抗や逃走の可能性も考え、時生が目の端で周囲を確認していると、南雲が言った。

「はい？」

時生は返し、南雲はにっこり笑ってこう続けた。

「僕がリプロマーダー？　光栄だよ。彼は最悪な犯罪者なのと同時に、最高のアーティストだからね。でも、残念ながらはずれ。なぜなら、僕はリプロマーダーが誰か知ってるから」

21

不意を突かれ、時生は混乱した。しかし表には出さず、真っ直ぐ目を見て問うた。

「そうですか。じゃあ、リプロマーダーは誰なんですか？」

しかし南雲は、笑顔のまま話を変えた。

「まず、きみの疑惑に答えるよ。十二年前のあの夜、僕も黒いコートの男を追おうとしたんだ。でもすぐに見失い、きみともはぐれた。小暮くんは、男を十分以上追跡したんでしょ？　僕にそんな長い間、しかもきみに追い付かれない速さで走り続ける体力があると思う？」

これまで一緒に複数の事件を捜査してきたが、確かに南雲はすぐに休みたがったり、階段ではなくエレベーターを使いたがったりした。そう浮かんだ時生だが、反論した。

「その動きは当時も聞きました。でも南雲さんは、ギャラリー絡みの事件で犯人の身柄を拘束した時、僕に『下顎骨《かがくこつ》だ。横から打て！』って指示しましたよね？　あれは、黒いコートの男が僕を待ち伏せして倒したのと同じ手です」

「前にも言った気がするけど、僕は藝大で美術解剖学を学んだから、人体のすべての骨格と筋肉、神経が頭に入ってるんだ。だから敵を一撃で倒すには、顎やこめかみを打って脳震盪を起こさせればいいって知ってる。でも、追跡の件と同じで僕にそれを実行するスキルはない。事実、さっき鉛筆で百瀬の膝関節を打とうとして失敗して首を絞められたよ。助けに入ってくれた古閑くんが一部始終を見てたはずだから、彼に確認して」

古閑さん？　なんで？　いや、しょせんは屁理屈だ。苛立ちを覚え、時生は迫った。

「じゃあ、リプロマーダーの七件目の事件発生時にアリバイがないのは？　ミニバンを追跡した時に乗ったのは個人タクシーで、全国個人タクシー協会に加入していないからドライバーを特定して裏が取れないんですよね。都合がよすぎませんか？」

「そう言われても、事実だから。あと、パインオイルの香りと新太さんの件。よく調べたなと思うけど、僕は神の使いじゃないし、新太さんにコンタクトも取ってない。アロマオイルに凝りだしたのは、リプロマーダー特別捜査本部に招集されてからだし。あのころ使ってたスマホやパソコンを渡すから、それも剛田くんに解析してもらうといいよ」

最後のワンフレーズは言い含めるように告げ、南雲は微笑んだ。さらに苛立ち、時生が口を開こうとすると南雲はまた話を変えた。

「小暮くん。僕を監視してたんでしょ？　それって、僕が楠町西署に赴任してすぐの朝とか？　コーヒーショップでラテをテイクアウトした時だよね。あと、僕が金柑《きんかん》町三丁目のニセ自宅に帰る時に付いて来たでしょ。夏に神田神保町の古書店に行った時もそう。僕が帰った後、僕が見てた『戦争礼賛』が載った画集を買ってたよね」

どれも事実だ。驚き混乱し、時生は問い返してしまう。

「気づいてたんですか⁉ ていうか、『ニセ自宅』って」

「うん。前にコンビを組んでいた時から、きみが僕を疑っているのも、あれこれ調べているのも気づいてたよ」

「じゃあ、なんで」

黙ってたんですか？ それどころか、余計に疑われるような行動を？ こみ上げる疑問を、時生はかろうじて呑み込んだ。ここで会話に乗れば、南雲に主導権を握られる。話を元に戻そう。自分で自分に言い聞かせる時生の耳に、南雲の声が届く。

「十二年前の事件の後、小暮くんは変わった。でもそれは、リプロマーダーを取り逃がしたからじゃない。命を奪われなかったことで、彼に囚われてしまったんだ。彼を追いかけながら彼に命を握られ、支配されているような気持ちが消えない」

口調は静かだが、南雲の顔から笑顔は消え、さっきの鋭い眼差しが戻っている。心臓を鷲摑みにされたような気がして、時生は黙った。と、南雲はふっと顔を緩めてこう付け加えた。

「以上、琴音ちゃんの分析。何度も聞かされたから、さすがの僕も覚えちゃったよ。あの事件の後、小暮くんはうなされてベッドから落ちるようになったんでしょ？」

そういうことか。納得し、時生の頭に野中琴音の顔が浮かんだ。言葉を返そうとしたが、わずかに早く南雲が言った。

「警察官って、人を救うばっかりだからね。自分を救おうとか考えないし、やり方もわからない。僕も同じだよ」

「同じ？」

話に乗れば、巻き込まれる。わかってはいたが、言葉が口を突いて出ていた。「うん」と南雲が頷く。敷地の奥に設置された外灯の頼りない光が、その白く整った顔に差す。わずかな間を置き、南雲は話しだした。

「古閑くんとは、藝大に入ってすぐに仲良くなったんだ。課題の合評で、ほとんどどっちかがトップだったってこともあるけど、彼は同級生や教授、その辺の犬にも同じように声をかけるから。でもトップの常連メンバーにはもう一人いて、それが彼女、河内七海《かわうちななみ》だった」

河内七海。二十八年前に亡くなった女子学生のことだな。その名を頭に刻み込みながら、時生は語られる話に集中した。スケッチブックを胸に空《くう》を見て、南雲は続けた。

「七海をひと言でいうなら、孤高の天才。人とつるんだり、喋ったり、笑ったりが苦手で、そもそも人混みがダメだった。そのくせ、作品はポップで力強くて、ドラマが感じられるんだ。古閑くんは興味津々で、何度無視されたり逃げられたりしても、『絶対、餌付《えづ》けしてみせる』って言ってた。僕は『サルやリスじゃないんだから』って呆れたけど、最後は本当に食べ物で釣《つ》ってたよ。七海がスケッチをしてる横にカセットコンロを持ち込んで、焼きそばだか焼きうどんだかをつくり始めたんだ。で、いい具合に香りが流れたところで、『食う？』って紙皿と割り箸を差し出したら、操られるように……後でわかったけど、古閑くん同様、彼女も貧乏で、お腹を空かしてたんだって」

いかにも学生時代のエピソードって感じだし、少し前に勤め先の美大を訪ねた時も、古閑さんは学生たちに焼肉を振る舞ってたな。時生は考えたが、南雲の表情は厳しく、昔を懐かしむような様子はない。

「それから、僕ら三人は親しくなった。事件が起きたのは二年生に進級して間もなくで、発端はコンクール。教授の一人が七海に、ある絵画コンクールに作品を応募するように勧めたんだ。学生のうちから箔《はく》を付けさせようって厚意で、珍しいことじゃない。で、七海は創作に取りかかったんだけど、思うように描けなくて苦しんでた。だから、作品が完成したと連絡があった時は大喜びで古閑くんと彼女のアパートに駆け付けたよ。部屋に置かれていた絵を見て、古閑くんは絶賛。でも僕はすぐに、それが贋作《がんさく》だと気づいた」

「贋作？　誰かの真似、盗作ってことですか？」

驚き、時生が問うと、南雲は「そう」と答えた。光の加減か、その顔はさっきより青白く感じられる。

「モチーフと構図のバランスが、日本の初期シュルレアリスムを代表する某画家の習作に酷似《こくじ》していたんだ。フォルムやマチエールは上手く変えていたけど、僕の目はごまかせない」

「本人に伝えたんですか？」

「もちろん。七海は贋作を認めて、『ダメだとわかってたけど、追い込まれてやってしまった』と言ってた。それから、古閑くんはそこに残って僕は帰った。『うたた寝してたら、七海がいなくなった』と古閑くんから電話があったのがその晩遅くで、すぐに警察に通報して、二人で手分けして捜し回った。先に七海を見つけたのは、古閑くん。導眠剤を飲んで、藝大にほど近い池に飛び込んだんだ」

白石さんから聞いたことと一致するし、確認すればバレるから、ウソはついていないはずだ。話を聞き終え、時生は思った。一方で、当時二十歳になるかならないかの南雲がそんな経験をしていたのかと驚き、胸がざわめく。と、南雲が一旦閉じた口をまた開いた。

「後でわかったんだけど、アパートに残された問題の絵の裏には、七海の字で『南雲くんへ』と絵の具で記されていたよ。絵の具の乾き具合からして、池に向かう直前に書いたらしい」

「なぜそんなことを？」

思わず問うと、南雲は「って思うよね。僕も思った」と頷いた。

「でも、わからないんだ。遺書やメモもなかったし。贋作を指摘されたことへの怒り、恨み、あるいは贖罪《しょくざい》……そんな風に考え続けていたら、絵が描けなくなった。キャンバスの前に座って木炭《もくたん》を持っても、なにも浮かばないんだ。それまではイメージに手が追い付かないって感じだったのに。真っ白なキャンバスに呑み込まれそうで、怖くなったよ」

「それが筆を折った理由ですか?」

「うん。でも、僕は間違ったことをしたとは思ってない。いま同じ状況におかれても、同じ指摘をするよ。ただ、他にやり方があったのかもとは思う。それなら、七海は死を選ばなかったんじゃないかってね……小暮くんとは逆で、僕は七海の命を救えなかったことで彼女に囚われてしまった。二十八年経った今でも、彼女に支配されてるような気持ちが消えないんだ。さっき言った、『僕も同じ』ってそういうことだよ」

そう告げて、南雲は時生を見た。その眼差しの強さにたじろいだ時生だが、体の脇で拳を握って言い返した。

「自分たちは同じだと共感させて、相手をコントロールする。その手には乗りませんよ。僕の質問に答えて下さい。なんで、僕に疑われているのを知ってて何もしなかったんですか? それと、リプロマーダーの正体って誰?」

「ああ、それね」と南雲は呟き、時生を見据えたままこう答えた。

「だって、きみが疑うのも無理はないから。確かに、僕とリプロマーダーは似てるよ。豊富な知識と美意識の高さ、強いこだわり……だからこそ、自分を試されてると思った。リプロマーダー事件は僕、いや、僕らへの挑戦なんだよ。リプロマーダーを逮捕できれば、僕らは自分を乗り越えられる。抱えているものから、解放されるはずだ」

「だから、その手には乗らないと……『僕ら』と連呼するのも、共感を得るためで――」

「似ていても、僕はリプロマーダーじゃない。僕と彼の決定的な違いは、悪を憎んでも悪に染まらないところ。どんな悪人や犯罪者だって、命を奪う権利はない。私刑は美しくないし、レオナルド・ダ・ヴィンチだって『ひどい悪人でも、悪口を言えば善人を非難するのと大差はない』って言ってるよ……どう？　これでも信じられない？　琴音ちゃんを死に追いやったのは僕だと思う？」

南雲は言い、顎を上げた。怒りと強い意志が感じられる口調と眼差しだ。こんな時までダ・ヴィンチかよ。心の中でそう突っ込んだ時生だが、頭の中にはこれまでの南雲との日々が蘇る。

ギャラリー絡みの事件で犯人に告げた、「断じて許せない」という言葉と厳しい表情、結婚詐欺絡みの事件での「きみの中の自分は変わらないし、逃れられない」という言葉と、犯人に向けた怒りに満ちた眼差し……。確かに南雲は、悪を憎んでいた。そしてその知識と美意識の高さ、強いこだわりは、悪を暴き、被害者に報いるためだけに用いていた。

さまざまな想いが押し寄せ、時生は混乱した。

「……わからない。でも、本当は僕だって、あなたを信じたい」

絞り出すように言うと、胸が熱くなった。目に涙がにじむのも感じながら訴える。

「でも、いま南雲さんを信じてしまったら、この十二年間はどうなるんですか？　僕は何のために、悩んだり苦しんだりしてきたんだ」

「そりゃ、リプロマーダーを捕まえるためでしょ」

当然のように返され、時生は固まる。すると、南雲はこう続けた。

「疑うことで、きみは僕を知った。それに、この十二年間のきみの捜査は素晴らしいよ。お陰で、僕は事件の核心を掴めそうだ。とにかく、百瀬を泳がせてリプロマーダーを逮捕しよう」

結局そこに戻るのか。しかし……。固まったまま、時生は逡巡した。その顔を覗き込み、南雲が言う。

「今夜僕らは当番だし、明日まで一緒にいようよ。なら、僕は逃げられないし、小細工もできない。それと」

そこで言葉を切り、南雲は身を引いた。スケッチブックを脇に抱え直し、改めて時生を見て告げた。

「リプロマーダーの正体を知りたいんでしょ？　なら、明日の夜、ディナーの後で教えてあげるよ」

「本当に？　約束してくれますか？」

「もちろん。僕はウソはつかないし、いつも本気だよ」
そう即答し、南雲はにっこりと笑った。

22

時生の連絡を受け、ももせ産業にリプロマーダー特別捜査本部と所轄署の捜査員がやって来た。南雲は捜査員たちに事件の真相を伝えて「百瀬勝彦が罪を認めたので逮捕しようとしたが、隙を突いて逃げられた」と説明、時生はそこで初めて鉛中毒が事件のカギだったと知った。

間もなく緊急配備が敷かれ、百瀬の追跡が始まった。時生も南雲と追跡に加わり、それは夜通し行われた。時生は姉の仁美に、「今夜は帰れないけど、明日の晩、南雲さんを連れて帰るから」と伝えた。

翌日。時生と南雲が楠町西署を出たのは、午後五時半過ぎだった。警視庁の第二当番、つまり夜勤は午前九時半に終了するのだが、南雲は百瀬を取り逃がした件で本庁に呼ばれ、相棒である時生も付き合わされたのだ。

小暮家の最寄り駅で電車を降り、時生たちは駅前の繁華街を歩いた。陽は暮れて肌寒いが、土曜日ということもあって若者のグループや家族連れなどで賑わっている。と、前方の横断歩道の信号が赤になり、時生たちは足を止めた。

「百瀬が逃げた件、マスコミが派手に報道してるね」

南雲は言い、手にしたスマホの画面を時生に見せた。画面にはネットニュースが表示され、百瀬の顔写真も添えられている。

「ええ。でも、どうやってリプロマーダーをおびき出すつもりですか?」

潜めた声で、時生は問うた。昨夜から気になっていたが、周りを警戒して訊けなかった。

「よくぞ訊いてくれました」と笑い、南雲は答えた。

「百瀬は、僕が用意した隠れ家にいる。今夜ディナーが終わったら、隠れ家の近くで百瀬を見たと、市民を装って通報する。捜査本部の捜査員たちと僕らは現地に向かい、どこかで捜査本部の動きを見張っているはずのリプロマーダーも倣う。で、現地にリプロマーダーが現れたら僕が後を付け、小暮くんには百瀬と落ち合ってもらう。リプロマーダーは百瀬に制裁を加えようとするはずだから、僕らで取り押さえる。取りあえず、傷害罪かなんかで逮捕すればいいんじゃない?」

ずっと前から計画していたらしく、口調は淀みなくハイテンションだ。そこに不安を覚え、時生はさらに問うた。

「制裁って、南雲さんはリプロマーダーが百瀬に怒りを抱いてると考えてるんですか?」

「当たり前でしょ。あんなずさんな現場。彼は誇り高いんだから」

スケッチブックを抱え、南雲は自慢げに返した。

こういうところは、やはり怪しいと思う。しかし本人が言うように、南雲に時生がウソをつかれたことはないし、彼が何かを言ったりやったりする時はいつも本気だ。

ほどなくして住宅街に入り、二人は小暮家に着いた。古く小さな二階屋だ。「どうぞ」と告げて時生が自宅の門を開けようとした時、エンジンの音がした。振り向くと、通りの先からヘッドライトを点したオートバイが近づいて来る。腕時計を覗いた南雲が、「いいね。時間通りだ」と呟き、つられて時生も腕時計を見るとちょうど午後六時だ。

オートバイは、時生たちの前で停まった。そこに跨がっているのは若い男のようで、黒いヘルメットをかぶっている。男が着た社名入りのジャンパーと、オートバイの荷台に設置された箱からして、バイク便の配達員のようだ。

「ご苦労様。僕が南雲士郎だよ」

黒い三つ揃いの胸を指し、南雲が告げると、男はオートバイを降りてヘルメットを外し、「お待たせしました」と会釈した。続けて荷台の箱を開け、大きな手提げ紙袋を取り出して南雲に渡した。スケッチブックを脇に挟んで手提げ紙袋の中を覗き、南雲は「ＯＫ。全部揃ってるね。ありがとう」と笑い、男が差し出した伝票にサインをした。オートバイで走り去る男に手を振る南雲に、時生は訊ねた。

「それは？」

「花束とスイーツとワイン。ディナーに招かれて、手ぶらって訳にはいかないでしょ。花束は秋らしく、暖色系のコスモスやケイトウ、ダリヤ。スイーツは、フレッシュフルーツのタルト。ディナーのメインディッシュが何かわからないから、ワインは赤、白、スパークリングと揃えたけど大丈夫かな？」

紙袋の中を口を開いて見せながら、南雲が問い返した。タルトは紙箱に入っているが、花束は立派でワインも高そうに見える。

メインディッシュもなにも、お子様ランチだよ。一皿に全部載せだよ。心の中でそう呟きつつ、時生は「ええ。お気遣いいただいてすみません」と会釈した。頭に赤い自動車型の皿に盛られた日の丸の旗付きチキンライスとハンバーグ、タコのウィンナーが浮かぶ。失敗したかと不安になった矢先、またエンジンの音がした。横を向いた時生の目に、自分たちが歩いて来た方向から接近する車が見える。それは白いセダンで、時生たちの手前で停まった。

「また手みやげの配達ですか？　そこまでされると、逆にプレッシャーに」

「いや。手みやげはこれだけだよ」

手提げ紙袋を持ち上げて南雲が答えたその時、セダンの運転席と助手席のドアが開いた。そこから降り立ったのは、スーツ姿の男たち。どちらもリプロマーダー特別捜査本部の捜査員だ。と、さらに数台、セダンが走って来て白いセダンの後ろに停まった。そちらのドアから降り立ったのは、井手と剛田、楠町西署刑事課長の村崎舞花だ。驚き、とっさに時生が反応できずにいると、南雲は、

「やあ。お揃いでどうしたの？」

と笑い、井手たちに手を振った。が、こちらに歩いて来る井手たちは揃って無言で、強ばった顔をしている。まずい。百瀬を故意に逃がしたことがバレたか。時生が焦りを覚えた直後、白いセダンの捜査員たちが進み出て南雲の両脇に立った。そして、

「南雲警部補。ご同行願います」

と一人が言い、もう一人が南雲の肩に手を置いた。きょとんとした南雲に代わり、時生が訊ねる。

「どういうことですか？」

「先ほど、ももせ産業の倉庫で百瀬勝彦の遺体が発見されました」

「えっ!?」

時生が驚くと、捜査員の一人はジャケットのポケットからスマホを出して見せた。その画面には写真が表示され、被写体は百瀬だ。赤茶色の布を敷いた床に仰向けで横たわり、足と腰を高さの異なるコンテナボックスに乗せている。そして、百瀬は全裸だった。

「『ヘクトールの遺体』。リプロマーダーだ」

脇からスマホを覗き、南雲が呆然と言う。時生も呆然として頷いた。取らされているポーズは塚越の遺体と同じだが、百瀬の方が筋肉質で手脚が長いので、より「ヘクトールの遺体」のヘクトールに似ている。加えて、赤茶色の布のドレープの寄せ具合や、額の包帯など、百瀬の犯行より遥かに高いクオリティで「ヘクトールの遺体」を再現していると推測できる。

時生たちが写真に見入っていると、捜査員の手が伸びてきてスマホを操作した。

「遺体の左手には、これが握られていました」

と、言葉通り画面には百瀬の左手の写真が表示される。床の上に置かれたその手は、「ヘクトールの遺体」の絵では軽く握られていたはずだ。しかし写真の左手は確認のためか指を開いた状態で、その手のひらには真ん中で折られた持ち手の部分が青い鉛筆が載っていた。

「これ、僕の！　捜してたんだよ」

とっさにという感じで南雲が声を上げ、捜査員はスマホをポケットに戻して頷く。

「自分のものだと認めましたね？　では、ご同行下さい」

そして、もう一人の捜査員とともに両側から南雲の肩と腕を掴み、白いセダンの方に歩きだす。驚いて、南雲がまた声を上げた。

「えっ、なんで⁉　……小暮くん、何これ」

「待って下さい！　その鉛筆は、昨晩、南雲さんが百瀬の身柄を確保する際に」

そう訴え、時生は南雲たちを追ったが、胸には焦りと不吉な予感が広がる。と、脇から「落ち着け」と肩を摑まれた。見ると、井手がいた。後ろには黒いパンツスーツ姿の村崎、その隣には剛田もいる。井手の隣に進み出て、村崎は言った。

「実は五日前の捜査会議の後から、本庁の捜査員が南雲さんを尾行していました。リプロマーダー特別捜査本部の戸賀沢本部長の命令です。捜査会議以前にも、南雲さんには変わり者で済ますには度の過ぎた言動がみられ、不本意ながら受け入れざるを得ませんでした」

無表情で口調も淡々としているが、本気で不本意だと思っているのだろう。ああ、それで「本部長は規律を重んじられる方なのに」か。時生たちが塚越の事件の捜査に加わる許可が出た時の、村崎の怪訝そうな顔を思い出す。と、井手が口を開いた。

「俺と剛田も、さっき聞かされるまで知らなかった。三日前、お前とダ・ヴィンチ殿がメディスンデリバリーの清水大輝を逮捕した時、すぐに本庁の連中が駆け付けて来たろ？　あれは、お前らを尾行していたからだ」

厳しい顔で身振り手振りも交え、井手は説明する。時生はその顔を見返したが状況を上手くのみ込めず、「ああ」としか言えない。向かい合う三人を、剛田が不安げに見守っている。また村崎が言った。

「本庁の捜査員は昨夜、南雲さんが画家の古閑昱さんとももせ産業に入るのを確認しています。しばらくすると古閑さんがももせ産業を立ち去り、間もなく百瀬も出て行ったそうです。当時は百瀬が塚越さん殺害の犯人《ホシ》だとは知らなかったので、見逃してしまったらしいのですが」

「知ってます。昨夜、南雲さんから聞きました。実は僕らは」

焦りにかられ、すべてを明かそうとした矢先、

「ちょっと、痛いって。小暮くん、何とかして！」

と声が上がった。気づけば、南雲が捜査員たちにセダンの後部座席に押し込まれそうになっている。南雲は足を踏ん張って抵抗し、その拍子にスケッチブックと手提げ紙袋が地面に落ちた。

「南雲さん！」

時生が駆けだそうとすると、傍らでがちゃりと音がした。振り向いた時生の目に、小暮家のドアが開き、そこから顔を出す姉の仁美と、長女の波瑠の顔が映る。騒ぎに気づき、出て来たのだろう。二人とも怪訝そうな顔だが、仁美は史緒里のワンピースを清楚に着こなし、波瑠は肩まである髪をカールさせている。

「来ちゃダメだ！　家に入って」

焦りにかられ、時生は命じた。その勢いに二人がびくりとし、同時にまたセダンの方で

声がした。

「公務執行妨害で逮捕する!」

声の主は、捜査員の一人だ。腰のホルダーから手錠を取り出し、素早く南雲の両手首にかける。夜の住宅街に、かしゃんと硬く澄んだ音が響いた。

「待てよ!」

時生は怒鳴った。捜査員は自分より階級が上のはずだが、気にする余裕はない。が、南雲のもとに向かおうとした時生の肩を、また井手が掴んだ。

「小暮。ダ・ヴィンチ殿が、リプロマーダー事件の現場に住んでるって知ってるか?」

「はい?」

時生は思わず振り向き、井手はこう続けた。

「お前はダ・ヴィンチ殿は金柑町のマンション住まいだと言ってたが、ありゃダミーだ。あの人は、署に虚偽の自宅住所を届け出て、リプロマーダーが四件目に起こした事件の現場の家で暮らしてた」

「四件目の事件って」

「渋谷の豪邸で、その家に住む資産家の男性が殺された。リプロマーダーが再現したのはエドゥアール・マネの『自殺』。いま豪邸を管理してる不動産会社の話じゃ、現場の寝室の床には血痕が残ってるそうだ。で、それを見たダ・ヴィンチ殿は『いいね』と上機嫌で豪邸を借りたらしい」

最後のワンフレーズは嫌悪感の滲む口調で告げ、井手は顔をしかめた。

昨日南雲さんが言ってた、「ニセ自宅」って、そういうこと？ よりによって、なんであの家？ パニック状態になった時生の頭に、十二年前のあの夜の出来事が再生される。やっぱりあの黒いコートの男は、南雲さんだったのか。激しいショックで、時生は身動きができなくなる。と、「大丈夫ですか？」と村崎が顔を覗き込んできた。

「認めたくはありませんが、南雲さんの行動は常軌を逸しています。リプロマーダー事件への関与も含め、本庁で聴取します。小暮さんも来て下さい」

てきぱきと告げ、村崎は後方のセダンに向かった。井手も続き、剛田は、

「でも、僕は信じてません。南雲さんはそんな人じゃない。でしょ？」

とすがるような目で問いかけ、井手の後を追った。それでも時生が動けずにいると、白いセダンが走りだした。ハンドルを握るのは、さっきの捜査員。後部座席にはもう一人の捜査員と、抵抗も虚しく押し込まれたのか、南雲が乗っている。

「小暮くん、助けて！」

遠ざかって行くセダンの車中で、南雲が叫んだ。手錠をはめられた手で、後部座席の窓ガラスを叩く。

「南雲さん」

時生も南雲の名前を呼んだが、声に力が入らない。体も同様で、その場に立ち尽くす。

時生の目に、地面に転がり、無残に踏み散らされた花束とタルトの箱、そして割れた瓶から流れ出る真紅のワインが映った。

参考資料

『レオナルド・ダ・ヴィンチの手記（上）』杉浦明平訳　岩波文庫
『知をみがく言葉 新装版 レオナルド・ダ・ヴィンチ』ウィリアム・レイ編／夏目大訳　青志社
『超訳ダ・ヴィンチ・ノート』桜川Ｄａヴィんち　飛鳥新社
『絵を見る技術』秋田麻早子　朝日出版社

この作品はフィクションです。実際の事件、実在の人物、団体等には一切関係ありません。双葉文庫のために書き下ろされました。

双葉文庫

か-62-03

刑事《けいじ》ダ・ヴィンチ 3

2024年2月14日　第1刷発行

【著者】
加藤実秋《かとうみあき》

【発行者】
箕浦克史
【発行所】
株式会社双葉社
〒162-8540 東京都新宿区東五軒町3番28号
［電話］03-5261-4818（営業部）　03-5261-4833（編集部）
www.futabasha.co.jp（双葉社の書籍・コミックが買えます）
【印刷所】
中央精版印刷株式会社
【製本所】
中央精版印刷株式会社

【フォーマット・デザイン】
日下潤一

ISBN978-4-575-52719-3 C0193
Printed in Japan

双葉文庫　好評既刊

刑事ダ・ヴィンチ2

加藤実秋

十二年ぶりに犯行を再開した猟奇殺人犯「リプロマーダー」。悪人だけを狙い、遺体を名画そっくりに再現する犯人の正体を追う！　過去の因縁が絡み合う警察小説、第二弾！